НА ПОЛПУТИ К ВЕРШИНЕ

HALFWAY UP THE MOUNTAIN

The Error of Premature Claims to Enlightenment

Mariana Caplan

Foreword by Fleet W. Maull

HOHM PRESS
Prescott, Arizona
1999

МАРИАННА
КЭПЛЭН

НА ПОЛПУТИ К ВЕРШИНЕ

«СОФИЯ»
ИД «ГЕЛИОС»
2002

Кэплэн, Марианна. На полпути к вершине.
Пер. с англ. К. Семенов. — К.: «София», 2002.
М.: ИД «Гелиос», 2002. — 320 с.

ISBN 966-7319-49-0
ISBN 5-344-00166-5

Всем Всем Всем духовным искателям!

Еще не существовало книги, столь важной и необходимой для каждого! Прочтите ее, она поможет избежать многих бед на пути.

В этой книге рассказывается не о том, как подняться на гору и остаться там, — хотя бы потому, что настоящий путь ввысь просто не имеет конца. Жизнь великих душ прошлого и настоящего продолжается; это непрестанный рост и помощь другим.

Итак, эта книга не объясняет, как взобраться на вершину. Это справочник, который поможет не застрять где-то на полпути, обманываясь мыслями о том, будто уже поднялся на самый верх.

ISBN 966-7319-49-0
ISBN 5-344-00166-5

ОГЛАВЛЕНИЕ

С благодарностью и любовью —
моей маме и первому учителю
Молли Кэплэн

ВВЕДЕНИЕ

Просветление важно — оно лишает иллюзий и заблуждений. Говорить и писать о просветлении, не постигнув его, если не откровенно глупо, то, по меньшей мере, очень трудно, поскольку ты сам все еще во власти иллюзий и заблуждений. Но если вообще о нем не говорить, нам никогда не понять, что оно возможно, не загореться мечтой его достичь. Вот как определяется то парадоксальное положение, в которое поставила себя автор этой книги. Читатель хорошо почувствует это, когда перейдет непосредственно к чтению.

Учитывая внутреннюю сложность — на первый взгляд, полную невозможность — попыток дать определение просветленности, точно описать ее, Марианна Кэплэн проделала удивительную работу: она очертила рамки вопроса, осветила его со всевозможных точек зрения и щедро сдобрила изложение образчиками как человеческой мудрости, так и недальновидности.

Идти к просветлению означает менять старую кожу. Есть процесс, на котором человеку нетрудно сосредоточиться. В санскрите он именуется *садхана*, духовная практика; это последовательное постижение и уничтожение своих иллюзий и заблуждений, а также сопутствующих им болезненных чувств. Говорить и думать о просветлении полезно лишь в том случае, когда это заставляет подчиниться духовной дисциплине, требующей верности на всю жизнь. Я очень надеюсь, что эта книга побудит читателей предпринять твердые шаги к просветлению, сделать свой путь более четким и содержательным. Пусть каждый наш выбор будет верным.

Георг Файерстайн, доктор философии,
Президент-основатель Центра йогических исследований и образования

ПРЕДИСЛОВИЕ КО ВТОРОМУ ИЗДАНИЮ

Большинство людей пишут книги не потому, что много знают, а по той причине, что хотят чему-то научиться. «Я пишу книгу, чтобы измениться», — признался мне как-то мой друг Джозеф Чилтон Пирс. Вскоре после публикации первого издания моей книги на английском языке я, кажется, поняла кое-что новое о самой себе и мире современной духовности.

Я узнала, например, что многих людей подгоняет искренняя жажда реального. Я понимала, что материал моей книги бросает дерзкий вызов человеческому эго, и потому даже не ожидала, что она получит такую широкую поддержку и одобрение со стороны признанных духовных учителей и огромного числа учеников. Книга безжалостно обличает лживые, искаженные взгляды, господствующие как в современных духовных кругах, так и в наших собственных душах, но к подобной откровенности готов далеко не каждый. Однако одобрение читателей — свидетельство их тяги к тому, что отражает всем известные глубокие истины: жизнь — в том числе «духовная» — пропитана и утонченным счастьем, и опустошающими горестями, беспримерными прорывами и стойким самообманом, несравненным блаженством и неуловимой печалью, простыми и неповторимыми заурядными событиями. Приближаясь к духовной зрелости, мы видим прежние ошибки — как собственные, так и своих учителей, — допущенные при первых попытках возродить на Западе настоящую духовную культуру. Анализ этих ошибок очень интересен, так как может указать верный путь к правде о наших собственных нуждах и потребностях всей культуры.

Что касается меня самой, то материал этой книги вонзился в мою совесть острым шипом. Когда-то я думала, что, если ты и написал книгу, это вовсе не обязывает тебя жить по изложенным в ней истинам. Теперь я поняла, что ошибалась. Эта книга подарила мне удивительную возможность соприкоснуться с глубокой мудростью великих учителей нашей эпохи; «проклятье» же заключается в том, что я не могу — а в глубине души и не хочу — об этом забывать. Однако покидая свои «глубины души», от которых мы обычно стараемся держаться подальше, я, как и все остальные, в полной мере подвержена заблуждениям и ошибкам, о которых рассказываю в своей книге. Когда я год за годом прельщаюсь бесчисленными духовными соблазнами, в изобилии наполняющими нашу вселенную, совесть неустанно досаждает мне напоминаниями о том, что цепляться за мистические переживания бессмысленно, что голоса эго и «сердца» нередко похожи, что разочарования и ошибки составляют неотъемлемую часть пути, за каждым углом нас (и особенно тех, кто пишет книги на эти темы!) подкарауливает духовный материализм, и мы не можем полностью доверять своим переживаниям, хотя и вынуждены на них полагаться. По этой причине я еще раз поклянусь вам, мои читатели, что писала книгу со всей доступной мне искренностью.

Помимо прочего, меня все больше волнует общая природа наших страданий и стремления к освобождению. У одних это стремление выражается алкоголизмом, у других — обезболивающим воздействием пресыщения вещами либо взаимной зависимостью в личных отношениях, у третьих — упорными медитациями и поисками истины. Но всех нас объединяет что-то общее. Наши судьбы неразрывно переплетаются, и я очень рада, что жизнь так часто об этом напоминает.

Вступая в новый век духовного развития Запада, мы обязаны оценивать собственное внутреннее состояние и окружающий мир с той точки зрения, где безжалостность и проницательная честность перед собой неразрывно сливаются с тонким сопереживанием. Трудно отрицать, что наше общество переживает новый всплеск интереса к духовным источникам осмысленности и радости жизни, и это налагает на нас особую ответственность за духовную неподкупность западной культуры. Выбор за нами. Духовный голод можно утолить и на скорую руку, в типовой забегаловке вроде тех, что так расплодились сейчас в западном мире. С другой стороны, можно направить свою разумность, честность и открытость на создание того, что по-настоящему насытит, выдержит проверку временем и послужит во благо всем.

Марианна Кэплэн
Фэрфакс, Калифорния
2001 г.

ПРЕДИСЛОВИЕ К ПЕРВОМУ ИЗДАНИЮ

Эта книга написана не мной — точнее, не только мной. На ее страницах вас ждет достаточно полный анализ темы «ошибки скороспелых притязаний на просветленность», основанный на выдержках из личных бесед более чем с тридцатью выдающимися духовными наставниками и известными психологами, признанными теоретиками и практиками, а также фрагменты из работ десятков древних и современных духовных учителей.

Для текущего состояния западной духовности характерны суровые искажения, обманы, путаница и, прежде всего, отсутствие должного просвещения. На Западе нет культурного контекста, который позволил бы понять обильный поток духовных сведений, захлестнувший ныне самые популярные газеты, журналы и телепрограммы. Хотя резкий всплеск современной духовности в западном мире ознакомил с духовными представлениями и идеалами огромные массы людей, вероятность чего-то более значимого, чем весьма поверхностные сношения с Богом, останется совсем невысокой, пока эти взгляды и идеалы не начнут воспринимать с просвещенной, обдуманной, тщательно взвешенной и выверенной точки зрения.

Тема просветления сама по себе остается крупнейшей в рамках современной духовности сферой проявления недалекости, невежества, самообмана и путаницы. В этом смысле от «просветленности» лишь немного отстает категория «мистических», или «духовных» переживаний. В нашей культуре превратно понимают все, что с ними связано: что это, собственно, такое, что подобные переживания означают и подразумевают, какие выводы мы вправе из них извлекать. Именно этим темам и опутывающей их паутине дхармических соображений посвящена данная книга.

Я убеждена, что всеобщее невежество в отношении притязаний на просветленность таит в себе большую опасность для всех, кто искренне стремится укрепить свою связь с Действительностью. Конечно, мало что угрожает жизни подавляющего большинства людей, отправляющихся на поиски Истины. На духовной сцене лишь случайно появляются такие типы, как Джим Джонс, Чарльз Мэнсон или Маршал Эпплуайт («Райские Врата»), которые заверяют, будто намерены спасти своих учеников, а на деле лишают их жизни. Подобные случаи невероятно редки в сравнении с общим числом духовных школ и наставников, не представляющих для учеников ни малейшей физической опасности. Оставим, впрочем, крайность угрозы для жизни; даже помимо нее на духовном пути встречается много, очень много развилок, где на определенном уровне роста можно угодить в вырытые своими или чужими руками ямы, а в конечном счете и ввести самого себя в заблуждение относительно своих высших потенциальных возможностей. На таких развилках многие задерживаются на недели, месяцы, нередко на годы, а подчас и на всю жизнь.

Возможно, общая картина мира возвещает: «Каждый приходит туда, где ему место; что ни случается, все таит в себе урок; все именно таково, каким и должно быть». Возможно, так и есть, но я верю, что «совершенство» этой общей картины подразумевает изучение сфер невежества, ложного понимания и человеческих слабостей, после чего следует сделать необходимые шаги в самовоспитании и обучении других. Так мы начнем нести ответственность за собственное пробуждение.

Людей, вовлеченных в работу над книгой, я отбирала на основе той честности, каковой отличалась их жизнь во всем. Я оценивала их открытость, несколько лет изучая их труды, беседуя с учениками, а в некоторых случаях и в ходе личного общения. Все эти люди всю свою жизнь целиком посвятили Истине, хотя одни преподавали ее, другие постигали сами, а третьи просто оставались ей верны. Использованные в книге выдержки из печатных материалов помечены, а ссылки приводятся в конце. Непомеченный отрывок означает, что этот материал основан на личной беседе с человеком либо получен из иного неопубликованного источника.

Признаться, глубина познаний, проявлявшихся учителями в наших разговорах и прочих материалах исследования, не раз вызывала у меня восхищение и даже благоговение. Говорят, что Истина одна, но выражения ее бесконечно многообразны. Кроме того, постигнутая Истина самоочевидна. В результате своих бесед с современными учителями и мудрецами я смогла представить читателю духовные истины, которые лишь *очевидны*, но мало кем *постигнуты*. Все они говорят об одной и той же объективной действительности, но постигается она благодаря урокам, которые определяются очень личными и особыми отношениями человека с Реальностью.

Таким образом, в эту книгу включены мнения об ошибках скороспелых притязаний на просветленность, высказанные теми, кто называет себя учителями, раввинами, наставниками, помощниками и учениками в рамках иудейских, индуистских, буддийских, католических, суфийских и многих других традиций. Я надеюсь, что благодаря этому каждый читатель найдет в книге истину в том виде, в котором она заденет чувствительные струнки его души.

Читатель заметит также, что немалая доля высказываний принадлежит моему собственному учителю Ли Лозовику. Моя личная привязанность к нему и почтение к олицетворяемому им своду учений, безусловно, сильно повлияли на общий стиль книги, украшенный великолепными словами других духовных наставников. С работами Ли Лозовика я познакомилась после долгих лет крушения иллюзий в отношении многочисленных лже-гуру, квазишаманов и псевдоменторов, а также обучения у наставников вполне искренних, но неспособных все же предложить ту целостность взглядов, к которой я стремилась.

Несомненно, столкнется читатель и с тем, какими разными словами учителя излагают свои учения, как непохожи их подходы к этой теме. В одних случаях разница сугубо понятийная (кто-то говорит о «просветлении», а кто-то — об «освобождении»; кто-то подразумевает под словом «я» истинную сущность, а кто-то — эго), в других явственно заметны различия во взглядах. Но в этой книге представлены самые разные мнения. Своей мудростью с нами делятся учителя и наставники с многолетним опытом, и я не старалась «сгладить» какие-либо видимые противоречия — просто приводила разнообразные точки зрения на темы, связанные с неоправданными притязаниями на просветленность. Закономерные вопросы, которые вполне могут быть вызваны противоречивыми мнениями, станут для усердных духовных искателей серьезным поводом к размышлениям, и потому любые мои попытки навязать читателю свои ответы оказались бы для него «медвежьей услугой».

Эта книга вообще не содержит ответов. Как читатель сам вскоре убедится, дерзкое погружение в мутные воды надуманной просветленности приводит ко множеству очень сложных вопросов. Ясное понимание проблем требует их анализа в обширном контексте общих знаний и взглядов на духовное развитие. Для того чтобы отчетливо отразить границы рассматриваемой темы, я разделила книгу на пять частей.

В первой части под названием «Просветление и мистические переживания» представлены основы, необходимые для дальнейших рассуждений о предмете. Объясняется, в частности, что можно понимать под «притязаниями на просветленность» и под самой идеей «просветления». В разделе говорится также о том, что побуждает людей стремиться к просветлению и что кроется за понятием мистических переживаний.

Вторая часть, «Опасность мистических переживаний», анализирует склонность эго искажать и неверно истолковывать духовную дхарму и переживания. Отдельные главы посвящены духовному материализму, духовным кризисам, раздутому самомнению и путанице между мистическими переживаниями и просветлением.

Третья часть под заголовком «Испорченность и ее последствия» посвящена размышлениям о власти и пороках. В ней объясняется, как ученик и учитель сообща творят ложные представления о просветленности и какими могут быть последствия преподавания на основе подобных притязаний.

В четвертой части, «По минному полю», проводится практический обзор средств, помогающих серьезным искателям избежать западни ложной просветленности. В числе рассмотренных проблем — проверка просветленности, процессы очищения и интеграции, а также буддийская идея «трех драгоценностей»: учителя, учения и духовного сообщества.

Наконец, в пятой части под названием «Крушение иллюзий, смирение и начало духовной жизни» мы поговорим о том, что же такое настоящая духовная жизнь, поскольку прежде исследовали те явления, которые к ней *не относятся*.

Моя задача — выявить проблемы, а не решить их. Сфера подлинной духовности настолько многомерна и многогранна, а ловушки так повсеместны и коварны, что мечтать мы можем только о возможности все глубже погружаться в собственные духовные практики под защитой самих поставленных вопросов, оценивая любые свои достижения тем, насколько успешно мы применяем усвоенное в жизни.

Таким образом, я предлагаю читателю собрание духовных «самородков», принесенных прямо из золотых приисков живой духовной мудрости, которая все еще нередко воплощена в телесном облике; сокровища эти окружены куда менее ценной оправой, и мне остается надеяться, что она позволит читателю насладиться красотой и величием собранных драгоценных крупиц. На какой бы стадии духовного развития мы ни находились, всех нас роднит общая задача: попытаться раскрыть глаза еще шире и увидеть истину в своей жизни. Такова наша ответственность за бесценный дар — возможность появиться на свет и познакомиться с великими духовными учениями. Давайте отблагодарим за это, сполна воспользовавшись этим даром и добившись того, чтобы плоды нашего преображения принесли хоть какую-то пользу другим.

Марианна Кэплэн
Прескотт, Аризона
1998 г.

ЧАСТЬ ПЕРВАЯ

ПРОСВЕТЛЕНИЕ И МИСТИЧЕСКИЕ ПЕРЕЖИВАНИЯ

Ученик: Что такое просветление?
Судзуки Роши: Зачем тебе знать? А вдруг не понравится?

Что же такое просветление? Какова природа тех острых переживаний, что порождают веру и заставляют человека посвятить свою жизнь духовным исканиям? Как узнать, куда ведет выбранный путь — прямиком к Окончательной Истине или в глухой тупик? На эти важнейшие вопросы, которых в наше время не избежать, чаще всего не обращают внимания, но люди, лишенные необходимой для безопасного и верного следования по духовному пути личностной или культурной системы отсчета, полагают, будто прекрасно знают ответ. Мистический опыт и просветление — самые естественные на свете явления, и многие любопытствующие действительно сталкиваются с переживаниями, которые принимают за само Просветление. Однако Подлинный Дар обретает лишь тот, кто саму свою жизнь делает ответом на самые значимые вопросы.

1

ПРЕЖДЕВРЕМЕННЫЕ ПРИТЯЗАНИЯ НА ПРОСВЕТЛЕННОСТЬ

Сегодня игра эта именуется медитацией. Люди самого разного возраста наивно поверили, будто просветления можно достичь за каких-то двадцать дней медитации, без долгого восхождения в гору по следам дзэнских учителей. К тому же это якобы приятно. Сиди себе, бездельничай, похрапывай... Медитируй, как тебе нравится, живи, как хочется, — и ты, несомненно, станешь просветленным. А потом мимо пробегает очередной знахарь, торгующий вразнос другим снадобьем. «Кенсё за три дня!» — заверяет он. Но только шарлатан или чокнутый может нести бесстыдную чушь о том, что любой способен достичь кенсё — проникновения в собственную подлинную природу — всего за три дня.

Филип Капло-роси [1]

Сэнсэй Дэйнан Генри из денверского Дзэн-центра рассказывает, как Филип Капло-роси преподал ему запомнивший-ся на всю жизнь урок о необоснованных и скороспелых притязаниях на просветленность.

В течение третьего сессина *я трудился изо всех сил. Мне уже давно было плохо, а в то время я чувствовал себя еще несчастнее. Ужасающая боль — физическая боль от долгого сидения на месте. Такие муки способствуют сосредоточению.*

И тут я ощутил блаженство, какого не испытывал *с детства, когда все в тебе с головы до пят еще кипит жизнью и новизной. Я погрузился в ощущение чуда и счастья, купался в блаженстве. Чувство было таким острым,*

Тот, кто думает, что не знает, — тот знает. Тот, кто думает, что знает, — не знает.

Гуру Гита; Шри Сканда Пурана

что я прервал занятие и утонул в слезах радости.

Я направился в докусан *(комнату для бесед) и встретился со своим учителем, Капло-роси. Поначалу он был очень сдержан. «Хорошо, — сказал он. — Это означает, что занятия идут на пользу. А как движется работа с* му, *твоим коаном?*

«Му-шму», — заявил я.

«Ты должен понять, что усердное сосредоточение на му *помогло тебе расслабиться и ощутить нечто более глубокое. Но, прекращая работать над* му, *ты прерываешь тот самый труд, который ведет к трансформации, — сказал он. Он действительно был очень мягок и просто добавил: — Возвращайся и занимайся* му».

Я снова сел на подушку и стал работать, но это случилось снова. Меня захлестнуло блаженство, и я опять пришел в докусан. *По правде говоря, я не шел, а словно парил в воздухе. Войдя, я воскликнул: «* Му! *Роши, ничто не сравнится с тем, что я чувствую!» Но он еще раз объяснил мне, что нужно делать.*

Он объяснял мне это трижды.

На четвертый раз произошло то же самое, но теперь он просто заорал: «Ладно! Раз тебе так хочется оставаться на полпути к вершине, дело твое, но тогда — убирайся отсюда! Не смей приходить в докусан *и не проси новый* сессин! *Ты занимаешь чужое место — место настоящего ученика!» Он громко выкрикнул все это и звякнул колокольчиком, давая мне знак уходить. Я встал и нетвердым шагом вышел.*

Я боялся скорее самого учителя — он был настоящий суровый боец, — чем чего-то иного. И в следующий раз, когда нахлынуло блаженство, я продолжил работать с му. *Я старался не прерываться и изо всех сил противился переполнявшим меня ощущениям.*

Капло-роси ясно дал понять, что му *— это не блаженство. Но что же это? Я погрузился в* му *и продолжил свое путешествие в недра сознания. Не знаю что было бы, не останови он меня вовремя. Я считаю, что это был его самый ценный дар.*

Большая часть людей живет у горных подножий. Там строят красивые деревушки, порой целые города. У этих людей есть семьи, и они любят своих домашних, а иногда — не любят. Там они находят работу и друзей, там они счастливы — или не очень, там они посещают церкви и храмы — либо проходят мимо. Там они и умирают.

Намного меньшая, но все же достаточно значительная часть людей живет на склонах. У них тоже есть семьи, работа и круг общения, но эти люди стремятся жить, руководствуясь высоконравственными принципами; они порядочны и постоянно учатся, пытаются понять смысл собственной жизни. У них есть свои представления о Боге или Истине. Подчас они тянутся к этой Истине и даже стараются ей служить.

Еще меньше тех, кто живет на самой горе и переносит палатки все выше, чтобы постепенно привыкнуть к разреженному воздуху. У них нередко есть семьи и друзья, и жизнь в этом кругу такие люди считают священным долгом. Они полны сопереживания. Они понимают значимость горы, нередко посвящают восхождению к вершине всю свою жизнь и делают все возможное, чтобы приспособиться к изменчивым и суровым условиям предгорий.

Лишь редкие люди поднимаются на самую вершину. Поднявшись туда, откуда можно окинуть взором весь окружающий мир, они обычно одиноки, хотя рядом по-прежнему могут быть их любимые. Эти люди — живое доказательство того, что на гору можно взойти. Одни из них ведут деятельный образ жизни и принимают гостей, а другие разбивают свой лагерь в стороне, стараясь не привлекать чужого внимания.

И совсем уж редко встречаются те, кто, достигнув вершины, спускаются по противоположному склону. Вечные восхождения и спуски, терпеливое и страстное паломничество от одной горы к другой... Эти люди рассказывают остальным о горных тропах, надежно завязывают им ботинки, наполняют их фляги водой, навешивают для них веревки, помогают карабкаться по скользким склонам и отвесным скалам, своим ободрением заставляют их идти вперед, несмотря ни на что.

Забывая об отдыхе, они неутомимо помогают остальным взбираться наверх.

Настоящая духовная жизнь — удел немногих. Среди тех, кто ищет истину, немало людей искренних и усердных, но большинство из них далеко не всегда могут и хотят вступать в схватки с собственным эго, без которых этот путь не пройти.

И пусть все мы считаем себя опытными скалолазами, но многие одухотворенные — либо воображающие себя таковыми — личности по-прежнему обитают у подножий горы. Искренние в своем желании взойти на вершину, они интуитивно понимают, какую цену за это придется заплатить. Одни долго возятся со шнурками ботинок, а после озабоченно скупают замысловатое снаряжение, но это, в сущности, лишь попытка оттянуть время в надежде на то, что рядом как по волшебству возникнет канатная дорога, которая поднимет нас наверх и избавит от тяжкого восхождения. Другие карабкаются по склону, отчаянными усилиями преодолевая каждый камень. Но при попытке пересечь всю Гималайскую гряду, не имея даже компаса, неопытный альпинист быстро сбивается с пути и не может определить, где находится. Кроме того, он нередко полагает, будто забрался дальше, чем находится на самом деле, и потому начинает давать советы другим задолго до того, как получает право делать это.

> *Не так уж трудно понять, является ли человек прежде учеником, а уже затем учителем.*
>
> **Арно Дежарден**

В этой книге рассказывается не о том, как подняться на гору и остаться там, — хотя бы потому, что, как уже косвенно упоминалось, настоящий путь ввысь просто не имеет конца. Великие души прошлого и настоящего не водружают на вершине свой флаг, чтобы затем спокойно полюбоваться живописным пейзажем. Их жизнь продолжается; это непрестанный рост и помощь другим. Итак, эта книга не объясняет, как взобраться на вершину. Это справочник, который поможет не застрять где-то на полпути, обманываясь мыслями о том, будто уже поднялся на самый верх.

Притязания на просветленность

> *Чем меньше идущий по пути знает о своем духовном прогрессе, тем лучше... Идя к распаду и небытию, лучше не знать, где находишься.*
>
> **Левеллин Воэн-Ли**

Эго — концепция, придуманная психологами и определявшаяся изначально как набор реакций и защитных механизмов, — закрепляется в младенчестве и раннем детстве. Эта структура истолковывает действительность сугубо на основе собственных представлений, и вся его деятельность нацелена на сбережение этого взгляда — любой ценой. Оно осмеливается претендовать не только на просветленность (как будто эго знает, что это такое!), но и на все прочее. Эго полагает, будто ему известно, что такое «я» и «ты», что реально, а что ложно, что такое чувство, любовь и истина. Оно доходит даже до предположения о том, будто *оно* и есть *мы*. Эго слишком самонадеянно и кормится допущениями.

Большинство людей идентифицирует себя со своим эго. Такое отождествление означает, что представления человека о себе неразрывно связаны с действующим в каждом из нас механизме эго: между ним и тем, что человек считает «собой», нет никаких видимых различий. В ходе дальнейшего изложения станет понятно, что «эго» — механизм очень мощный, владеющий исключительным даром убеждения. Жизнь большей части людей эго превращает в пьесу, где оно — и режиссер, и драматург, вся актерская труппа и критик. Точнее сказать, эго заправляет спектаклем до тех пор, пока им не начнет руководить *тот, кто мы есть на самом деле*. Переход от власти эго к отождествлению с тем, кто *на самом деле* управляет театральным представлением, и является течением подлинной духовной жизни.

Осмеливаясь допускать собственную просветленность, человек должен поверить, будто в точности знает, что это такое, когда наступает и какие имеет последствия. Настоящее просветление действительно существует, причем совершенно независимо от сферы деятельности эго и его предположений. Проблема ложного признания собственной просветленности заключается в том, что эта ошибка отрицательно сказывается на тяге человека к самоосознанию. В душе каждого из нас живет стремление развиваться, тянуться к Богу, или Истине — как бы это ни называли. Существует также механизм эго, чья задача — помешать такому росту. Можно говорить, следовательно, что мы одновременно жаждем истины и не хотим ее знать. Но Искренняя Душа извечно тоскует по истине; хотя эго закатывает настоящее пиршество, когда мы увязаем в ложных представлениях о своем духовном прогрессе, именно эти ошибочные допущения и являются подлинными врагами свободы.

> *Постарайтесь на мгновение свыкнуться с мыслью, что вы не то, чем себя считаете, что вы переоцениваете себя, по существу, обманываете себя. Обманываете себя раз за разом, день за днем, всю жизнь.*
>
> **Жанна де Зальцман**

Иными словами, *притязания* на просветленность отвергают саму возможность *настоящего просветления.*

Кто считает себя просветленным?

Многие полагают, что просветленными себя объявляют шарлатаны, техно-гуру и так называемые «мастера», которые спят с наивными девушками. Однако притязания на просветленность встречаются намного чаще, чем может показаться. Большая часть образованных и одухотворенных эго пусть и не осмеливаются называться «просветленными» (особенно в беседах с окружающими), но либо неявно, либо достаточно откровенно берут на себя роль духовного наставника, ментора, посредника, медиума или снисходительного товарища, то есть придают своим способностям и приобретенным познаниям намного большую значимость, чем те имеют на самом деле.

Однако пускаясь по духовному пути под мудрым руководством, быстро понимаешь, что склонность возвеличивать самого себя и свои достижения распространена шире, чем можно предполагать. Трудности, впрочем, возникают лишь в том случае, когда мы не можем или не хотим принять необходимые советы, указывающие верный путь. Нам просто нужно научиться учитывать возможность ложных допущений, а первый шаг к этому — умение понять, что притязания на просветленность присущи не «кому-то другому». Они могут возникнуть у всех без исключения.

Вымирающая просветленность

Когда нечто становится столь популярным, каковой стала в наши дни просветленность, оно непременно теряет существенную грань своего смысла, ибо подлинные духовные принципы невозможно распространять массовыми тиражами. Хотя нью-эйджевская философия утверждает, будто мы перешли на тот этап эволюции, когда любой может обрести просветление, которое было прежде доступно лишь избранным, с этим выводом трудно согласиться. За весь срок человеческой истории, включая современную «Новую Эпоху», широкие массы никогда не проявляли готовности к той самоотдаче, какая требуется для просветленности.

> *Если говорить о том, что мы делаем на современной духовной сцене, то мы делаем множество вещей. Среди них есть прекрасные, есть и ужасные... Кто-то становится мудрей и сострадательней, но многие эксплуатируют других людей, преследуют свои эгоистические цели, углубляя окутывающую нас тьму и нашу сансару.*
>
> **Чарлз Тарт**

Рассуждения о притязаниях на просветленность не могут считаться достаточно полными, если не определить вначале четкое различие между доморощенной духовностью «Нью-Эйдж» и традиционными путями к освобождению, по которым приходится идти всю жизнь. Подавляющая часть нью-эйджевских философий и психологий указывают пути к удовлетворенности сновидениями эго. Они объясняют, как получить наибольшую радость от все той же иллюзорной жизни, тогда как по-настоящему духовные направления учат тому, как вырваться из этого сна. Это следует подчеркнуть особо, поскольку слова «духовность» и «просветление» стали ныне слишком популярными, и большинство людей полагает, будто экстрасенсы, псевдошаманы и знахари с магическими кристаллами занимаются приблизительно тем же, что и традиционные наставники дзэн, учителя *ваджраяна-тантры* или суфийские шейхи. Всех сейчас гребут под одну гребенку, прикрывая удобным понятием «духовность», но это приносит огромный вред и настоящим учителям, и нам самим.

Как и слово «любовь», понятие «просветление» само по себе говорит очень мало. «Любовью» мы называем и безрассудную увлеченность, и пристрастие к мороженому, и чувства, испытываемые к своим детям. Но большинство людей даже не догадываются, что же такое настоящая любовь. То же относится и к «просветлению». Это слово так часто мелькает в популярных телешоу и на страницах «Нью-Йорк таймс» и «Ньюсуик», словно все без исключения прекрасно понимают его смысл. Этот факт явно показывает, что весь западный мир стал жертвой массового заблуждения о просветленности. Когда все вокруг постоянно говорят о просветлении, значение этого понятия умаляется, ибо оно по самой своей сути невыразимо, не может определяться словами. Мы живем в мире, где поиск пути к просветлению превратился для многих людей в досужее развлечение.

Сознание обычного человека открыто для самых разных заблуждений и предубеждений относительно духовности. Эти неверные представления иногда ведут к порочному подходу к духовной практике у тех, кто рискнул оторваться от на первый взгляд безопасной опоры экзотерической религии.

Георг Файерстайн

Сэнсэй Дэйнан Генри чрезвычайно критично относится к тому, насколько вольно пользуется «Нью-Эйдж» духовными понятиями:

Я не имею ничего против того, что «нью-эйджеры» занимаются всеми этими глупостями. Я против того, что они пользуются терминологией древних традиций, да еще и настаивают при этом, будто речь идет о просветлении. Не о просветлении они говорят. Они говорят лишь об определенном диапазоне ощущений, мыслей и сексуальных переживаний. Стоит у них появиться приятному чувству или глубокой мысли, как они тут же заявляют: «Это просветление!» А еще они любят поговорить об «истинном Я». Лепечут о «Высшем Я» — а сами имеют в виду крепкое здоровье и прекрасный секс! Трудно такое выдержать. На мой взгляд, они и близко не подбираются к истине. Вот в чем причина моей нетерпимости.

Мнение сэнсэя Дэйнана сурово, но справедливо. Такие люди, как он, всю жизнь посвятили попыткам передать идею Реальности, кроющейся за словом «просветление», но они постоянно сталкиваются с необходимостью распутывать и разоблачать нелепые догадки и мечтания о духовной жизни, которые возникают у учеников под влиянием ложных культурных представлений и неправомерного использования священных понятий.

Роси Мел Уайтзмэн из Дзэн-центра в Беркли рассказывает о случае, свидетелем которого он стал еще в семидесятых годах на одном семинаре, где выступал один из самых популярных гуру того времени. Какая-то женщина выскочила из зала и обиженно заявила кассиру: «Я заплатила сто долларов, чтобы стать просветленной! Верните мне деньги!» Но за деньги просветления не купишь.

Настоящее просветление определенно не найти на полках магазинов; его не сберечь консервантами и пластиковой упаковкой. Безоговорочное приятие Бога, либо Вселенной — величайший дар, «бесценная жемчужина», и дешево ее не обрести. Одного этого достаточно, чтобы усомниться в ценности поддельных самоцветов в затейливых обертках, которые бойко предлагают псевдоспиритуалисты. Если хочешь чего-то настоящего, придется научиться разбираться в подделках, иначе есть риск похвастать перед Господом осколком цветного стекла, полагая, будто это алмаз «Надежда».

> *Западный индивидуализм плох — плох во всех отношениях. Но та его идея, что человек самодостаточен, что он не нуждается в обществе, поскольку все управляется отдельными личностями, — поистине опасна.*
>
> **Реджинальд Рей**

И все же слова о вымирающей просветленности не означают полного исчезновения того, что кроется за этим понятием в его чистейшем виде. Сейчас просветленность встречается не реже и не чаще, чем прежде. Истина всегда была, есть и будет; всегда найдутся и те редкие люди, которые способны ее постичь, а затем жить, опираясь на познанную истину. Современные определения и толкования просветленности подвергаются в этой книге критическому разбору с той целью, чтобы люди не довольствовались скромным набором непривычных переживаний, который соответствует приведенному в каком-то учебнике определению просветления; нам хочется подтолкнуть таких людей к мысли о существовании куда более широких возможностей.

Недостаток духовного образования и потребность в культурной матрице

Поскольку западная культура предлагает подавляющему большинству своих представителей весьма скудное духовное образование, людям, которых интересуют вопросы духовности, недостает знаний о том, как отличить настоящее от поддельного. У нас есть широкий выбор религий; к тому же в Северной Америке сохранились мощные культурные основы духовности коренных народов, а в некоторых европейских странах — кельтские традиции, однако с точки зрения духовного самообразования Запад в целом остается безрадостной пустыней.

> *В Тибете или буддийских районах Индии вы, имея плохого учителя, легко найдете по соседству хорошего. Само окружение поможет вам прояснить те или иные вопросы. Но о нашей культуре этого не скажешь. Здесь люди, как правило, не искушены в вопросах духовности.*
>
> **Реджинальд Рей**

Причиной недостатка духовного образования на Западе является отсутствие устойчивой культурной матрицы, то есть некоего контекста в рамках культуры, который возникает и существует достаточно долго для того, чтобы обеспечить людей надежной опорой духовного понимания и восприятия. Существование культурной матрицы отнюдь не означает, что все без исключения представители этой культуры глубоко понимают духовность и относятся к ней с должным почтением. Такая матрица предполагает, что в рамках культуры есть незримая коллективная структура, которая служит духовным источником и основой воспитания тех, кого привлекает духовное развитие.

Очевидными образцами культурной матрицы являются традиции Индии, Тибета (вплоть до относительно недавней китайской оккупации) и Израиля, а также множества буддийских стран — например, Таиланда и Вьетнама. Перечисленные культуры духовны по самой своей сущности. Духовность в этих странах неотделима от жизни. Это означает, что культура заботится о тех, кто проявляет желание погрузиться в поиски Бога, или Истины; в то же время такая культура поддерживает и тех, кого мистическая жизнь вообще не привлекает либо интересует мало.

К сожалению — хотя это было неизбежно, — при массовом переносе восточных духовных традиций на западную почву нас привлекли, главным образом, зримые практические методы и осязаемые проявления этих традиций, а не сама культурная матрица, в рамках которой они зародились. Разумеется, перенять чужую культурную матрицу попросту невозможно, но, если этот фактор вообще не принимается в расчет, результатом становится поверхностное, слишком неполное заимствование традиции. Бездонные по содержанию эзотерические практики, которым сейчас обучают на двухдневных семинарах, открывались некогда лишь тем, кто годами занимался основополагающей *садханой* и жил в особых сообществах, где человеку помогали справиться с многочисленными трудностями, которые часто возникают при переходе к более высоким уровням практики.

Духовные наставники Востока, кому, разумеется, хочется сберечь собственные гибнущие культуры и поделиться с Западом своими знаниями, простодушно полагали, будто западный мир способен понять эти в высшей степени эзотерические учения и воспользоваться ими. По этой причине такими знаниями часто делились совершенно легкомысленно, отдавая их первому встречному, — слишком сильным было желание этих наставников либо распространить свои истинные учения, либо стать в глазах мира великими учителями. Они и сами не догадывались, что способность понять эти учения и работать с ними объясняется принадлежностью к культурной матрице, в которую они так вросли, что уже не в силах были заметить ее существования.

Нередко не понимали они и того, что эта культурная матрица — важная часть их собственной защиты. Такое случалось совсем не редко: восточные учителя, которых в родной культуре почитали за высочайшее качество преподавания, попадали на Запад и просто не выдерживали тех трудностей, какие возникают при попытках обучать людей, чья культура лишена какой-либо матрицы восприятия духовных традиций. Не сознавая того, что прежде их оберегала родная культурная матрица, они порой сбивались с пути в погоне за соблазнами эго. Ученый Чарлз Тарт, один из отцов «сдвига сознания» в Соединенных Штатах, так комментирует это обстоятельство:

Мы видели многих учителей, приезжавших к нам с Востока, — по меркам восточной традиции они были людьми достаточно просветленными, но стоило им пожить здесь, как вся просветленность куда-то улетучивалась. Они воспитывались в монашеской традиции, а тут их сразу окружили красивые женщины — и нередко заканчивалось все тем, что для восполнения праны они спали с двадцатилетними, — поступок на вид грязный, но в высшей степени обдуманный. Костяк нашей личности определяется культурной матрицей, и эта матрица поддерживает нас самыми разными способами. Если культурная матрица выделяет особое место для духовности и ограждает при этом от множества явлений посведневных, человек может добиться весьма неплохого развития. Но если вырвать человека из его культурного контекста и перенести в другой контекст, где он лишен культурного щита, все может закончиться очень печально.

Помимо прочего, культурная матрица предлагает духовную защиту преемственностью. Большая часть великих духовных учителей наследуют достижения долгой череды учителей-предшественников; таким образом, за плечами у них — надежные корни традиции, и именно потому в рядах признанных учителей дзэна и раввинов «паршивые овцы» встречаются намного *реже* (но все равно изобилуют).

Известный ученый Кен Уилбер* полагает, что, если наставника не оберегает преемственность, «любой учитель становится единственным средоточием права устанавливать законы. Поскольку личность неизбежно измеряется законами... ее поступки и жизнь будут такими, какими их признает законодательная власть, — а это прямой путь к неразрешимым прецедентам» [2].

* Сейчас «София» готовит к печати несколько книг Кена Уилбера.

Реб Зальман показывает, как еврейская культурная матрица оберегает своих членов от возможности погрязнуть в напыщенных представлениях о собственных духовных достоинствах:

У евреев священником становится далеко не всякий, кто вызубрил Библию. Для этого нужно знать намного больше — например, древние языки. Чтобы стать духовным вождем, требуется долгое обучение и напряженная работа мысли. Среди ортодоксов считается, что, если уж человек вышел на люди, о нем должны знать всё — из какой он семьи, у какого раввина учился и так далее. Если проповедовать начнет незнакомец, его просто не станут слушать.

Возникает вопрос: как же получить подобное образование в культуре, лишенной системы духовного обучения? Едва ли удастся обеспечить образование всей культуры в целом, но существуют духовные школы и учителя, работающие именно с этой целью. Нам следует заняться собственным образованием не только для того, чтобы не обманываться в отношении своего духовного развития. Помимо прочего, так мы способствуем возникновению культурных стандартов духовности, делаем современную духовность явлением целостным и сберегаем ее сущность в периоды больших перемен.

> *Одно из величайших человеческих заблуждений — принимать духовный путь за увеселительную прогулку.*
>
> **Чогьям Трунгпа Ринпоче**

Множество оттенков серого

Скоропалительные притязания на просветленность нельзя рассматривать как явление черно-белое. Его границы размыты, определяется оно очень сложными факторами, каждый случай отличается от других. Подчас человек сбивается с пути, но остается искренним и даже приносит пользу. В одних случаях огромное сострадание сочетается с замутненностью восприятия, в других царит ясность без сочувствия к окружающим. Один готов отказаться от мысли о собственной просветленности, когда его разубеждают, другой откро-

Медленно, но верно я стал понимать, что вопрос Пробуждения — это, по существу, вопрос о бесконечном во всей его утонченности и сложности.

Эндрю Коэн

венно стремится к власти и славе, а третий настолько слеп к динамике своего бессознательного, что просто не в состоянии заметить слабые стороны своей позиции. Бывает и так, что сам человек не высказывает никаких претензий, но под давлением учеников либо других учителей (и под их руководством) исполняет функции учителя.

Чарлз Тарт более трех десятилетий занимался изучением деятельности сознания и его измененных состояний как с эмпирической, так и с личной точки зрения. Он выдвинул немало гипотез о работе сознания и связанных с ним явлениях, но признает тот факт, что область неведомого в целом по-прежнему намного обширнее сферы познанного.

> *Мне хотелось бы давать ответы на вопросы, но я намного острее сознаю сами вопросы. Думаю, если мы не будем забывать о вопросе, у нас появится возможность понять его и найти ответ. Все такие вопросы невероятно важны, но я склонен считать, что ответов мы не знаем. Остается лишь делать то, что нам по силам. Если вопрос волнует, шансы найти ответ намного выше.*

В данном случае это означает, что нельзя делать поспешных выводов о просветлении. Кто просветлен, а кто нет, каковы признаки ложной просветленности и просветления настоящего — любые предполагаемые ответы могут оказаться неверными. В то же время нам вполне по силам очень многое узнать о связанных с просветленностью ловушках, а затем, анализируя такие склонности в собственной душе, научиться достаточно ясно выявлять их в конкретных обстоятельствах своей жизни.

Мы имеем дело с тайной. Мы изучаем тайну, пишем книги о тайне, медитируем на тайне, годами занимаемся ведущей к этой тайне духовной практикой — но она все равно остается тайной. Приходится просто смириться с этим, но ни в коем случае не забывать, чтобы никогда не поддаться искушению собственной мудрости.

Может ли быть что-то хуже?

Учитель буддизма и антрополог Джоан Галифакс, обучающая медитативным приемам тюремных заключенных, высказывает особую точку зрения, которая резко отличается от уже приводившихся позиций других учителей. Она напоминает, что необоснованные притязания на просветленность — далеко не самое страшное зло.

Пусть уж лучше они считают себя просветленными — а это прекрасная цель, — чем грабят магазины, сидят на героине, избивают жен или пинают ногами собак. Лично я полагаю, что иллюзия собственной просветленности чудесна, даже если это просто заблуждение. В любом случае, мечта о просветлении лучше тяги к убийству. Я не собираюсь проводить психиатрическую проверку тех, кто называет себя просветленными. Это отнюдь не самое худшее. Лучше строить из себя просветленного, чем умышленно вредить другим. Кроме того, мне кажется, что это неизбежная стадия развития, ведь в определенном возрасте каждая девочка красит губы помадой, надевает туфли на шпильках и воображает себя мамой. Это приблизительно то же самое. Я вообще не склонна обвинять других, потому что работаю с убийцами — и люблю их. Но в своем развитии люди всегда проходят определенные этапы.

Это очень важное замечание. В повседневной жизни — не говоря уж о тюрьмах — люди без раздумий хитрят, лгут, воруют, самоутверждаются и пытаются манипулировать другими. Быть может, действительно лучше блуждать в своих фантазиях или беседовать с архангелами, если так человек причиняет окружающим меньше вреда. Эту ценную точку зрения стоит запомнить, поскольку она дополняет наш анализ еще одним измерением.

Если же взглянуть на вопрос с позиции эволюции сознания, то кто знает, какие последствия может иметь неправомерное допущение собственной просветленности? Вероятно, не такие уж безобидные, особенно в том случае, когда эта претензия оказывает влияние на жизни сотен и тысяч последователей. Говоря языком прагматичным, для тех людей, которые уже в этой жизни получают возможность провести важную работу на духовном пути и помочь обретенными знаниями всему человечеству, ошибочная претензия на просветленность — заблуждение весьма серьезное. Чтобы избежать его, требуется огромная осторожность, и потому подобная ошибка становится препятствием для очень многих людей.

2

ЧТО ТАКОЕ ПРОСВЕТЛЕНИЕ?

Я не смог бы дать определение просветления даже под страхом смерти. Я уверен, что такого определения нет. А утверждать, что ты достиг того, чему не можешь дать определения, — просто смешно.

Ли Лозовик

«Что такое просветление*?» — основной вопрос, самый невообразимый *коан* современной духовности. Как уже было сказано в первой главе, основополагающее понимание просветленности ныне почти исчезло. Вследствие слишком частого и неверного употребления этого слова теми, кто полагает, будто постиг его значение, понятие утратило свой изначальный смысл. У него есть близкие синонимы — такие, например, как «пробуждение», или «освобождение», — но они тоже вызывают много недоразумений. Новичкам и опытным практикам нужен свой язык, который позволял бы говорить о явлениях, связанных с их окончательной целью, но делать это поневоле приходится с позиции гипотетической либо, в лучшем случае, — интуитивной.

В своей книге «Прозрение, или Трактат о буддийской медитации *сатипаттхана*» Махаши Шайядав приводит такое сравнение:

Аппетитное, вкусное, изысканное и питательное блюдо в полной мере оценит лишь тот, кто сам попробовал хотя бы ку-

---

* В этой книге понятия «просветление», «пробуждение» и, реже, «освобождение» используются как синонимы. В большинстве случаев считается, что эти слова имеют несколько разный смысл, но среди духовных школ и учителей нет и намека на единообразное понимание их значений, и потому совокупный анализ широчайшего спектра духовных направлений делает точное определение смысловых оттенков этих понятий совершенно невозможным. — *Прим. авт.*

Я нисколько не претендую на знание того, что есть освобождение, что есть пробуждение... Единственное, о чем я все-таки кое-что знаю, это как говорить «да» тому, что существует.

Дэниэл Моран

сочек. Сходным образом, описанную ниже последовательность роста познаний поймет только тот, кто сам постиг его посредством прямого восприятия — и никак иначе. [3]

Главная опасность попыток определить просветление заключается в том, что в результате мы просто дополняем очередной мыслью огромный склад представлений о значении этого понятия. От таких попыток есть, впрочем, и принципиальная польза: поскольку в нашем мире «просветление» как концепция не существует, а подходящей замены не найти, намного лучше постараться прояснить эту идею и расширить свои представления о ней, чем оставить как есть, в обветшалом от древности виде. Слова — просто символы, и подчас весьма приближенные, но это важнейшая форма выражения, с помощью которой мы передаем свои переживания. Таким образом, попытаться оценить размытость наших взглядов на просветление и прояснить царящую неопределенность намного полезнее, чем вообще отбросить этот вопрос.

Фантазии о просветлении

Основная трудность попыток определить просветление сводится к тому, что делать это приходится не с «игрового поля», а с дешевых мест на трибуне. Наблюдая за футбольным матчем по телевизору, болельщик авторитетно заявляет: «На месте защитника я сделал бы подкат», хотя не может заставить себя сделать даже утреннюю зарядку и едва ли попадет мячом в ворота с трех метров. Мы пытаемся определять просветление с умозрительной, концептуальной точки зрения, лишенной какой-либо объективности и опытной основы. То, что мы называем «просветлением», — лишь отвлеченная идея, порожденная воображением. Просветлсние — это миф.

Самая частая и широко распространенная фантазия о просветлении сводится к тому, что это свобода от страданий, отсутствие боли и борьбы, молочная река с кисельными берегами, состояние вечной любви, блаженства и покоя. В этой форме просветление олицетворяет собой всеобщую мечту об идеальном, совершенном мире чистого счастья и неувядаемой красоты. И это не только нью-эйджевская фантазия, а тайное желание всех людей без исключения, наша общая мечта о спасении. И все-таки это просто фантазия, в связи с чем Ли Лозовик предупреждает:

Если вы убеждены, что после просветления жизнь враз станет блаженным, счастливым, чистым и светлым существованием, я не советовал бы на это рассчитывать. Нам удобнее жить с мыслью о том, что, стоит пробудиться, как все проблемы решатся сами собой, но на деле все не так.

Для того чтобы сделать свою духовную жизнь реалистичной, нам настоятельно необходимо открыто признать многочисленные выдумки и мифы, связанные с этим таинственным «состоянием». К фантазии о спасении склонны даже те, кто достаточно долго изучал духовные дисциплины и занимался ими на практике. Они понимают, что их идеи просветления иллюзорны, но где-то в глубине души по-прежнему таятся надежды на избавление. Умение отбросить фантазию о спасении — великое духовное свершение.

Как мы убедимся в дальнейшем, подобные фантазии связаны не только с просветлением, но и с духовными переживаниями, медитацией, Богом и так далее.

Когда Регги Рею, буддийскому учителю и одному из преемников Чогьяма Трунгпа Ринпоче, сказали, что большинство людей полагают, будто медитация означает воспитание безмятежного состояния ума, он полушутя ответил: «Очевидно, так полагают те, кто никогда не медитировал».

Первейшее и наибольшее заблуждение — это мысль о том, что человек может освободиться, стать свободным... Это только сознание может освободиться от человека, но никак не человек от самого себя.

Дэниэл Моран

От мифа о просветлении очень трудно отказаться — на какую иную награду за усердные труды тогда можно надеяться? Похоже, совсем не на то, о чем мечталось. Нам, судя по всему, предстоит увидеть Реальность, которую мы изо всех сил пытались вообразить не такой, какая она есть на самом деле. Однако именно в этом кроется возможность найти бесценные сокровища, какие нам и не снились.

Современные определения

О просветлении можно говорить по-разному, к нему можно подходить с множества точек зрения. Многочисленные духовные школы и учителя пользуются при этом собственной терминологией, а их определения обычно согласуются с тем, как в той или иной школе объясняются прочие космологические понятия. Ниже приводятся определения и описания просветления с различных позиций — в том виде, в каком их представляют некоторые современные учителя.

Георг Файерстайн: «Просветление — гибель ментальных концепций».

Я совершенно не в состоянии видеть другого человека отдельно от себя. Это невозможно.

Дэниэл Моран

Файерстайн предлагает классический взгляд адвайта-веданты, согласно которому просветление представляет собой «разрушение всех мыслительных концепций бытия, включая понятия пустоты и хаоса, полноты и упорядоченности» [4]. Далее он предполагает, что «просветление — это такое состояние тела и разума, когда они целиком и полностью синхронизированы с трансцендентальной Реальностью» [5].

Регги Рей: «Просветление — это восприятие».

По мнению Рея, в буддизме просветление означает полноту восприятия. «Ты откликаешься на внешний мир, а полный отклик означает, что у тебя нет никаких предварительных суждений — ты ни к чему не стремишься, ничего не ждешь. Восприятие — это умение откликаться на саму действительность, а не на свои представления о реальном».

Джоан Галифакс, Арно Дежарден: «Просветление — это расслабленный ум».

«Пока ты чего-то хочешь, — говорит Галифакс, — твой ум не расслаблен. Один тибетский Ринпоче сказал мне как-то: "Просветление — это расслабленный ум". Сейчас весна. Мы сидим тут, в саду, а вокруг расцветают тюльпаны. Разве кому-то придет в голову заставлять ростки выглядывать из земли раньше положенного срока? Они живут своей жизнью. Ваша жизнь тоже идет своим чередом. Если приходить в *дзэн-до*, чтобы чего-то добиться, добьешься только усталости либо напыщенности. Со временем ты сидишь тут, просто чтобы сидеть. И помогаешь, просто чтобы помочь. Сидеть рядом с умирающим — это даже не помощь, ты просто сидишь рядом с умирающим. Это не занятие, не практика».

Рассказ Галифакс о расслабленном уме сходен со взглядами французского духовного учителя и кинорежиссера Арно Дежардена, который постоянно советует ученикам «принимать то, что есть» и «сказать жизни "да"». Предлагая смириться со всем, что есть сейчас, и принять все таким, каково оно есть, не пытаясь ничего изменить, Дежарден говорит, по существу, о расслабленном и всеохватном мышлении.

Ли Лозовик: «Просветление — это понимание того, что все преходяще, в том числе и само просветление».

«Все меняется каждый миг, — продолжает Лозовик, — и, если взять *одно* ощущение просветления и перенести его в будущее, не останется никаких шансов испытывать подлинное просветление в каждое последующее мгновение».

Слова о мимолетности просветления могут показаться эго удручающими, так как обычно этим понятием обозначают неизменное, устойчивое состояние — возникнув однажды, оно якобы тянется до бесконечности. Мысль о том, что просветление тоже преходяще, возвращает нас к уязвимости непостоянства и неведения, ибо даже просветление не обещает полной власти над жизнью.

Эндрю Коэн: «Просветление — это безличная энергия».

Коэн, основатель и наставник Братства Безличного Просветления, описывает эту грань просветления так: «Энергия просветления — это энергетическое движение во Вселенной, движение самой эволюции сознания. Такое движение безлично. Его не волнуют ни ты, ни я. У него свои законы, свои неотложные дела, а наше положение и личные чувства не имеют к этому никакого отношения, так как у энергии есть своя функция, и она не сознает ни тебя как индивидуальность, ни твое психологическое либо эмоционально-кармическое состояние».

Джоан Галифакс, Кристина Гроф: «Просветление — это сознание всеобщей взаимосвязанности».

Галифакс определяет просветление как «понимание того, что ты не один. Ты — это всё. Всё взаимосвязано. Всё пребывает во всем».

«Постижение того, что ты неразрывно связан с неким великим целым, вызывает особое чувство смирения», — говорит Кристина Гроф, президент Трансперсонального института Грофа.

Большинство людей неосознанно полагают, будто независимы от окружающего мира, и это влечет множество примечательных следствий. Убежденность в отсутствии связей порождает враждебное отношение ко всему миру. Человек мыслит парами противоположностей: «я — и ты», «ты — и я», «я — и всё остальное, что вне меня». Когда веришь в свою отделенность от Бога или реальности, возникает ощущение собственной неполноты, незавершенности — и для того, чтобы восполнить недостающее, нам приходится что-то у кого-то отнимать. Основой агрессивности является неспособность постичь всеобщую взаимосвязанность.

> *Духовный путь — это процесс, путешествие, и я не думаю, что здравомыслящий человек способен счесть его завершившимся. Это непрерывный процесс, и в таком понимании просветление есть идеал.*
>
> **Роберт Холл**

Мел Уайтзмэн: «Просветление — это понимание того, что ты ничего не знаешь».

«Человек сбивается с пути, — говорит Уайтзмэн, настоятель Дзэн-центра в Беркли, — когда начинает думать, будто просветление означает всезнание. Но на самом деле величайшее прозрение заключается в понимании того, что ты ничего не знаешь».

Чарлз Тарт: «Просветление наступает, когда постигаешь собственную полную темноту».

Изучение собственного неведения — иллюзий, среди которых в той или иной степени живет подавляющее большинство людей, — может быть более практичным подходом к самопознанию, чем попытки оценить меру своей просветленности. Чарлз Тарт, именуемый «специалистом по просветлению», излагает собственный взгляд на вопрос неведения:

> *Наша беда в том, что мы не хотим подчиняться тому, что можем подчинить, и подчиняемся тому, чего подчинить не можем.*
>
> **Дэниэл Моран**

Едва ли я знаю, что такое просветление, пусть меня и считают специалистом в этой области. Как человек и как профессионал, я уже шестьдесят лет изучаю неведение и потому знаю, когда погружаюсь в безумие и искажения, отрезаю себя от действительности. Конечно, не раз бывали случаи, когда я отходил от неведения и прислушивался именно к тому, что мне говорили, а не к заранее составленному мнению о чужих словах. Благодаря этому мне удается иногда оказать другим помощь, и я очень ценю подобные случаи, но это, к сожалению, лишь редкие всплески. У меня нет никаких иллюзий, я не твержу себе: «Смотри-ка, а я стал просветленным!» Я понимаю, что никем еще не стал. Я такой же сумасшедший, каким был двадцать лет назад, — и я этому рад. Да, я немного умею сосредоточивать внимание, но мне по-прежнему очень далеко до того, что я считаю для себя возможным. И даже сейчас, говоря об этом, я замечаю в себе какую-то частичку, которая очень горда такой скромностью, так что мне всегда нужно быть начеку и следить за этой гранью души.

Арно Дежарден, Эндрю Коэн: «Просветление бывает разных уровней».

Рассуждая о ступенях просветленности, Дежарден делится такими соображениями: «Можно ли говорить, что есть только один уровень пробуждения, или просветления? Можно ли утверждать, что человек либо пробужден, либо нет? Можно ли сравнивать просветленность и говорить, что кто-то «просветленнее»? Мой ответ звучит так: нельзя утверждать, что один человек обнаженнее другого, но вполне можно сравнить, на ком больше одежды. Я уверен, что идея поступательного развития намного полезнее ожидания и надежды на внезапный всплеск, дарующий полное, окончательное пробуждение».

Коэн продолжает ту же мысль: «В целом, различия в достижениях по-настоящему просветленных личностей можно отнести к двум категориям: с одной стороны — *глубина* достижения (например, широта взглядов и понимания Просветленного), а с другой — его *чистота*. Насколько чисто проявление этого достижения? Нет ли каких-то примесей, и если есть, то как много?» [6]

Традиция дзэн проводит четкую границу между «поверхностным» и «глубоким» просветлением: хотя *сатори* действительно может столь глубоко пропитать личность, что вызовет коренные перемены во всех сторонах его жизни, но на деле первоначальная просветленность нередко «поверхностна» и требует дальнейшего укрепления.

Чарлз Тарт: «Просветление — это свобода от духовного пути».

«Мы с друзьями часто шутим, что просветление — это освобождение от духовного пути, — говорит Чарлз Тарт, но на самом деле в этой шутке есть лишь доля шутки. — Состояние становится по-настоящему глубоким, когда человек уже не испытывает нужды в просветлении. Конечно, такая потребность отсутствует и в том случае, когда он целиком погружен в иллюзорное. В общем, вопрос этот весьма щекотливый: нужно быть честным в отношении просветления и в то же время не запутаться в лабиринте самовлюбленности».

Не лучше ли вообще молчать об этом?

Одни учителя готовы обсуждать вопрос просветления, а другие молчат на эту тему — а если и говорят, то весьма неохотно. Кто-то предпочитает просто заниматься делом и жить просветленной жизнью, кто-то считает, что рассуждения об этом опасны, так как вносят еще больше путаницы, а кто-то хочет, чтобы его ученики сосредоточились прежде всего на уравновешенном и разумном образе жизни, тогда как размышления о просветлении можно оставить на потом. Учитель дзэн Йоко Бек* описывает такой случай:

Кто-то всего пару дней назад сказал мне: «Послушай, ты ведь никогда не говорила о просветлении. Что ты можешь о нем рассказать?» Знаете, в чем беда разговоров о просветлении? Разговоры обычно создают образы, а просветление — это не картина, а разрушение всех картин. Но кто станет мечтать о том, чтобы его жизнь разбилась вдребезги?

Интересно отметить, что многие из тех, чья жизнь может служить образцом чего угодно, только не просветления, с легкостью рассуждают на эту тему и открыто заявляют о своей просветленности. С другой стороны, люди пусть и не просветленные до конца, но посвятившие всю жизнь помощи, состраданию и распространению духовных учений, настойчиво отрицают свою просветленность и предпочитают не говорить о том, что это такое. Джоан Галифакс, которая получила посвящение в трех школах буддизма, а ныне руководит *дзэн-до* и центром духовного образования, утверждает:

Я не люблю говорить о просветлении, так как чувствую, что со мной Дзэн потерпел неудачу. Я совершенно не ощущаю себя просветленной. Я постоянно сражаюсь со своими пороками и слабостями. Я знаю, насколько сильны в моей душе внутренние противоречия и ощущение собственной личности. Я — не просветленная. Да, несколько раз у меня бывали потрясающие прозрения. Да, суета жизни и множество очень мучительных — как для меня самой, так и для других людей — ошибок позволили мне усвоить кое-какие важные уроки. Но о просветлении и речи быть не может.

Говорят, Чогьям Трунгпа Ринпоче, который был лично знаком со многими великими святыми нашей эпохи, заявлял, что за всю жизнь видел лишь троих просветленных. Если его оценка верна — пусть даже как приблизительная цифра — и среди встречавшихся с ним сотен, если не тысяч,

* См.: Шарлотта Йоко Бек, «Дзэн в любви и работе». «София», Киев, 1996 г.

учителей было всего трое просветленных, то привычные даже для одаренных духовных учеников небрежные разговоры о просветлении как вполне распространенном переживании являются, несомненно, признаком большой самонадеянности.

О просветлении говорят так часто, потому что повседневная жизнь со всеми ее стычками и обязанностями выглядит по сравнению с этой светлой мечтой слишком удручающей. Если же перейти к более широкому контексту требований к подлинно духовной жизни во всей ее полноте, то, возможно, просветление — это вовсе не то, что именуют «бесценной жемчужиной». Быть можно, это нечто совершенно иное — скажем, просто еще одно, пусть и довольно существенное, условие из нескончаемого набора требований к просветленной жизни.

Если бы мы знали, что такое просветление, то всеми силами избегали бы его

Разве в просветлении может быть нечто настолько ужасное, что от него захочется бежать со всех ног? Дать точный ответ может лишь тот, кто познал настоящее просветление на своем опыте, но, судя по рассказам многих, очень многих великих учителей, Реальность (то есть просветление) — отнюдь не райское спасение, на которое надеется большая часть людей. Помимо счастья, в нашей жизни очень много невероятных страданий; просветленный видит все это как есть и не в силах отвернуться от каких-либо сторон общей картины.

> *Платить нужно с радостью... платить много и сразу, платить вперед. Платить собой. Искренними, добросовестными, самоотверженными усилиями. Чем в большей степени вы будете готовы платить не экономя, без обмана, без всякой задней мысли, тем больше получите...*
>
> **Жанна де Зальцман**

Говоря о встречах со святыми из разных уголков мира, и Лозовик тоже подчеркивает, что настоящие святые — люди лучезарные и способные испытывать огромную радость — всегда терзаются страшными муками. Они вынуждены терпеть душевную боль, которую вызывает обостренное восприятие человеческих страданий. Многие представляют жизнь *гуру* как сплошное удовольствие: ученики смиренно сидят у его ног, подносят ему дары, наряжают цветочными гирляндами и предлагают огромные пожертвования.

В целом, большинство людей понимают просветление совершенно превратно. Если бы они догадывались, что просветленная жизнь — это не купание в океане блаженства, а череда душевных мук, бескорыстного служения и страданий за других, то многие свернули бы с этого пути, едва вступив на него. Именно поэтому многие великие учителя предупреждают: «Если бы вы знали, что такое просветление, то убежали бы прочь». Однако те же учителя, которые предлагают людям бежать от просветления, одновременно ведут по этому пути преданных учеников, а порой вытворяют самые невероятные духовные кувырки и сальто, лишь бы привлечь других к той жизни, какой живут сами. Они увидели действительность такой, какая она есть, а затем поняли, что иного выбора нет, и посвятили свою жизнь служению этой действительности.

* * *

Вимала Тхакар: «Просветление — это не переживание».

Вимала Тхакар — скромная индийская учительница с непререкаемым авторитетом, учеником которой почти сорок лет назад пожелал стать Кришнамурти, — путешествовала по всему миру, обучая медитации и погружению в суть вещей. Выдержка из письма Вималы, которое она написала дома, на горе Абу в Раджастане, заслуженно станет примечательной частью этой книги:

Просветление — это окончательный итог человеческого развития и взросления. Его не ощущают. Переживание возможно только на ментальном плане. Разум — это сознание, ограниченное условностями, которые веками устанавливает весь род человеческий. Условности, или санскары, *представляют собой ограничения, принятые намеренно, во имя общественной жизни. Человек — существо социальное. Взаимоотношения предполагают единые условности: упорядоченные схемы мышле-*

ния и поведения, а также определенные защитные механизмы — иногда грубые, нецивилизованные, а подчас, напротив, утонченные и продуманные. Так или иначе, это лишь средства, необходимые для устойчивого существования общества.

Единство разума и тела нельзя отождествлять со всей нашей жизнью. Обусловленное сознание нельзя приравнивать к совокупности энергий, которые перемещаются и взаимодействуют друг с другом в рамках поля «разум—тело» и за его границами. Постижение того, что кроется за пределами досягаемости органов чувств, ощущений и рассудка, возможно лишь в случае безусловной приостановки мыслительной деятельности.

Переживания есть только до тех пор, пока действует самосознание, то есть надзирающий элемент структуры мышления. Когда разум замирает, ощущение и переживание невозможны. Поэтому просветление не может быть переживанием.

Мистические переживания вполне могут представлять собой деятельность утонченного, обостренного комплекса «разум—тело». Очищение повышает чувствительность организма, после чего он может впитывать впечатления и вибрации, которые содержит сама пустота пространства. Их можно назвать «безличными» по содержанию, несмотря на то что находятся они в рамках тела конкретной личности. Разумеется, события на витальном плане сознания и других его тонких планах имеют совсем иные свойства и порождают ощущения, отличные от обычных чувственных и психологических переживаний. Эти ощущения очень своеобразны, они передают личности величие утонченности, и все же их нельзя назвать предвестниками просветления.

Высшее Освобождение — мокша, *как называют его в Индии, — не имеет ничего общего с переживаниями, центром которых остается эго; оно никак не связано с событиями в сфере эго. Освобождение — это совершенно иное измерение Космической Энергии. Человека посещает необусловленная энергия Высшего Разума, вызывающая преображение всей его сущности. Физический облик при этом может остаться прежним либо тоже претерпеть какие-то изменения. Структура мышления, скованная всей совокупностью человеческого прошлого, полностью отмирает и отныне лишается какого-либо самостоятельного, независимого источника деятельности. В движение она приходит лишь в том случае, если того потребует энергия Освобождения.*

3

ПРИЧИНЫ ТЯГИ К ПРОСВЕТЛЕНИЮ

Многие так называемые духовные искатели — просто ходячие Нарциссы. [8, 9]

Бабба Фри Джон

Мотивы стремления к просветлению определяются тем, как человек понимает это слово, но всеобщая путаница в отношении самого понятия приводит к тому, что, пускаясь на поиски просветления, ему трудно разобраться, что именно он ищет. Если человек рассчитывает что-то «получить», основой его побуждений может быть жадность или опустошенность; если он надеется на блаженство, мотивом может служить отсутствие счастья; мечты о единении могут быть вызваны одиночеством, и так далее. В этой главе мы оценим спектр побуждений, заставляющих людей стремиться к просветлению. Недостаточно чистым мотивам будет уделяться больше внимания, и объясняется это двумя причинами: во-первых, чистые побуждения не требуют особых пояснений или оценок — они и так неиспорченны, незапятнанны и, следовательно, прекрасно соответствуют выбранной цели; во-вторых, учитывая то, как используется в современной духовности понятие «просветление», большая часть побуждений, вызывающих тягу к нему, сама собой оказывается искаженной и настоятельно требует рассмотрения.

Чистые и нечистые побуждения

По словам древних писаний, просветление таится в душе каждого человека — это и есть наша истинная природа. В то же время человеку, отождествляющему себя с разобщающим, эгоистическим началом, свойственны очень искаженные взгляды на природу просветления. Из этого следует, что у каждой личности есть как чистые, так и искаженные побуждения в стремлении к просветлению, причем чистые побуждения исходят от его подлинной сущности, а небезупречные порождаются эгоистическим, обособленным состоянием. Говорят, что все люди интуитивно тянутся к просветлению, истине и единству, так как это и есть окончательный смысл человеческого существования, но даже поверхностный взгляд на современное положение дел показывает, что люди в массе своей не проявляют никаких признаков подобного стремления и, напротив, больше склоняются к широко распространенным заблуждениям. Объясняется это тем, что подавляющее большинство людей отождествляет себя с эго, обособляющим началом, а не со своей истинной природой.

Нам нужна надежда, мощная надежда на обретение просветления в этой жизни. Эта надежда нужна нам потому, что мы вынуждены мириться с постоянной неразберихой в нашем сознании, со всякого рода эмоциональными подъемами и спадами, с переживаемыми волнениями — все это представляет собой непрекращающийся процесс, сопутствующий нашему состоянию бытия.

Чогьям Трунгпа Ринпоче

Прежде чем погрузиться в сопоставление чистых и «нечистых» побуждений, стоит несколько прояснить сами эти понятия. «Чистое» по определению представляет собой нечто незагрязненное, непорочное, неиспорченное и настоящее. Чистыми мотивами тяги к просветлению можно считать побуждения, не осложненные и не зараженные искажающими свойствами эго и иллюзий. «Нечистое» можно было бы определить викторианскими представлениями о чем-то грязном, запятнанном, порочном, то есть плохом либо неправильном, но, когда речь идет о причинах тяги к просветлению, «нечистое» предполагает скорее корыстность и субъективность побуждений. Иными словами, «нечистые» мотивы — это мотивы эгоистические.

Духовный искатель, который руководствуется небезупречными побуждениями, но действует при этом достаточно последовательно, может оказаться «лучше» человека с чистыми побуждениями, лишенного, однако, энергии, способностей или опыта, которые необходимы для движения вперед. Все, впрочем, зависит от обстоятельств. В целом, если личность с корыстными мотивами настойчиво *ведет себя* так, будто его побуждения чисты, то чистота самих поступков рано или поздно возьмет верх над эгоистичностью, что приведет к прозрениям и преображению.

«Мотивация» представляет собой движущую силу, направляющую мысли и действия человека. Тем не менее говорить о мотивации, когда дело касается просветления, довольно рискованно, так как любое побуждение подразумевает надежду, а просветление связано с крушением всех надежд. Таким образом, можно сказать, что любая мотивация, как чистая, так и не совсем, — то есть любое желание чего-то «достичь» или что-то «обрести» — по сути своей является надеждой и, следовательно, порождается эго, ибо, избавившись от эго, человек перестает к чему-либо «стремиться» и лишается «побуждений». Итак, сама *мечта* о просветлении действительно принадлежит эго, но в то же время внутри нас кроется и другая сила, подталкивающая в сторону единства и воссоединения с истиной. Эту силу, которая с побуждениями эго не связана, можно назвать «душой, тоскующей по Душе» или «Богом, тоскующим о Боге». Люди испытывают побуждения по той причине, что сталкиваются с необходимостью действовать в непрестанно разворачивающихся перед ними обстоятельствах жизни. И мотивы их становятся чистыми именно в тот миг, когда эта изначальная побуждающая энергия жизни превращается в намерение.

Каждый человек руководствуется сочетанием чистых и корыстных побуждений. Чистота есть всегда, просто в некоторых случаях она погребена в глубине души и редко показывается на поверхности, тогда как у других людей она всплывает и вновь уходит на дно наряду с мотивами «нечистыми» и вследствие этого нередко очищается до непостижимой степени. Сознание того, что у нас есть и чистые, и небезупречные мотивы, служит постоянным напоминанием о необходимости подвергать сомнениям собственные помыслы и воздерживаться от скоропалительных выводов о своей просветленности.

Чистые побуждения

Человек может как сознавать свои чистые мотивации, так и не отдавать себе в них отчета. Чистые побуждения есть у каждого из нас с самого рождения, а воспринимает их человек либо по милости благой кармы, либо вследствие сознательного воспитания и поощрения.

Одной из причин чистой тяги к просветлению является восприимчивость к человеческим страданиям. Человек чувствует, что у него есть один выбор: стремиться к просветленной жизни. Он понимает, что это единственный способ помочь остальным. Освобождение нужно ему для того, чтобы уменьшить эти страдания. Как говорит Эндрю Коэн, «Чистые мотивы означают, что ты мечтаешь освободиться не ради себя, а ради всего мира» [10].

Другим примером чистого мотива могут стать случаи, когда человек, уловивший проблески величия Господа, становится таким скромным, что желает лишь праздновать это величие, восхвалять Бога и служить Ему. Таким образом, это тоже стремление помочь, но источником такого желания являются не страдания человечества, а величие и слава Бога, или Истины.

Небезупречные побуждения

Признание недостаточной чистоты побуждений того или иного человека непосредственно подводит к изнуряющей задаче понимания роли эго в духовной жизни. Сознание того, что твои собственные помыслы не чисты, принижает и нас, и наши взгляды на верный путь к цели, но такое унижение делает возможным более ясное и объективное видение действительности, помогает вырваться из иллюзий.

Большая часть людей не сознает причин своего влечения к просветлению (как, впрочем, и ко всему остальному). Если спросить обычного искателя-новичка из любой крупной духовной школы, что побуждает его к такого рода занятиям, он едва ли даст четкий ответ: «Я боюсь смерти», «Мама меня не любила» либо: «Я хочу лучше себя чувствовать».

Именно потому, что любое желание или побуждение, тем или иным образом коренящееся в личной воле, препятствует такому совершенному восприятию, необходимо напрочь избавиться от какой бы то ни было личной мотивации.

Эндрю Коэн

Сознание собственных мотиваций, вызывающих тягу к просветлению и следованию по духовному пути, является важной частью серьезной и бескомпромиссной духовной работы. Такое понимание дает возможность вырваться из рабства подсознательных побуждений и машинальной эгоцентрической деятельности в полной уверенности, будто твои намерения святы и бескорыстны. Понимание недостаточной чистоты своих побуждений делает человека настоящим, приносит подлинную скромность, роднит его с самим собой и своими — а следовательно, и чужими — страданиями.

Облегчение страданий

Люди страдают и пытаются облегчить свои страдания. Выйдя из дворца, всю жизнь оберегавшего его от невзгод, и увидев за воротами суровую явь человеческой жизни — мучения, старость, болезни и смерть, — Будда провозгласил первую благородную истину: «Жизнь есть страдание». Он не сказал: «Жизнь Джо есть страдание» либо «Анна страдает», не утверждал, что они не страдали бы, если бы были хорошими духовными учениками. Он заявил, что сама жизнь есть страдание. Человеку, однако, очень трудно смириться с правдой, и это легко понять, ведь признание реальности страданий означает, что выхода нет. Из этого следует, что он вынужден замечать страшную ложь и нелепые искажения, сотворенные людьми в попытках избежать реальности собственных мук.

Поскольку люди упорно отрицают факт своих страданий, идея «просветления» превращается для них в символический билет на свободу от мучений. Связанные с понятием просветления слова, которые прежде несли в себе невероятно глубокое содержание — например, «трансцендентность», «свобода» и «выход за пределы», — слова, которыми первоначально пользовались лишь мистики, подверглись изменениям, новым толкованиям, а затем, вписавшись в эгоцентрический контекст, начали внушать страдающей личности, будто «просветление» избавит его от мук.

Георг Файерстайн пишет: «Неофиты слишком часто необоснованно полагают, будто духовная практика станет для них исполнением мечтаний. Они надеются, что собственные усилия и помощь наставника принесут счастье и разрешат вечное чувство раздвоенности бытия» [11].

С объективной точки зрения, страдание лишено градаций — это сама жизнь среди иллюзий, — но восприятие страданий определенно может иметь разные степени. Если просветления ищут как средства избавления от психологических неудобств, результаты, скорее всего, окажутся поверхностными — во всяком случае, в первое время. Мари-Пьер Шеврье, помощник Арно Дежардена, поясняет:

Многие путают духовные искания с психологической потребностью улучшить свою жизнь. Добиваясь определенной гармонии на психологическом уровне и налаживая свою жизнь, человек нередко обнаруживает, что других желаний у него и не было. Если жизнь запутанна и человек не может в ней разобраться, он принимает мечты о счастье за духовную цель. Делать свою жизнь лучше — это очень важно, но, когда человек гадает, почему не может добиться в своей практике большего, причиной часто является именно эта путаница.

> *Сознание умеет вводить нас в заблуждение, будто избавиться от страданий — значит стать просветленным и добиться, что все будет происходить так, как мы того хотим.*
>
> **Роберт Эннис**

Эго, убежденное в том, будто само сможет сделать себя просветленным, изо всех сил пытается манипулировать внешними обстоятельствами так, чтобы больше никогда не страдать. Эго — то, что мы чаще всего считаем «собой», — не понимает другого: страдания вызваны не внешними обстоятельствами, а самим нашим отождествлением с эго! В результате эго, стремящееся к просветлению ради избавления от страданий, обречено на провал, поскольку не может убежать от самого себя.

Просветление едва ли облегчит наши страдания. Вообще говоря, многие из тех, кто занят серьезной духовной работой, утверждают, что чем дальше заходят на этом пути, тем больше страданий испытывают. Однако энергия, вызванная сознательным восприятием человеческих страданий в противоположность их отрицанию, становится мощной движущей силой, подталкивающей к настоящей духовной практике — практике, которая рано или поздно приносит способность воспринять истину о самом страдании. Что касается «нечистых» мотивов тяги к просветлению как избавлению от страданий, то они могут привести к такой *садхане*, которая явственно покажет недостаточную чистоту наших помыслов и в то же время их очистит.

> *Все сводится к тому, что люди хотят избавиться от своих страданий и страхов и готовы сделать что угодно ради такого спасения.*
> **Роберт Холл**

Духовное тщеславие: стремление властвовать

Кто бы мог подумать, что воображаемая духовная жизнь — верность медитации и молитвам, погружение в Божественное блаженство и смиренное приятие истины — может оказаться очередной маской, которой прикрываются подчас мечты о власти и успехе либо ощущение собственной несостоятельности? Но во многих случаях так оно и есть. Тяга к просветлению действительно нередко означает стремление к власти, славе, престижу и прочим формам мирского признания.

Если жизненный образ действий личности сводится к попыткам быть «кем-то другим», человеком значительным — большим начальником, знаменитым спортсменом или политиком, — и личность эта втягивается в духовную жизнь, результатом, вполне вероятно, станет совмещение надежд на просветление с грубыми мечтами о власти и известности в духовной среде. Это и есть тщеславие. Человек тщеславный честолюбив не в какой-то одной, а во всех сферах жизни, включая область духовности.

> *Есть два пути — путь силы и путь мира. И эго с готовностью предается мечтам о пути силы.*
> **Арно Дежарден**

Когда личность страдает от глубоко укоренившихся ощущений одиночества и непризнанности, у нее подчас возникает мысль, будто необходимое признание ей сможет принести учитель, Бог либо сама по себе «просветленность». «Извечная человеческая драма, — говорит Эндрю Коэн, — таится в желании стать кем-то другим. Но можно ли в этом мире быть исключительным? Просветленный, как считается, един с Абсолютом. Но если речь идет о человеке духовно тщеславном, то чего он может желать больше, как не превращения в самую уникальную личность?»

> *В своем двойственном мире эго всегда готово прилагать усилия, бороться, добиваться цели. Если вы как следует укрепитесь в своих замыслах, преодолеете какие-то трудности, чем-то пожертвуете, это, возможно, принесет свои плоды. Но далеко не всегда это приведет вас к чему-то высшему.*
>
> **Арно Дежарден**

Одни мечтают стать кинозвездами, другие — просветленными. Есть и третьи: их давняя мечта стать великими актерами не сбылась, и они решили, что с просветлением «повезет больше». Им очень хочется «выиграть». Они могут даже не подозревать, на какой приз рассчитывают (а обычно это всемогущество, бессмертие или полное избавление от страданий), да и вообще не понимать, что мечтают победить, ибо все это — неосознанная игра.

Безусловно, просветление может принести иллюзорную либо довольно реальную, хотя и ограниченную власть. Глядя на тех, кто уже обрел те или иные *сиддхи*, чудесные способности (умение останавливать дыхание, материализовывать предметы, левитировать или зажигать огонь силой мысли), новичок воображает, что эти выдающиеся личности обладают огромной властью. Но этот вид силы ни в какое сравнение не идет с иной возможностью, открывающейся на духовном пути, — с умением подчинять чужую волю. Малые духовные способности не имеют никакого значения, но могут стать великими препятствиями на пути из-за своей привлекательности. Созданная в воображении мечта о просветлении как орудии власти — не настоящее просветление, а набор второстепенных способностей, которые без особого труда может развить у себя любой человек.

Духовное развитие намного шире мирской власти и влияния на других. Настоящие духовные учителя, и в целом люди мудрые, чрезвычайно редко рассматривают свою жизнь с точки зрения власти над собой или окружающими. Им известно, что жизнь полна непредсказуемости; хотя они действительно могут оказывать влияние на жизнь многих людей, само это влияние исходит не от них. Они понимают также, что ответственность, возлагаемая на них за подобное влияние, столь велика, что в сравнении с ним блекнет привлекательность любого ощущения личной власти.

Существование эго опирается на иллюзию обособленности

Люди ищут просветления потому, что не хотят умирать. В переводах духовных текстов в качестве синонимов просветления используются слова «бессмертие», «трансцендентность» и «состояние вне смерти» — понятия, чрезвычайно привлекательные для тех, кто боится смерти. Если же разобраться в общем контексте, где эти слова встречаются, то есть изучить писания во всей полноте, становится ясно, что термины эти указывают вовсе не на бессмертие эго или материального тела. Но люди отчаянно ищут способ избежать воображаемых смертных мук и потому тянутся лишь к отдельным граням духовных учений, неосознанно упуская из виду остальные. Они начинают верить, будто просветление — это путь к вечной жизни эго, мнимого «себя», а не сознания, которое есть уже и будет всегда.

> *Как правило, ищущие не стремятся в буквальном смысле противостоять тому, что они смертны. Скорее они бессознательно пытаются отсрочить свою смерть, держась за убеждение, что неуклонно приближаются к просветлению.*
>
> **Георг Файерстайн**

Мечта о просветлении — это попытка выжить, ведь люди живут в иллюзии разделенности. Они верят в свою обособленность от Бога и независимость от остальных людей; по этой причине они неосознанно видят противостояние в своих отношениях с миром, где приходится бороться за выживание. Такой победой над гибелью и становится просветление, состояние запредельное.

Эго полагает, будто *оно* и есть *мы*. Это необходимо понять хотя бы умозрительно, иначе постичь природу иллюзии разобщенности просто не удастся. Человек уверен, что когда структура эго разрушается и теряет свое господство — как происходит в миг смерти и при подлинном духовном пробуждении, — то прекратит существование и сам «он». Пытаясь избежать апокалипсиса истинного пробуждения, эго предпочитает считать, будто это *оно* станет просветленным и, следовательно, бессмертным.

[Люди] предпочитают воевать с воображаемыми ветряными мельницами, боясь решительно посмотреть в глаза дракону своего собственного бессознательного. Все священное вызывает у них священный трепет.

Георг Файерстайн

В то же время люди интуитивно ощущают, что тропа к настоящему пробуждению — единственный путь к «состоянию вне смерти» и для этого нужно отождествить себя не с крошечной самостоятельной структурой эго, а с тем, что не гибнет никогда. Сознавая, что он един с Богом, Истиной, или «Тем», человек признает себя уже завершенным и целостным, то есть ему просто не нужно пытаться «достичь» чего-то, в том числе и просветления. Избавляясь от иллюзии обособленности, он понимает, что в действительности является проявлением Единого, что его эго-личность умрет — и должна умереть, — но «он» настоящий погибнуть просто не может.

И быть любимыми, увы...

Люди с детства хотят, чтобы их любили, уважали, признавали и превозносили, чтобы о них заботились, — не понимая того, что в конечном счете объективно они уже любимы.

В нас воспитывают привычку к принципиальному делению «любит — не любит», и большая часть представителей Запада попадает в категорию «нелюбимых», хотя и не по своей вине. Начинается все с родителей, которые не знают, как правильно любить своих детей, не признают их прав, не ценят как личность, и эта изначальная рана с годами не заживает, лишь отходит в подсознание. Человек редко задумывается о том, что чувствует себя нелюбимым, но такое ощущение внедряется в глубины души, а жизнь превращается в вечные поиски чужой любви, которую он никогда еще не испытывал. Роберт Холл, основатель Школы Ломи, говорит: «Думаю, самым распространенным поводом считать себя просветленным является мечта об уважении и признании со стороны. У личности, ощущающей в глубине души собственную ненужность и уязвимость, такое желание обычно очень сильно».

> *То, что часто ошибочно принимается за полное и безоговорочное самоотречение, благодаря которому только и можно действительно избавиться от всех ложных представлений о своем «я», на поверку оказывается не более чем стремлением придать вес своей личности.*
>
> **Эндрю Коэн**

Когда человек, страдающий от недостатка любви, смотрит на духовных учителей в окружении восхищенных учеников, сидящих у их ног с дарами и цветами, он неосознанно завидует: «Если бы я был просветленным, меня бы тоже любили». Ради такой любви и высокой оценки кое-кто заходит слишком далеко: притворяется просветленным и даже убеждает в этом самого себя. Потребность в том, чтобы тебя любили, — мощная движущая сила. Ее можно назвать психологическим выражением иллюзии разделенности. Вполне возможно, на неком глубинном уровне она представляет собой страстную тягу слиться с Богом, познать Истину, ведь недостаток любви переживается как отделенность от Истины и Бога.

Тяга к просветлению ради того, чтобы тебя полюбили, скрывает сразу три ошибки: во-первых, просветленный дарит свою любовь окружающим, а не пользуется их любовью; во-вторых, «просветление» по определению подразумевает, что человек уже не отождествляет себя с «я», но именно «я» стремится к просветлению как пути завоевать чужую любовь; в-третьих, Любовь есть везде и всегда, независимо от того, «просветлен» ты или нет.

Смысл жизни

Человеческие существа — это устройства для извлечения смысла. Сталкиваясь с загадкой собственного бытия, мы пытаемся понять его смысл. Потерпев неудачу в попытках определить в качестве окончательной высшей ценности работу, семью, увлечения, спиртное, наркотики или секс, многие люди начинают надеяться, что смысл жизни откроется благодаря просветлению. Джоан Галифакс объясняет: «Люди хотят знать, зачем живут. Они ищут смысл. Им нужно, чтобы жизнь была значимой. Но, кроме того, людям очень нравятся сильные стимулы, а просветление — величайший стимул».

Следует, однако, задаться еще одним вопросом: «Что именно в нашей душе так неистово жаждет понять смысл жизни?» Левеллин Воэн-Ли, преемник суфийского учителя Айрины Твиди и преподаватель Центра Золотого Суфизма, утверждает, что об этом мечтает эго:

Сколько людей приходят ко мне с желанием увидеть цель, определить свою духовное предназначение! Сколько людей путает духовность с эгоистической потребностью быть нужным и востребованным, поставить перед собой цель и духовную задачу! И мне первым делом приходится лишать их именно желания получить духовную миссию. Это просто очередной розыгрыш со стороны эго. Разве у человека непременно должна быть духовная цель?

> *Поиски смысла и счастья, которыми озабочено все большее число людей Запада, суть обратная сторона их глубочайшей неудовлетворенности господствующими ценностями, установками и образом жизни.*
>
> **Ли Санелла**

Тот, кого на поиски просветления толкает желание понять смысл жизни, может обнаружить позднее, что нашел такое объяснение: смысла нет вообще. Когда человек понимает, что значения не имеют ни он сам, ни все прочее, словами это описывается как постижение «пустоты» — значительный шаг на духовном пути. Но если у одних сознание пустоты знаменует прекращение дальнейших исканий, то другие направляют это важное прозрение на углубление своей духовной мудрости.

Вообще говоря, люди способны практически любой невроз превратить в воображаемые грядущие награды своих духовных исканий, которые в подобных случаях неизменно приносят лишь крушение надежд. Но и разочарования эти могут послужить полезными ступенями на духовном пути.

Величайшим даром любого духовного пути является то, что, вопреки характеру побуждений, сам этот путь в сочетании с надежным руководством учителя преображает личность. Бог и Действительность сильнее эго, и в конце концов — хотя конец этот может быть не так близок — всегда превозмогают его. Духовный путь и духовный наставник пользуются слабостями и тщеславием личности, чтобы преподать ей важные уроки, а те понемногу подтачивают сами недостатки, само честолюбие, показывают их как есть и постепенно обнажают кроющуюся под ними чистоту. Тем не менее нельзя просто сидеть на месте и дожидаться трансформации. Мы — деятельная часть направленной на нас трансформационной работы; остается только противиться ей или покоряться.

Очевидно, ключевым фактором любых неверных предположений о духовной жизни и ошибочных взглядов на нее является эго. С другой стороны, пребывая под бдительным надзором и в надлежащем контексте, этот кажущийся «злодей» может сослужить хорошую службу. В четвертой главе мы поговорим о благотворной роли эго в духовном развитии.

4 ПОЛЕЗНАЯ РОЛЬ ЭГО

Исходя из того, что эго — это корень страданий, многие ошибочно полагают, будто цель духовности заключается в обуздании и уничтожении эго. Они пытаются сбросить с себя его железную руку, но, как мы уже выяснили, сама эта борьба — просто еще одно выражение эго. [1]

Чогьям Трунгпа Ринпоче

В популярных духовных течениях царит полная неразбериха в отношении эго и того, что происходит с ним в ходе духовного развития. Такая путаница вызвана, с одной стороны, распространенным среди случайных духовных учеников невежеством в вопросе о природе эго, а с другой — тем, что, пользуясь такими понятиями, как «эго», «гибель эго» и «выход за рамки эго», разные духовные традиции придают им особый смысл. Таким образом, если эти представления изучаются вне соответствующего контекста, человек рискует прийти к неправильным выводам. Те искатели, что мечутся от одной традиции к другой, подхватывают там и тут отдельные фразы (например, «эго должно погибнуть») в полной уверенности — чаще всего неправомерной, — будто понимают, что это значит.

Эго существует с четко определенной целью, но духовные школы, нацеленные на возвышение над эго и миром двойственности в целом, нередко недооценивают значимость этой цели. Автор книги придерживается той точки зрения, что при просветлении само эго не гибнет, просто человек прекращает себя с ним отождествлять. В обычной жизни отождествление настолько неразрывно, что человек считает, будто эго и есть «он», а при просветлении эго перестает быть источником самоотождествления. Из хозяина оно превращается в слугу.

Вполне естественно, что при первых зачатках понимания работы собственного эго у ревностного духовного ученика возникает желание просто отбросить его, уничтожить, так как эго действительно может причинять немало неудобств и помех на пути. Такой ученик воспринимает свое эго как огромный камень, преграждающий дорогу к просветлению, и потому пытается его разрушить, но эти старания заведомо обречены на неудачу, поскольку в данном случае эго пытается уничтожить себя — на успех можно и не рассчитывать.

Порой духовные искатели сражаются с эго годами, оно становится для них злейшим врагом. Будучи не в силах его уничтожить, они пытаются стать над ним с помощью возвышенных мыслей, что, в целом, приводит к появлению учеников непрактичных, погруженных в самообман, полностью оторванных от жизни. Стараясь прыгнуть выше себя, они еще глубже уходят в отрицание неотвратимого господства эго. Даже самые искренние ученики, рассудком понимающие, что покорить эго невозможно, упорно пытаются сделать это, поскольку не желают открыто признать реальность существования эго и не сознают, какие дары может оно принести при почтительном отношении и сотрудничестве.

> *Прежде, чем отказываться от того, чтобы быть нормально действующим человеком, нужно научиться им быть. Нельзя принести достойную жертву, если у вас нет ничего достойного быть пожертвованным.*
>
> **Роберт Эннис**

Считать эго иллюзией — вот еще одна часто встречающаяся ошибка духовных учеников. С одной стороны, по природе своей оно и в самом деле иллюзорно, ведь его нельзя измерить и вычленить; это не предмет. С другой стороны, у большинства — если не у всех без исключения — людей оно вполне деятельно и в этом смысле столь же реально, как и пробуждение по утрам. Таким образом, говорить, что эго иллюзорно, значило бы уклоняться от очевидности его существования.

Следующее распространенное заблуждение духовных учеников заключается в том, что они принимают слабость эго за его полное отсутствие. Как бы странно это ни звучало, так уж выходит: если на духовный путь вступает человек с недоразвитым эго (под этим понимается низкая самооценка, слабохарактерность, отсутствие четкости мышления и устойчивой внутренней структуры), ему нужно прежде сделать свое эго сильным и *лишь потом* сокращать его влияние. Личность с недоразвитым эго ощущает себя недостаточно сильно для того, чтобы наблюдать за собственным эго, работать над ним и начать от него отстраняться. Самосознание настолько хрупко, что до тех пор, пока не будет выстроен крепкий внутренний фундамент, человек просто не сможет переходить к серьезной духовной работе. Прекращение отождествления с собственным эго требует огромной энергии, силы воли и ясности мышления; таким образом, сильное эго — первостепенное условие процесса избавления от его же господства. Победа над мощным эго, конечно же, требует соответствующего объема усилий, но для силы Жизни, перед которой оно капитулирует, сильное эго имеет намного большую ценность, так как впоследствии сможет стать для этой силы хорошим слугой.

Если вы сделали свой организм безупречным, у вас есть чем пожертвовать. Это достойный дар Богу.
Роберт Эннис

Ценность эго

Эго, с которым так неистово борются духовные искатели, является тем самым эго, что обеспечивает основополагающие функции выживания и жизнедеятельности. Именно оно привело их на духовный путь, а после помогало идти по нему вперед. Именно эго удерживает в этом мире, не позволяет нашему одухотворенному разуму потерять связь с землей, возвращает ноги на твердую почву. Не будь его, мы превратились бы в безвольно парящие небесные тела и полностью лишились бы шансов на освобождение в *этой* жизни, от *этого* мира. Левеллин Воэн-Ли подчеркивает:

С эго приходится уживаться, иначе нам тут не выжить. В состояниях, где эго нет, я — это ты, ты — это я и я — все мы, ведь это состояние единства. Но ты приходишь в банк и забываешь свое имя, потому что не знаешь, кто ты, не различаешь себя и кассира. Без эго не обойдешься. Многие люди не могут нормально жить после духовных переживаний. Они ведут себя так, словно окружены каким-то духовным ореолом.

> *Как это ни парадоксально, учиться по-настоящему можно только будучи зрелой личностью с сильным эго.*
>
> **Георг Файерстайн**

Другим бесценным свойством сильного эго является то, что оно помогает личности вести зрелый, целостный и уверенный образ жизни — а задача эта сама по себе не проста. В автобиографии «Воспоминания, сновидения, размышления» Карл Юнг делится сходным прозрением о значимости сильного эго как основы дальнейшего духовного развития:

Лишь после болезни я понял, как важно утвердиться в собственной судьбе. Наше «я» проявляет себя обычно в ситуациях непредсказуемых, непостижимых. Это «я», которое способно терпеть, принять правду, справиться с миром и судьбой. Только в таких случаях наши поражения становятся победами. И тогда ничто не в состоянии нам помешать — ни извне, ни изнутри. Тогда наше «я» способно устоять в потоке жизни и времени. Но это верно лишь в случае, если мы не намерены и не пытаемся вмешиваться в ход своей судьбы. [2]

С точки зрения духовной жизни, эго, как ни парадоксально, может принести большую пользу, так как помогает духовному практику совладать с разнообразными переживаниями «без эго», которые его так манят. Именно сильное эго обеспечивает надежную опору и контекст, позволяющий подобные переживания оценивать.

Что касается самого эго, то для него первостепенная важность духовной практики заключается в том, что она укрепляет личность, готовит ее стать для грядущей просветленности подмогой, а не помехой. Эго — механизм, по разумности и сложности почти ни с чем не сравнимый; уступает он разве что Истине, Просветлению и Богу. Таким образом, время и упорная духовная практика предоставляют возможность сначала обманом отвлечь эго от вмешательства в духовное развитие, а после показать ему, как оно может способствовать процессу своего собственного разрушения. Эго можно обучить таким образом, что оно само поможет человеку свергнуть себя с престола, — в этом и кроется великое, но недооцененное чудо.

Редкие люди, познавшие эго так хорошо, что оно стало их другом, научились действенно обращать то, что было некогда просто невротической реакцией, на службу просветлению. Например, эго, жадное до денег, вещей или славы, может с той же алчностью устремиться к Богу и довольствоваться при этом лишь высочайшим потенциалом своего осуществления в Боге; эго нуждающееся можно превратить в источник стремления к Истине, и оно будет настойчиво тянуться ко всему, что, по его мнению, возможно; эго по-прежнему может гордиться, но уже не собой, а величием Истины либо дивом Учения.

> *Человеку, решившему учиться, нужно сильное эго, а не его отсутствие. Ему нужно сформироваться. Когда это произойдет, когда он будет прочно стоять на ногах, он сможет больше не заботиться об этом.*
>
> **Дзякусё Квонг-роси**

Цель не в умерщвлении эго — и не только потому, что оно все равно не погибнет, но и по той причине, что оно придает нам форму. Лучше уж научиться жить вместе с ним, постараться стать хозяином его функций, чтобы это гениальное начало прекратило властвовать над нами. Лучше сдружиться с ним, постичь целиком, во всем его величии и ужасности; тогда мы сможем заметить в самих себе то, что к эго не относится, — восприятие, возникающее вне деятельности эго, — и начнем отождествляться со своей новой находкой.

5 МИСТИЧЕСКИЕ ПЕРЕЖИВАНИЯ И ИХ СВЯЗЬ С ПРОСВЕТЛЕНИЕМ

Обычное бодрствующее, или рациональное, сознание — только один из типов сознания, но повсюду вокруг него, отделенные лишь тончайшими завесами, располагаются совершенно иные, потенциальные виды сознания. Можно прожить всю жизнь, даже не подозревая об их существовании, но стоит возникнуть подходящему раздражителю, как при первом же прикосновении они проявляются во всей своей полноте. [3]

Уильям Джеймс

Сфере мистических переживаний и явлений посвящены многочисленные тома. Люди испытывали мистические состояния с первых дней своего существования, во всех культурах — и в рамках духовных традиций, и за их пределами. Обычно мы воспринимаем лишь долю Реальности внутреннего и внешнего мира. Реальность обширна, и потому ничуть не удивительно, что подобные явления периодически воспринимаются даже самыми обычными, на вид «бездуховными» людьми.

Однако в эпохи духовной развращенности — например, в наше время, когда полностью отсутствует как соответствующий культурный контекст, так и надлежащее воспитание духовности и мистицизма, — психические переживания воспринимаются чаще всего превратно и ведут к субъективным, совершенно ошибочным выводам. Одним из самых распространенных и неправильных умозаключений, какие делаются на основе этих переживаний, является предположение о том, что они предвещают само просветление.

Разнообразие мистических переживаний

Приведенные ниже описания нескольких видов мистических переживаний представляют собой достаточно широкий обзор этого класса явлений. Анализ позволит читателю понять, почему эти переживания обычно понимаются ошибочно, что нередко ведет к преждевременным притязаниям на просветленность.

Религиозный опыт высочайшей пробы есть не более чем опыт.
Рабби Зальман Шахтэр-Шаломи

Кундалини

В своей классической работе «Чакры», впервые опубликованной в 1927 году, Ч. Лидбитер рисует такой образ *кундалини*:

> *Кундалини изображается в облике сверкающей, словно молния, дэви, или богини, которая дремлет в самой нижней чакре, свернувшись змеиными кольцами. ...Цель йога заключается в том, чтобы пробудить спящую кундалини и заставить ее постепенно подняться по каналу сушумны.* [4]

«Кундалини» — еще одно понятие из тех, какими нынче разбрасываются с такой же легкостью, как словами «любовь» или «просветление». Мало кто имеет представление о том, что это такое, и лишь совсем редкие люди знают, как работать с *кундалини* на деле. Многие неофиты принимают любые сильные телесные ощущения за «шевеления» *кундалини*; порой они даже хвастают тем, как остро чувствуют «движения *кундалини*».

Но *кундалини* действительно есть у каждого. Это вполне реальная сила, которая покоится в основании позвоночника. Хотя *кундалини* нередко приходит в движение благодаря напряженной *садхане* или присутствию духовного наставника, она, судя по всему, может подниматься подчас и самопроизвольно. С ней можно работать сознательно под руководством духовного учителя; с другой стороны, она может просто перемещаться по телу сама по себе. В последнем случае, когда человек просто не знает, как управлять деятельностью и круговоротом этой мощной энергии, она способна вызывать серьезные физические и душевные расстройства.

Многие люди, сами о том не догадываясь, ощущают движения *кундалини*. Чаще всего они проявляются как сильные токи вдоль позвоночника, но существует и множество иных, более утонченных выражений, которых неопытный человек просто не замечает.

Телесная чувствительность

У большей части людей Божественное, Бесконечное проявляется осязаемо. Исключение составляют внетелесные переживания и астральные перемещения, но мистические переживания намного чаще выражаются телесными ощущениями, как грубыми, так и утонченными. Поскольку Божественное и Бесконечное по определению безграничны, столь же многообразны и формы их проявления.

> *Посланцы незримого мира настойчиво стучатся в двери чувств.*
> **Эвелин Андерхилл**

Примерами телесных, чувственных переживаний могут служить: пронизывающие тело потоки энергии — иногда слабые, но порой такие мощные, что человек не может есть и спать; острые ощущения жара и озноба, не зависящие от внешних условий; дрожь; непроизвольные сбои дыхательного ритма; звуки, которых не слышат другие; ощущение вкусов и запахов без соответствующих источников, грубых или нежных прикосновений чего-то невидимого. Мистические перживания нередко проявляются в зрительных образах: яркие вспышки перед внутренним или обычным взором, образы богов и богинь, пугающие галлюцинации и прочие зрительные искажения. Разнообразие таких чувственных переживаний беспредельно, но случаются они чаще, чем может показаться.

Блаженство и восторг

Многие люди рассказывают об ощущениях блаженства или восторга. Можно говорить, что они также воспринимаются органами чувств, но не привычными, а более тонкими.

Описывая свои переживания, человек говорит, что его «захлестнуло» блаженство, «охватил» восторг. Само блаженство они определяют как приходящее изнутри нечто простое, приятное и умиротворяющее.

Прозрения и ясность мышления

Мистические переживания могут принимать вид неожиданных прозрений, особой ясности. Очевидной становится природа действительности, понятной — истина. Жизнь выглядит простой, ясной, лишенной сложности. Иллюзии и двойственность исчезают. Такие переживания возникают подчас при глубокой медитации, а после сменяются ощущением грусти и утраты; в других случаях они происходят непроизвольно, приходят из ниоткуда. В большинстве случаев все прекращается так же внезапно, как началось, но порой эти особые состояния сберегаются достаточно долго и человек принимает их за просветление.

> *«Необычайные переживания» способны превратить духовный путь в преодоление полосы препятствий, где барьеры чередуются с волчьими ямами.*
>
> **Джек Корнфилд**

Сдача

Некоторые мистические переживания и явления становятся следствием капитуляции личности перед высшими реалиями, будь то Бог, гуру или потусторонняя сила. Прилив энергии, испытываемый человеком после отказа от самого себя в пользу высшей силы, может проявляться в самых разнообразных формах, многие из которых уже перечислялись выше. В беседе с Эндрю Коэном суфийский учитель Айрина Твиди определяет разницу между мистическими способностями, которые приносит йога, и соответствующими переживаниями, обретаемыми после духовного самопожертвования:

> *Есть силы йогические и силы божественные... Внешне они похожи, но одно дело — выработать йогические силы усердным трудом, и совсем другое — получить в дар божественные силы, когда отказываешься от себя. Разница в том, что йогические*

силы предполагают, что в человеке еще остались какие-то следы эго. [5]

В подобных случаях пронизывающая человека энергия может быть всепоглощающей. Вообще говоря, проявления энергии самоотверженности, как и *кундалини*, намного безопаснее и полезнее, когда человек работает под руководством наставника, ясно понимающего, как совладать с этими силами.

Иные состояния сознания

Многие люди умеют переноситься в иные сферы сознания. Весьма распространенными переживаниями остаются встречи с ангелами, контактерство и особенно «реальные», живые сновидения. Подобные явления — цель шаманов и визионеров.

Важно отметить другое: убежденность человека в том, что он встретил ангела, вступил в контакт с некоей высшей сущностью либо побывал на астральном плане, еще не означает, что так оно и было. Подобные сферы реальны, но их в то же время очень легко вообразить или создать. Такие переживания тоже нередко толкуют как просветление, а еще чаще считают «бесценной жемчужиной», хотя в большинстве случаев они относятся к области двойственности и, следовательно, не имеют с просветлением ничего общего.

Пугающие переживания

В «мрачных», «страшных» и «душераздирающих» переживаниях, словно рожденных в каких-то адских пучинах, редко видят нечто «мистическое», но на самом деле они также относятся к этой категории. Пугающие галлюцинации, приступы страха, острое и опустошающее отчаяние — это тоже измененные состояния сознания. Лишь стереотипы и мечты заставляют нас верить в то, что мистические переживания непременно светлы, приятны и радостны. «Адские» переживания часто сопровождаются четкими переменами в телесных ощущениях, а порой и приносят примечательную ясность мышления. Помимо прочего, они могут стать источниками прозрений, связанных с мучениями, бренностью и смертью. Фактом остается то, что столкновения с пугающим, восприятие боли и страданий человечества мало чем отличаются от остальных видов мистических переживаний.

Молитвы

Те, для кого молитва — часть духовной практики, могут неожиданно испытывать измененные состояния; случается такое и с людьми, которые молятся лишь время от времени либо прибегают к молитве под резким давлением обстоятельств. Иногда возникает состояние смирения (довольно мистичное для личностей, в иных условиях ведущих себя слишком высокомерно), иногда перемены касаются восприятия, а порой человек ощущает себя песчинкой в сравнении с объектом молитвы. У тех, кто обычно целиком погружен в обыденную жизнь, искренняя молитва нередко вызывает глубокое состояние открытости и всеобщей взаимосвязанности.

Наркотическое опьянение

Психоактивные вещества (мескалин, ЛСД, псилоцибин, МДМА и так далее) представляют собой распространенный и легкий способ вызвать мистические переживания и явления. Хотя каждый наркотик действует по-своему, объединяет их мощное влияние на химический обмен в организме, что влечет перемены в мышлении и позволяет человеку испытывать иные состояния сознания, воспринимать непривычные сферы реальности, истины, видения, *сатори* и прочие озарения, недоступные в обычном состоянии.

> *Если считать себя просветленным только на основании своего опыта, придется считать просветленными многих из тех, кто в соответствующей обстановке принял нужную дозу ЛСД или галлюциногенных грибов.*
>
> **Ли Лозовик**

Вызываемые наркотиками переживания сильно разнятся по формам и глубине. Одни из них относятся исключительно к психологическому пространству, другие выходят за рамки душевной деятельности и переносят человека в мир недвойственности. Однако видения и галлюцинации — отнюдь не синоним просветления.

Мистические переживания как побочные последствия

Энергии, пробуждающиеся стихийно либо благодаря духовной практике, перемещаются по многочисленным слоям души и приводят в действие различные химические процессы, а те, в свою очередь, порождают множество следствий, в том числе мистические переживания и явления.

> *Тот, кто считает себя просветленным на основании своего мистического опыта, напоминает человека, который, однажды приехав в Англию, говорит себе: «Вот я и попутешествовал по миру». Один раз увидеть страну не значит стать ее гражданином.*
>
> **Роберт Эннис**

Такие переживания могут представлять собой, в частности, побочные следствия протекающего в душе человека глубинного, скрытого процесса трансформации. Роберт Эннис подчеркивает: «Некоторые мистические переживания служат предвестниками грядущего преображения. Когда человек созревает, у него возникают определенные переживания, но их можно сравнить со сливками, украшающими верхушку торта. Сами по себе эти переживания — не главное».

Мистические переживания как естественная часть жизни

Мистические переживания — естественная сторона человеческого развития, великого пути эволюции, по которому идет каждый из нас. Не желая признавать естественность таких явлений, люди склонны истолковывать их самым произвольным образом. Они нередко приходят к выводу о том, что испытанное делает их какими-то особенными, хотя случается и обратное: переживания становятся таким потрясением, что человек ощущает отчужденность и стыд. В нашей культуре люди слишком отрезаны от мистического восприятия, и потому многие верят, что подобные переживания служат свидетельством либо исключительности, либо ненормальности.

Однако во многих культурах мистические переживания считаются обычной гранью повседневной жизни. Видения и сны обсуждают за завтраком с друзьями. В коренных культурах, верных давним традициям, подростков непременно подвергают обрядам, приводящим к видениям; суровые внешние обстоятельства — пост, медитация и лишение сна — позволяют юношам и девушкам переноситься в мистические пространства, и эти путешествия становятся частью их посвящения в зрелость.

Разумеется, такие переживания в равной мере доступны каждому, так как на этом основополагающем уровне все люди одинаковы. Однако в отсутствие культурной преемственности и соответствующего воспитания мистические переживания проявляются намного реже, а когда все же случаются, люди нередко приходят к совершенно превратным выводам в отношении этих вполне естественных явлений.

Мистические переживания — не просветление

Мгновения единения и восторга — еще не просветление, иначе просветленными были бы все вокруг, ведь такие переживания испытывал почти каждый. Случаи, когда измененные состояния сознания путают с просветлением, указывают на чрезвычайно ограниченное понимание этого слова. Георг Файерстайн утверждает: «Мимолетные ощущения *unio mystica*, мистического единения, часто принимают за просветление» [6].

> *Мистический опыт может быть кратковременным, как вспышка молнии, но пробужденность есть прочное и необратимое состояние бытия. Это подлинная сущность человека.*
>
> **Анник д'Астье**

Жиль Фарсе, писатель, журналист и учитель духовной школы Арно Дежардена, размышляет о сходстве мистических переживаний и влюбленности:

Мистические переживания ничем не отличаются от памяти о давней страстной влюбленности — как вы ужинали при свечах, как занимались потом любовью на пляже и как это было чудесно. Когда все заканчивается, остаются лишь приятные воспоминания. Продолжу свое сравнение: вкусный ужин и ин-

тимная откровенность, то есть кратковременное ощущение полного слияния с другим человеком, позже ничуть не мешает тебе сердиться или обижаться на того же человека, высказывать ужасные слова тому, кого ты когда-то так любил. Испытанное в прошлом ничего не значит, важна лишь твоя реальная способность любить. Мистические переживания — это просто ощущения, совсем не то, что называют «пробуждением» или «просветлением», потому что просветление не мимолетно.

Аналогия Фарсе очень полезна, так как понятна большей части людей. Разницу между влюбленностью и любовью понимает, вероятно, любой, кому довелось пребывать в долговременных взаимоотношениях. Для большинства из нас влюбленность, как и мистическое переживание, — дело нетрудное. Страстная влюбленность угасает порой так стремительно, что возникает чувство утраты; то же самое испытывает тот, кто полагает, будто упустил просветление, хотя однажды уже пережил его.

Те, кто прилагает силы, чтобы поддерживать свою любовь, прекрасно понимает и другое: настоящая работа начинается, когда проходит влюбленность. Немало времени, много усилий — только так, в контексте любви, возникает сама любовь, и контекст этот не зависит от мимолетных всплесков космического слияния и блаженства. Любовь просто есть.

* * *

Чарлз Тарт: Разница между хорошим настроением и хорошим характером.

В чем разница между хорошим настроением и хорошим характером? Хорошее настроение бывает время от времени у каждого, это просто определенное сочетание эмоций. И в хорошем настроении очень легко быть милым с окружающими. Когда человеку хорошо, он и сам обычно хорошо относится к другим. Но это отнюдь не означает постоянного смещения в сторону хорошего настроения. Я знаю, что у многих людей могут возникнуть мистические переживания — и относительно поверхностные, и чрезвычайно глубокие. Они на какое-то время ме-

няют человека, но позже впечатления блекнут, потому что испытанное не является частью его души. Гурджиев говорил о различии между состоянием сознания и состоянием бытия. Состояние сознания относительно кратковременно: ты погружаешься в него, пребываешь в нем, а затем его покидаешь. Но состояние бытия подразумевает очень устойчивые изменения.

Психические явления — не просветление

> *Гуляя по берегу реки со своим учителем, молодой человек решил произвести на него впечатление, пройдя по поверхности воды и вернувшись обратно. Учитель сказал: «Господи, если бы я знал, что ты за человек, я никогда не пошел бы с тобой на прогулку. Ты был бы готов переправиться через реку за медный грош».*
>
> Дзэн-буддийская притча

Когда понимаешь, что между мистическими переживаниями и просветлением есть разница и просветление не может произойти в контексте двойственности, становится очевидно, что необычные психические переживания вообще ничего не говорят о духовных достижениях. В своей работе «Заря дзэн на Западе» Капло-роси рассказывает историю об одном американском профессоре, с которым он познакомился в Японии:

> *Расширение сознания — лишь ближайшая цель, поскольку без пробуждения такое расширение по-прежнему останется в рамках эго; раздвоенность, или фундаментальный невроз «я и остальные», никуда не денется. Совладать с ним способно лишь подлинное пробуждение.*
>
> Филип Капло-роси

Этот профессор побывал в Индии в надежде найти там просветленного учителя. Однажды он искал очередного неуловимого гуру и наткнулся в какой-то деревушке на толпу людей. Протиснувшись в середину, он увидел обычного индийца, который демонстрировал свои психические силы. При виде американца тот с ходу рассказал о нем самом, о его жене и детях много такого, чего просто не мог знать. Профессор впервые лично столкнулся с экстрасенсорным восприятием и был совершенно огорошен. Произошло и еще коечто необычное: индиец отказался брать с профессора плату, хотя всем остальным гадал за деньги.

После сеанса индиец отозвал профессора в сторону и спросил: «Ты приехал в Индию в поисках Самопознания?»

«Да», — ответил профессор.

«Ты не похож на обычных иностранцев, каких я встречал, и я хочу дать тебе один сердечный совет. Тебя поразило то, что я способен читать прошлое и настоящее, но я сам не вижу в этом ничего выдающегося. Эти сиддхи *[психические способности] у меня с детства, они были и у моего отца. Поверь, в молодости меня, как и тебя сейчас, переполняла глубокая тяга к религии. Но толпа требовала, чтобы я предсказывал судьбу, а отец поощрял это, так как я мог заработать деньги для нашей большой нищей семьи. И мои мечты о духовном освобождении постепенно угасли. Теперь я уже стар и, несмотря на врожденные интуитивные способности, ничуть не ближе к Самопознанию, чем сорок пять лет назад.*

В Индии много людей, которые строят из себя святых и просветленных, так что не доверяй всем подряд. Такие, как я, замечают лишь незримые проявления Божественного присутствия, а настоящий святой видит самого Бога». [7]

> *Следуя по пути, вы, возможно, станете несколько более чувствительным, более открытым, и из-за этого можете спутать переживания из разряда экстрасенсорных с собственно просветлением.*
>
> **Левеллин Воэн-Ли**

История весьма поучительная, ведь рассказана она тем, кто на своем опыте постиг опасность соблазнения психическими способностями.

В миф о том, что просветление приносит человеку особые способности, *сиддхи*, верят очень многие, и, если эти таланты вдруг пробуждаются у них самих, такие люди чаще всего ошибочно полагают, будто стали просветленными. Сэнсэй Дэйнан Генри увещевает:

> *Благодаря подлинному пробуждению человек избавляется от понятия «эго — я» и становится выше дуалистического различения «я — не я». Последствия этого грандиозны.*
>
> **Филип Капло-роси**

Поймите, что внетелесные переживания, паранормальная психология и другие психические явления не имеют ничего, совершенно ничего общего с духовным самораскрытием и осознанием, чья цель — понять, что есть что и кто ты сам. Подобные явления представляют собой лишь побочные следствия духовных упражнений. Когда ты по-настоящему хорошо сос-

редоточен, когда весь твой ум направлен на постижение сокровеннейшей сущности, когда ты хочешь, чтобы это ясное понимание пошло на благо не только тебе самому, но и далеким планетам, в тебе поневоле пробуждаются такие переживания. Когда верхние слои мышления затихают, погружаешься в те области ума, которых прежде не сознавал. Но стоит соблазниться этими явлениями, как твой путь можно считать законченным.

Психические явления испытывали все, но большая часть людей отбрасывает такие переживания, объясняя их случайными совпадениями. Всякий раз, когда нам звонит по телефону человек, о котором мы только что вспоминали, или приходит письмо от того, кому мы сами собирались написать, речь идет о психическом переживании, ничуть не отличающемся, по существу, от того, о чем говорил выше Сэнсэй Дэйнан.

Того, кто понимает смысл настоящей духовности, не впечатлит даже хождение по воде. Такие люди знают, что увлечение подобными соблазнами сбивает с подлинного духовного пути. Хотя сами по себе психические способности нельзя называть чем-то «плохим» или «вредным», а порой они даже полезны, относиться к ним следует с огромной осторожностью и рассудительностью. Человеку стоит все время задумываться о мотивах, побуждающих его пользоваться теми или иными способностями, подвергать сомнениям любые выводы, которые хотелось бы извлечь из самого факта проявления таких способностей. Слишком уж часто люди начинают считать себя выдающимися и исключительными лишь по той причине, что испытали определенные переживания.

6

МНЕНИЯ О ЗНАЧИМОСТИ МИСТИЧЕСКИХ ПЕРЕЖИВАНИЙ

...Иногда у великих мистиков с многогранным дарованием встречаются психические феномены [голоса и видения], которые оказывают на их жизнь очень сильное влияние. Они приносят мудрость неискушенным и несведущим, вселяют уверенность в умы тех, кого одолевают сомнения. Они наполняют их внутренний мир новым светом, сопутствуют обращению или переходу из одного духовного состояния в другое. Они приходят в мгновения нерешительности и приносят человеку важные сведения, которые для него вначале могут быть не очевидными. Они дают нам представление о тех сферах духовной жизни, о которых раньше мы ничего не знали. [8]

Эвелин Андерхилл

При верном отношении мистические переживания могут иметь для человека огромнейшее значение. Яркими воодушевляющими огнями пылают они вдоль пути, многие участки которого порой трудно разглядеть. Но из того, что эти переживания ослепляют взор и согревают тело, вовсе не следует, что они непременно преображают душу.

Значение мистических переживаний

В мистических переживаниях многие черпают великое вдохновение. Для тех, кто ведет обыденный образ жизни и далек от духовных троп, мистические переживания могут на всю жизнь остаться высочайшими взлетами; для тех, кто идет по духовной стезе, переживания эти могут превратиться в источник веры, дающий силы двигаться вперед. При верном понимании они наполняют спокойствием и свежестью даже самые трудные жизненные обстоятельства.

Духовные переживания как проблески высшей действительности

Вероятно, наиболее распространенным доводом в пользу важности мистических переживаний является то, что они приоткрывают двери более широких возможностей, становятся мощной побудительной силой, выводящей на духовный путь. Большинство людей вырастает в обществе, лишенном настоящей духовности, и потому мистические переживания, вызывающие ощущения чуда и озарения, могут послужить отправным толчком, вдохновляющим личность на развитие.

> *Долгое время я думала, что духовные переживания как-то связаны с чем-то вне меня, чем-то таким, что больше меня. В конце концов я поняла, что это может быть и так, но вовсе не обязательно.*
>
> **Кристина Гроф**

Интересно, однако, что многие люди — особенно представители тех духовных традиций, где важность мистических переживаний как признаков развития вообще не подчеркивается, — нередко даже через много лет упорной работы не испытывают таких мощных переживаний, какие случаются в первое время после вступления на духовный путь. Арно Дежарден отмечает:

> *В начале пути происходят порой такие замечательные переживания, с какими не сталкиваешься впоследствии долгие годы. Мне доводилось наблюдать за людьми, которые медитировали в первый раз и никогда прежде не сидели спокойно, обратив внимание внутрь себя. Первый день часто становился незабываемым, а потом сходных переживаний приходилось ждать месяцами, годами.*

Пути Господни неисповедимы, но, быть может, таков Божественный план: в самом начале духовного пути подобные переживания часто *необходимы*. Опыт первой влюбленности пробуждает чувство искреннего почтения к любви и нередко воспитывает в человеке самоотдачу, которая требуется для более зрелой, настоящей любви и близости. Сходным образом, мистические переживания рождают ощущение чудесности и непреодолимую тягу следовать по духовному пути. Эта увлеченность вызывает готовность заплатить любую цену и делать все необходимое для того, чтобы погрузиться в подлинно духовную жизнь.

Духовные переживания рождают и возрождают веру

Многие люди никогда не переживали мимолетных видений Бога или Истины. Если же это случается и они готовы признать испытанное достоверным, в них может пробудиться давно забытая либо вовсе никогда не ощущавшаяся вера. Говоря об этом, Сан Хуан де ла Крус восклицает: «Столь глубоко услаждают прикосновения Божьи, что одного из них уже довольно, чтобы возместить все муки этой жизни, пусть и нет им числа» [9]. В борьбе и страданиях повседневности искренняя вера становится редким даром. Мистические переживания можно считать ценными уже потому, что они вызывают веру. Не будь у нас подобных мимолетных прозрений — дорожных указателей, подтверждающих, что высшая действительность и в самом деле существует, — духовный путь оказался бы неприметной тропой со всеми вытекающими из этой запущенности тяготами и опасностями.

> *Преодолевая свои защитные рубежи или болевые пороги, человек нередко испытывает те или иные духовные переживания и действительно может соприкоснуться со скрытой в нем целостностью, с духом.*
>
> **Кристина Гроф**

Духовные переживания оставляют след в подсознании

Духовные переживания остаются в подсознании в виде воспоминаний, впечатлений. Они словно на время «пробуждают» человека, напоминают ему о давно забытых знаниях, которые по-прежнему кроются где-то в глубинах души. Подобные воспоминания вызывают у духовных учеников немало трудностей, так как многие судорожно цепляются за них, удерживают силой. Для других периодические воспоминания о мистических переживаниях служат неисчерпаемым источником воодушевления.

В «Книге о просветленных учителях» Эндрю Роулинсон иллюстрирует эту мысль пересказом беседы между Гурджиевым и его учеником Бенне:

> *После разговора об острейших переживаниях Бенне, Гурджиев сказал: «...Случившееся сегодня — предвкушение того, что станет возможным потом. До сих пор ты знал об этом лишь в теории, а теперь испытал на своем опыте. Но человек, ощутивший Реальное, несет особую ответственность за то, как строит свою жизнь»* (*Наблюдатель, 117*).

> *Безусловно, мистические состояния ничего не значат сами по себе лишь потому, что они мистические. Но высшие из них указывают в направлениях, к которым устремлены религиозные чувства людей, даже не имеющих с мистикой ничего общего.*
>
> **Уильям Джеймс**

Разумеется, большая часть людей, испытавших такие переживания, не торопятся нести за них ответственность. В некоторых случаях ответственность для них — слишком тяжкое бремя. Таким образом, они просто прячут от самих себя эти воспоминания, а вместе с ними и ощущение их истинности. Но есть и другие, кто впитывает пережитое, делает его частью себя, — и этот опыт оказывает продолжительное влияние на всю их жизнь.

Всегда ли мистические переживания служат трансформации?

Слова о непременном преображающем воздействии какого-либо переживания означают, что оно само по себе вызывает некие объективные перемены. В целом, духовные традиции склоняются в этом вопросе к одной из двух точек зрения. Трансцендентная школа мышления полагает, что опытное постижение просветленности чрезвычайно важно, так как помогает возвыситься над крошечным «я»; школы имманентные занимают прямо противоположную позицию, согласно которой просветление выражается в обыденной жизни и, следовательно, далеко не всегда связано с определенным набором переживаний.

Большая часть духовных наставников, упоминающихся в этой книге, тяготеют скорее к имманентным, а не трансцендентным взглядам. За долгие годы преподавания они тысячи раз становились свидетелями того, как ученики испытывали мистические переживания, но жизнь их после этого менялась далеко не всегда.

Впрочем, даже в рамках имманентного подхода можно выделить по меньшей мере три взгляда на важность мистических переживаний: одни говорят, что эти переживания либо не имеют значения, либо их опасности перевешивают возможную пользу; другие относятся к ним равнодушно — обычные переживания, не лучше и не хуже других — и вообще не уделяют им внимания; наконец, третьи утверждают, что преображающая ценность таких переживаний зависит от того, как воспринимает их сам человек.

> *То, что отличает подлинную трансформацию, — это некий сухой остаток таких мистических переживаний, делающий данного конкретного человека более зрелым — то есть более мудрым, более умиротворенным, более способным правильно реагировать на обстоятельства, более благородным, сострадающим и так далее.*
>
> **Ли Лозовик**

Бернадетта Робертс, автор ряда книг о духовности, относится к мистическим переживаниям с большой осмотрительностью — и не столько к самим по себе переживаниям, сколько к тому, как их воспринимают люди:

> *...Эти переживания ничем не способствуют состоянию единения, и потому для духовной жизни бесполезны. Мы к ним не тянемся, не думаем о них, они нам просто не нужны. Главным образом, нас беспокоит, чтобы они не подменили служение Богу служением самому себе. Мы зашли слишком далеко, чтобы цепляться за свои «ощущения». Жизнь в единстве — это умение жить в согласии с самой жизнью; с мимолетным блаженством и райским восторгом, какими бы приятными они ни были, это совсем не связано.* [10]

Подавляющее большинство ныне живущих людей испытывали мистические переживания, однако те не оказали на них какого-либо существенного трансформирующего воздействия. Судя по всему, преображающую ценность подобным переживаниям придает не то, как мы их толкуем или пытаемся использовать, а как вообще к ним относимся. Оптимальное применение мистических переживаний заключается в том, чтобы соотнести полученные озарения со своими отношениями к самой жизни.

Учитель дзэн Шарлотта Йоко Бек резюмирует:

Сейчас во многих религиозных традициях, и, в частности, в традиции дзэн, огромное внимание уделяется так называемым «прорывам», духовным переживаниям. Подлинные переживания озаряют душу проникновением в неизменное — природу самой жизни, основополагающее единство мира. Я, однако, заметила (многие из вас тоже это знают), что одних только переживаний еще не достаточно. Они могут принести пользу, но не стоит придавать им слишком большое значение, иначе они станут преградой... По-настоящему важна ежесекундная работа над тем, что причиняет тебе боль, пугает или вызывает отвращение — будь то сложности в отношениях с коллегами, семьей или близкими людьми. До тех пор пока в твоей практике не наступит момент, когда ты с полным спокойствием относишься ко всему, мистические переживания, вообще говоря, бесполезны. [11]

> *Зрелый человек — это тот, кто избавился от всего, что побуждает его к стяжательству, алчности, пристрастию.*
>
> **Ли Лозовик**

Предположение о том, что некто способен добиться серьезного проникновения в условия собственного существования без понимания того, что значит быть настоящим человеком и жить состраданием, возвращает нас к вопросу о смысле просветления. Можно ли назвать просветлением постижение природы действительности, пусть даже долговременное? Сводится ли окончательная свобода только к освобождению *самого себя* — либо просветление подразумевает нечто большее?

Мари-Пьер Шеврье говорит, что мистические переживания преображают, когда выводят за рамки наших личных желаний в сферу бескорыстного самопожертвования.

Мистические переживания преображают, когда ведут к полной капитуляции: уже не «мы» что-то делаем, все делается лишь посредством нас. Это не означает, впрочем, что в любом, кто испытал нечто подобное, не остается никакого сопротивления; ему по-прежнему приходится работать над остатками эгоистичности, и все же после таких переживаний он помнит предчувствие настоящей самоотверженности.

Мы, люди, видим в себе самостоятельные личности, которые борются за выживание. Все, что происходит в нашей жизни, мы толкуем так, словно это случается только для нас и вокруг нас. Мистические переживания мы считаем ценными, если они приятны *для нас*, либо указывают на *наши* продвижения по духовному пути, либо самим фактом своего появления подразумевают, что *мы* — хорошие люди. Именно так воспринимает действительность ничем не прикрытое эго. Большая часть людей едва ли задумается о том, что их переживания могут иметь и самостоятельную, независимую ценность, быть преображающими в некоем всеобщем смысле, то есть видоизменять и приводить в действие силы, какие мы не в состоянии даже вообразить. Но если подобные переживания и вправду имеют самостоятельные преображающие свойства, то мы, вероятно, никогда не сможем постичь их истинную ценность, поскольку эта трансформирующая значимость, вполне возможно, лежит за границами наших самосоотнесенных представлений о том, чем они хороши именно *для нас*.

> *Переживания могут быть преображающими сами себя и сами по себе, однако если не извлекать из трансформации пользы, она будет представлять чисто академический интерес.*
>
> **Ли Лозовик**

Отношение к мистическим переживаниям и явлениям: позвольте им быть

Особенность мистических явлений заключается в том, что они пребывают за границами обычных человеческих переживаний, за пределами нашей власти и досягаемости. Большая часть таких явлений происходит тогда, когда человек — пусть даже на мгновение — отступает от привычных форм управления своей жизнью и передает чему-то внешнему власть над всем полем своего восприятия. Но, по иронии судьбы, стоит таким переживаниям проявиться, как человек прежде всего пытается взять их под свое руководство.

Сэнсэй Дэйнан Генри предлагает не стараться управлять своими переживаниями и просто ощущать все, что происходит:

По существу, вопрос стоит так: имеет ли опыт какую-либо ценность? Испытываем ли мы благодаря ему большую потребность искать убежища в Абсолюте, или же он тешит эго, ослабляя эту потребность?

Рик Льюис

Возникает переживание — и ты просто ощущаешь его. Если тебе хорошо, ты чувствуешь счастье, но в духовной практике таким чувствам не следует потакать. Не стоит за ними гнаться, втягиваться, удерживать случившееся, цепляться за него. Да, это радость, а уже в следующий миг — печаль. Если стало грустно, плачь. Не отрицай своих чувств, не отгоняй их, но в то же время не втягивайся, не подпитывай их мыслями и индульгированием. Испытай все до конца, а потом вернись к своей жизни. Твоя жизнь — это все, что ты делаешь.

Люди убеждены, что, властвуя над своими ощущениями, извлекают из них наибольшую пользу, и потому чаще всего не только устраивают «короткое замыкание» тем переживаниям, которые, по их собственным заверениям, хотели бы продлить, но и сужают полноту выражения *всех* своих переживаний. Если личность способна не тратить силы на управление ощущениями, у нее появляется дополнительная энергия и сосредоточенность, необходимые для более полного восприятия *всей жизни*, а не только ее отдельных граней.

Мы многого не знаем

Сколько ни рассуждай о мистических переживаниях, мы слишком многого не знаем. Ли Лозовик ставит под сомнение всеобщее предположение о том, что люди понимают, откуда берутся мистические явления:

Кто знает, а вдруг мистические переживания — просто сбои в работе мозга? Точное попадание в нужную точку — и вот она, эйфория. Кто знает? Судя по всему, определенная категория ощущений, которые именуются мистическими переживаниями, действительно как-то связана с единой природой Вселенной, идеями всеобщего сострадания и служения. Во всяком случае, так нам кажется, но на самом деле их источником может быть просто некое нервное окончание мозга. Кто зна-

ет? Сигнал попал в верный канал, и — вуаля! — ты вдруг чувствуешь себя Богом.

Грустно сознавать, что мы, по существу, не имеем представления, откуда приходят мистические переживания и что они означают. Можно и нужно учиться у древних традиций, осваивать хорошо освоенную территорию великих учителей, но кто в конце концов может четко сказать, что *на самом деле* происходит, когда лицом к лицу сталкиваешься с настоящей тайной?

Все так называемые «галлюцинации чувств», которые то и дело встречаются в истории мистицизма, требуют от исследователя психологии человеческих поисков реального... трезвого, честного и непредубежденного подхода.

Эвелин Андерхилл

ЧАСТЬ ВТОРАЯ

ОПАСНОСТЬ МИСТИЧЕСКИХ ПЕРЕЖИВАНИЙ

Игра в ангела заканчивается превращением в зверя. [12]

Блез Паскаль

Описанные в священных текстах возвышенные переживания, стихи святых, где отражен блаженный восторг единения с Богом и Вселенной, чудесные видения и слова, воодушевляющие тягу к Окончательной Свободе, — все эти чувства вполне могут быть если не признаками самого пробуждения, то даром богов. С другой стороны, они могут знаменовать конец духовного ученика, чье эго искушает заявить исключительные права на переживания и тем самым не дает ему приобрести какую-либо преображающую ценность. Эго и есть тот самый Владыка Иллюзий. По этой причине мистические переживания требуют и простора для вольного проявления, и, одновременно, очень осторожного отношения. В этом разделе мы поговорим о неизменно иллюзорных личинах эго и о том, как искусно прикрывается оно идеей подлинного просветлении и освобождения.

4 1-198

7 ДУХОВНЫЕ КРИЗИСЫ

Не получивший надлежащего образования и опыта новичок, который простодушно и легкомысленно втягивается в мистические переживания, играет с огнем. Опасности поджидают его не только на телесном и психологическом уровнях, но и на уровне индивидуального духовного развития. Духовные наставники уже много тысяч лет предупреждают учеников об угрозах игры с мистическими состояниями, но современная духовная среда напоминает кондитерскую, где любой случайный посетитель может испробовать образцы «сластей», предвещающих разнотипные мистические взлеты.

Духовные энергии — непреодолимая сила. Вступая на эту сцену, человек часто воображает, будто к просветлению ведут именно мистические переживания. Однако просветление — лишь один из многих возможных исходов, и оно обычно становится следствием не внезапных озарений и кратковременных всплесков, а растягивающейся на всю жизнь усердной и суровой духовной практики, которой занимаются под руководством опытного учителя.

В своей книге «Духовный кризис, или Трансформация, ставшая проблемой» Станислав и Кристина Гроф, чьи новаторские работы привели к возникновению широкой сети «духовной неотложки» [13], описывают различные типы распространенных духовных переломов, включая шаманские кризы, пробуждение *кундалини*, общение с духовными наставниками и «ченнелинг» в целом, а также переживания, вызванные угрозой смерти [14].

Итальянский психолог Роберто Ассаджиоли объясняет, почему наплыв духовных явлений может вызвать у отдельных людей большие сложности:

> *[В некоторых случаях] личность просто не способна вместить в себе столько света и энергии. Это случается, например, когда интеллект лишен достаточной внутренней согласованности или вообще слабо развит; когда эмоции и воображение человека неуправляемы; когда его нервная система чрезмерно чувствительна либо в результате слишком неожиданного и мощного вторжения духовной энергии. Неспособность разума выдержать просветление, склонность к сосредоточенности на себе и тщеславию могут привести к тому, что переживания истолковываются совершенно превратно, вследствие чего возникает, так сказать, «путаница уровней».* [15]

Если с внезапным потоком энергии сталкивается человек, лишенный соответствующего контекста для ее восприятия, он может пострадать от самых разных неблагоприятных последствий, включая физическое истощение, принципиально ложное толкование испытанного, раздутое самомнение и духовную наркоманию.

Телесное истощение

Любой, кто хотя бы однажды пускался в поход по «духовному рынку», прекрасно знаком с самыми ходовыми нынче товарами: «пробуждение кундалини», «тантрические откровения», «шаманистские полеты», «чудесные видения» — и прочее, прочее, прочее. Наивный покупатель даже не догадывается, что без надлежащей опеки подобные практики могут оказаться очень небезопасными. На том уровне, на каком их преподают опытные наставники, они действительно почти безвредны (хотя на деле редко приносят рекламируемые результаты), но никогда нельзя исключать возможность того, что они пробудят в человеке непредвиденные силы, с которыми он просто не сможет справиться.

Вопреки широко распространенному мнению, сильные духовные энергии требуют осмотрительности как явления священные и невероятно могущественные. Сознавая угрозу таких энергий, Чарльз Лидбитер в своем труде «Чакры» предупреждает случайных практиков об опасностях работы с *кундалини:*

Обычный человек, у которого она мирно спит в основании позвоночника, не подозревает о ее существовании всю свою жизнь. Действительно, пусть уж она лучше спит, пока человек не поднялся до определенных высот нравственного развития, не воспитал в себе необходимую для власти над ней силу воли и не очистил свои мысли до того уровня, когда сможет без вреда для себя перенести пробуждение кундалини. *Никому не следует проводить опыты без четких указаний наставника, хорошо разбирающегося в предмете, поскольку связанные с этой силой опасности совершенно реальны и чрезвычайно серьезны. Часть этих угроз сугубо телесна: бесконтрольное движение* кундалини *часто вызывает острую физическую боль, может привести к разрыву тканей и даже смерти. Это, впрочем, лишь меньшее из зол, так как процесс может нанести непоправимый ущерб и телам тоньше физического.* [16]

Вместо того чтобы искать осознания, которое пробуждало бы разум, большинство людей ищут духовного ощущения, которое, как наркотик, облегчило бы им тяготы бытия.

Эндрю Коэн

Подобных предупреждений нет, однако, в рекламных буклетах, которые раздают на воскресных курсах пробуждения *кундалини*. Эксперименты с высшими духовными энергиями далеко не всегда вызывают сокрушительный ущерб для тела, но это случается, и понимание такой угрозы обостряет бдительность духовного искателя: собравшийся поиграть с огнем должен знать, что тот обжигает.

Ошибочное толкование духовных переживаний

Когда ничего не знающий о природе духовных переживаний человек пытается найти помощь в среде, пронизанной всеобщей подозрительностью и враждебностью к подобным явлениям, последствия могут стать довольно неблагоприятными. За время своей работы в «духовной скорой помощи» Кристина Гроф столкнулась со многими случаями, когда мистические переживания воспринимались и истолковывались превратно. Вот как она это объясняет:

Я слышала немало историй о случаях, когда необычные переживания возникали у человека в той среде, где окружающие не смогли бы их принять. Дело кончалось психиатрическими больницами, причем пострадавших пытались лечить совершенно неподходящими препаратами и процедурами. Одна женщина, посещающая наши занятия, прогуливалась как-то по пляжу и вдруг стала сознавать нечто большее, высшее, чем она сама. Она оставалась в этом состоянии и потом, когда вернулась домой, и ее близкие перепугались. Кончилось все тем, что она долгие годы периодически оказывалась в лечебнице для душевнобольных.

Всем нам нужны четкие конструкции и обозначения, и потому в подобном состоянии человек очень уязвим. Если кто-то мимоходом говорит, что ты сошел с ума, часть тебя готова в это поверить. Впрочем, нечто в душе человека, испытавшего переживания такого рода, отвечает просто: «Это не так уж важно».

> *Я встречал людей, которым случилось иметь потрясающие переживания единения, но которые были к этому совершенно не готовы. Заканчивали они тем, что обращались к врачу, у них определяли маниакально-депрессивный психоз, и они всю оставшуюся жизнь сидели на транквилизаторах.*
>
> **Левеллин Воэн-Ли**

Множество явных нарушений здоровья, причины которых врачи не в силах определить, проявляются теми симптомами, какие обычно связывают с пробуждением *кундалини*. Однако в силу отсутствия познаний, требующихся для понимания разницы между симптомами физическими, психологическими и духовными, врачи и психологи-традиционалисты чаще всего неправомерно расценивают духовные переживания как душевные расстройства.

Еще один аспект духовной «чрезвычайной ситуации» связан с людьми (включая многих великих деятелей искусства), которых неожиданное откровение Действительности ужаснуло настолько, что они спились или подавили свои переживания другими способами. Они просто не смогли этого вынести. Такие люди полагают, будто их прозрение несет в себе окончательную истину, — и не могут смириться с испытанным. Вместо того чтобы найти хорошего духовного наставника, который помог бы в этом противостоянии, они предпочитают уклониться от остроты своих переживаний, одурманивая себя или гоняясь за бездумными развлечениями. Столкновения с реальностью трудны, но она не станет иной, даже если от нее отвернуться.

Духовная наркомания

Духовная наркомания похожа на все прочие формы болезненных пристрастий (обжорство, одержимость наркотиками или спиртным), но объектом вожделения в этом случае становится духовная практика и, в частности, мистические переживания. «Некоторые получают доступ к мистическим переживаниям без необходимой подготовки, — поясняет Мари-Пьер Шеврье. — Опасность же кроется в том, что эти переживания можно превратить в средство побега от себя и окружающей действительности. Вообще говоря, бегством от реальности нередко становятся сами духовные практики — даже без прямых мистических переживаний».

Положение духовного искателя становится критическим, когда он заходит так далеко и настолько зависит от «дозы», что перестает нести ответственность за себя, — а порой и губит чужие жизни. В свое время Кристина Гроф добровольно отправилась в центр лечения от алкогольной и наркотической зависимости; она поняла, что попытки убежать от давления мощных духовных переживаний довели ее до настоящего пьянства. Она признается, что в первое время считала, будто ее пристрастие «возвышеннее», чем дурные привычки прочих участников реабилитационной программы: «Я была духовно напыщенной. Я сделала то-то, испытала то-то, и потому верила, что очень отличаюсь от обычных пьяниц и героинистов. Со временем я поняла, что все мы одинаковы и любая проститутка может научить меня чему-то важному».

Духовность становится пристрастием по тем же причинам, что и прочие наркотики. Люди страдают, им плохо, и они пытаются облегчить свои муки — но на деле только усиливают их. Гроф продолжает:

Беседы с людьми, пережившими сильные травмы, часто показывали, что они живут в духовном, надличностном царстве.

Еще в детстве они усвоили, что, если тебе стало плохо, можно уйти куда-то, где будет лучше. И они удалялись в «безопасное место», где кто-то всегда о тебе позаботится, пожалеет и поможет.

Впрочем, даже те, кто не перенес сильных травм, испытывают такие же страдания, что и весь род людской, хотя нередко отрицают это. А когда разнообразные приемы и практики, помеченные — совершенно незаслуженно! — понятием «духовности», открывают перед ними путь к блаженству и радости, такие возражения принимают самые изощренные обличья, призванные продолжить отрицание действительности. Ли Санелла ясно выражает эту мысль в своей книге «Пробуждение кундалини»:

> *У большинства людей изможден душа. Они сомневаются в существовании Бога, других людей и даже самих себя. Их чувствующее начало зачахло. Отсутствие счастья заставляет их непрестанно искать способы чувствовать себя лучше, и, если им не удается найти утешение в привычных удовольствиях — сексе, еде и власти, — они находят другие стимуляторы нервной системы. Они становятся «духовными искателями», бросаются исследовать потенциальные возможности своего тела и ума. Но эти попытки убежать от ощущений разобщенности и внутренних противоречий обречены на провал. Человек не в силах возвыситься над тем, чего не понимает и не замечает.* [17]

> *Думаю, в мире есть множество хороших людей, которые действительно ищут чего-то, тянутся к Богу, но в то же время хотят уйти из этого мира.*
>
> **Кристина Гроф**

Закаленные духовные ученики постигают — или познают благодаря собственным страданиям, — что любой, кого манят духовные взлеты, всегда может отправиться к контактерам, экстрасенсам, псевдотантристам либо просто достать психоделические вещества. Известно им и то, что, если мистическое состояние мешает отношениям с семьей и друзьями, те немедленно проявят подозрительность. Одна мать предостерегала: «Когда я чувствую, что слишком погружена в свои переживания — настолько, что меня уже не волнуют нужды моего ребенка, — я жертвую переживаниями. Бог с ним, с просветлением. Раз у меня пропадает желание откликнуться на зов ребенка, я не смогу найти главное даже в самых захватывающих переживаниях».

В конечном счете никто не в силах полностью избежать страданий. Как и любому наркоману, духовному «пьянице» со временем нужна для взлета все большая доза блаженства, но в жизни не бывает нескончаемого подъема ввысь, и человек рано или поздно падает на землю.

* * *

Кристина Гроф: «Можно ли топить духовные печали в алкоголе?»

Я из числа людей упрямых и твердолобых. У меня бывало много духовных переживаний, пугающих и прекрасных, но в обычной жизни меня так потрепало, что рамки личности уже не могли сдерживать проблемы, и те сочились изо всех дыр. Переживания по-прежнему случались и серьезно мешали повседневной жизни. Спиртное стало одним из средств, какие я испробовала в отчаянных попытках утихомирить эту энергию. Начиналось всего-то со стаканчика вина — просто чтобы успокоиться. Но пристрастилась я очень быстро; к тому же некоторые симптомы алкоголизма умело подражали всплескам кундалини, галлюцинациям и видениям. Частью моего механизма отрицания стали сами переживания. А я наивно думала: «Ерунда, это просто кундалини».

Как только я завязала, на свет показались все проблемы, вся гадость, которая пряталась за выпивкой. В царстве архетипов мне было хорошо и уютно, но тот мир в определенном смысле безличен, он выше личности. Намного труднее было соприкасаться с самой собой, с историей собственной жизни. Это не тот случай, когда тебе приходится решать свои проблемы, зная, что потом ты наконец-то вернешься к духовным переживаниям, в свой любимый мир.

Важность правильного контекста

Действенным способом избежать духовного кризиса или своевременно заметить его начало является мысленное определение контекста этих переживаний и общение с теми, кто уже установил такой контекст и способен оказать помощь во время кризиса. Станислав и Кристина Гроф предлагают следующее:

> *Важнейшая задача заключается в том, чтобы предложить оказавшимся в кризисном положении людям позитивный контекст восприятия своих переживаний и достаточный объем сведений о том, что с ними происходит. Главное, чтобы они отбросили мысли о болезненности своего состояния и увидели целительный характер этого переломного периода... Как относятся к человеку в узком кругу родных и близких друзей — ободряюще, сочувствующе — либо, напротив, испуганно, осуждающе и грубо? Это оказывает огромное влияние на течение и исход кризиса.* [18]

Мистические переживания относятся к царству неведомого. Хотя источников у них может быть много, переживания эти выходят за рамки обычных ощущений, и нам следует выказывать определенное уважение к этому — по меньшей мере, не полагать, будто мы уже обладаем властью над непознанными мирами. Если же человек лишен почтения к запредельному и четких представлений об ограниченности собственного эго, к любому духовному кризису он по-прежнему будет относиться точно так же, как и к обычному душевному срыву.

Духовный кризис и духовная наркомания служат образчиками самых грубых, очевидных опасностей мистических переживаний. Оба примера основаны на ряде широко распространенных в нашей культуре предположений и домыслов в отношении важности, цели и содержания мистических явлений. Независимо от того, как поступает человек — начинает считать себя просветленным либо со всех ног бежит от своих переживаний, — их объективная цель заключается в чем-то ином. В следующих главах мы обсудим более утонченные опасности мистических переживаний, подстерегающие личность на духовном пути, а также результаты пренебрежения этой угрозой.

8

ДУХОВНЫЙ МАТЕРИАЛИЗМ

Духовный материализм — это привязанность к духовному пути как выгодному, надежному приобретению. Говорят, духовный материализм труднее всего преодолеть. Символом его служат цепи — не простые, а золотые. Человек любит свои оковы за красоту и блеск, но он не свободен, просто попал в более просторную и приятную клетку. Цель духовной практики — стать свободным, а не выстроить себе роскошный особняк, где ты по-прежнему будешь узником.

Джудит Лейф

Большая опасность всех мистических переживаний — ощущений просветления, свободы и так далее — заключается в том, что эго без труда присваивает их себе и превращает в сырье, которое позже может использовать по своему усмотрению. Когда контекст жизни человека строится вокруг эгоистического соотнесения с самим собой (то есть человек отождествляет себя с эго как самостоятельной единицей), любые мистические переживания, моменты просветления и дипломы о духовном образовании становятся потенциально опасным имуществом. Достояние, накопленное в валюте истины, легко переводится в денежные единицы эго — и тут же становится для эго еще одним рычагом давления в его борьбе против настоящей свободы.

Духовный материализм: тешить с помощью духовности свое «я».
Реджинальд Рей

Эго пытается все обратить себе на пользу, а сфера мистических переживаний и просветления таит в себе особую опасность. Для эго подобные переживания захватывающи и угрожающи именно потому, что представляют огромную ценность для нашей подлинной сущности. Эго стремится упрочить свое положение и действенно воспрепятствовать освобождению, в котором видит собственную смерть. Таким образом, превращение в «одухотворенное эго» — остроумнейшая маскировка, позволяющая незаметно просочиться в истинную духовную жизнь личности и коварно отвлечь внимание от Истины, или Бога.

Какими бы пороками мы ни страдали, они непременно проявятся на духовном пути. Вступив на этот путь, человек сладострастный попытается добиться целого спектра экстатических состояний блаженства либо воспользуется духовным «великолепием», чтобы соблазнять потенциальных сексуальных партнеров. Личность, склонная в обычной жизни к тщеславию и внешним эффектам, бросит все силы на обзаведение яркими нарядами, духовными титулами и изощренной речью «избранных» — всем тем, чем можно блеснуть перед собратьями по духовным исканиям. Что касается ленивых и безвольных, то они вполне могут удовлетвориться одной из тех духовных школ, где им скажут, что они уже просветленные и ничего больше делать не нужно.

Одна из самых неприятных опасностей духовного материализма проявляется в тех случаях, когда духовными переживаниями и практиками оправдывают нежелание исполнять требования к настоящей духовной жизни. Уже много веков назад Сан Хуан де ла Крус говорил:

> *Многие из начинающих проявляют порою ужасное духовное корыстолюбие. Вечно они недовольны духовностью, которую даровал им Господь; они безутешны и ворчливы, поскольку не видят в духовном тех утешений, какие пришлись бы им по нраву. Многие ненасытно выслушивают поучения и жадно выучивают духовные наставления, стопками копят и прочитывают о том книги — тратят время на что угодно, только бы не трудиться, как им приличествует, над смирением плоти и совершенствованием нищеты духа.* [1]

> *Эго прячется за каждым углом. Будьте осторожны!*
> **Айрина Твиди**

В духовном материализме нет ничего нового. Чогьям Трунгпа Ринпоче, распространивший это понятие на Западе*,

* См.: Чогьям Трунгпа, «Преодоление духовного материализма». «София», Киев, 2001 г.

рассказывает о том, что «увлечение» накопительством духовных посвящений существовало всегда и во всех культурах:

> ***Абишека*** *[посвящение] совсем не похожа на монеты, марки или автографы знаменитостей, но время от времени коллекционирование сотен* ***абишека****, благословение за благословением, становится распространенной причудой, занятием очень популярным — это своеобразное самоутверждение. Такое было в девятнадцатом веке на Тибете; то же самое случилось совсем недавно на Западе.*

Современная разновидность того, о чем говорит Трунгпа Ринпоче, проявляется в нынешней «беготне по духовным распродажам». От своего тибетского Ринпоче человек мчится к преподавателю хатха-йоги, потом — к терапевту-трансперсоналу, а оттуда — к учителю медитации. Обрывок там, фрагмент здесь — так и возникает огромная коллекция духовных истин, приемов, теорий и методов. Суетливые встречи с учителями, тренерами, *шейхами* и психотерапевтами можно было бы оправдать разве что накоплением данных для книги о современной псевдодуховной технологии, но духовного ученика подобный образ действий заставит лишь ходить вокруг да около самого себя.

> *Взобравшись на стену, вы можете обнаружить, что ваша лестница стоит не с той стороны.*
>
> **Автор неизвестен**

Хотя духовный материализм — явление само по себе не новое, в последние годы он стал удивительно популярным. Поскольку в современной культуре безраздельно господствует материализм, духовность превратилась в товар широкого спроса, и массовую культуру просто заполонили искаженные духовные понятия и идеи, мода выглядеть и говорить «по-духовному», да и вообще мнить себя возвышенным. Мы, можно сказать, живем в эпоху торжества духовного материализма.

Одухотворенное эго

Драматическим примером духовного материализма может служить «одухотворенное эго». Обычное эго занято тем, чем ему и следует заниматься: слишком хорошо либо слишком плохо думает о себе, манипулирует окружающими, ничем не гнушается, лишь бы взять верх, заботится только о себе, обманывает, хитрит, а при случае ворует по мелочам. Одухотворенное эго, однако, играет в особые игры: говорит оно тихо и задушевно, на лицо напускает отработанное долгими тренировками сияние ауры, периодически испытывает «острые» переживания и выдает дхармически-корректные ответы на все случаи жизни — ведь заграбастать дхарму и повернуть ее под выгодным для себя углом зрения в состоянии любое человеческое существо с мало-мальски развитым интеллектом.

Нередко мы принимаем экстраординарные явления за Божий дар, но чаще всего оказывается, что под маской Бога скрывается всего лишь наше «я», стремящееся обеспечить свою безопасность.

Бернадетта Робертс

Левеллин Воэн-Ли описывает этот принцип так:

Больше всего меня пугают все эти одухотворенные личности — люди, чье эго якобы совсем не похоже на самое обыкновенное, которое любит машины и новые тряпки. Но нет, это уже одухотворенное эго, и оно испытывает духовные переживания. Вы быстро узнаете, сколько всего духовного такие люди знают, потому что им не терпится об этом рассказать. Приглядевшись внимательнее, вы заметите, что они чуток не в себе. Их обычно переполняет неуемный восторг и болтают они без умолку. Одухотворенное эго они принимают за подлинные духовные переживания, а окружающим очень трудно определить разницу.

Эго не сознает, что *оно* неспособно испытывать мистические переживания и тем более «стать» просветленным, и в этом кроется основная причина возникновения одухотворенного эго и духовного материализма в целом. Современный индийский учитель Вимала Тхакар понимает, что эго — это единственный «кто-то», тянущийся к просветлению. Опираясь на собственный опыт, она пишет: «Содержимое сознания, пребывающего в теле Вималы, — "Никто", или "Ничто". Можно ли после этого говорить о просветленном человеке или учителе?»

Трунгпа Ринпоче говорит, что желание эго испытать просветление напоминает «мечту присутствовать на собственных похоронах» [2]. Но попробуйте убедить в этом само эго! Стоит проявиться какому-то переживанию — и оно тут как тут; больше того, в миг, когда переживание минует, только эго и остается. Явное сознание и ощущение чего-то Иного, Запредельного, которое отчетливо возникало во время переживания, полностью пропадает, и у тебя снова есть лишь все то же эго, которое гордо делает шаг вперед, приписывая все заслуги себе.

Наши обширные познания и опыт суть всего лишь одно из многообразных проявлений эго. Мы являем их миру, тем самым еще раз убеждаясь в своем ничем не омраченном существовании как «духовные» личности.

Чогьям Трунгпа

«Я часто вспоминаю одну песенку: "На кресле-качалке в небо не взлетишь, так сильно не раскачаешься", — говорит Во-эн-Ли. — Эго не попасть в настоящую Реальность, оно просто не может перейти на другой план реальности, так как создано для этого мира. Эго неспособно испытывать мистические переживания. Оно может разве что подхватить отражения таких переживаний, потому что обычный ум действует только на уровне двойственности».

Но искушение слишком велико. Подобным переживаниям присуща поразительная достоверность и реалистичность. В них есть что-то бескрайнее. Они могут сопровождаться сознанием того, что в твоем теле умещается вся Вселенная, что ты един со всем на свете. Это слишком опьяняет, и для того, чтобы такие переживания не пошли на укрепление, усиление эго, требуется огромная честность перед собой и очень чистая совесть. Чем возвышеннее энергии, с которыми работаешь, тем опаснее приписывать своему эго происходящее — ведь оно, как рано или поздно понимаешь, представляет собой далеко не личностный процесс. Эти события всеобщи, они намного обширнее всего того, с чем мы отождествляем себя в текущем воплощении.

Эго действительно не в состоянии испытывать подлинные мистические переживания, но ему вполне по силам сфабриковать *свой собственный* тип духовности — если угодно, жалкое подражание тому, что реально существует.

В своей работе «Преодоление духовного материализма» Трунгпа Ринпоче поясняет:

...Когда осваиваешь в своей духовной практике особо действенный медитативный прием, эго сначала воспринимает его с восторгом, а затем берется изучать. Но эго в конечном счете слишком непроницаемо и не способно ничего впитать; оно может только подражать. Оно просто подражает медитации и медитативному образу жизни. Ознакомившись со всеми хитростями и премудростями духовной игры, мы машинально пытаемся имитировать духовность... Нельзя, однако, по-настоящему испытать то, чему подражаешь, — можно лишь найти в границах эго какую-то область, с виду напоминающую объект подражания... [3]

> *Тот, кто думает, что чего-то достиг, поддался соблазну дочерей Мары.*
>
> **Чогьям Трунгпа Ринпоче**

Эго имитирует духовные переживания и внешние признаки духовности ради надуманной выгоды, которую это якобы может принести; однако оно вовсе не желает чем-то жертвовать. Положение людей с одухотворенным эго весьма шатко и незавидно, хотя сами они воображают себя красавицами на духовном маскараде. На деле духовность стала для них защитной маской, помогающей не разоблачать свое истинное лицо, хотя именно к этому и сводится настоящая духовность. Всезнающее эго прекрасно разбирается в духовности, окружает себя непрошибаемой броней, и потому само уже не в силах понять, что обратило свои познания себе же во вред. Поскольку ему известно *всё* — любое дхармическое толкование и медитативное состояние, — не может быть и речи о подлинной открытости, которая позволила бы сообразить, что именно это «всеведение» и отгораживает от духовной жизни.

Но одухотворенное эго «пуленепробиваемо». Когда человек лишен какого-либо контекста понимания природы духовных переживаний и учений — а порой, впрочем, и в тех случаях, когда такой контекст есть, — эго перехватывает полученные ощущения и истины, перестраивает их в новые созвездия и пускает по орбите вокруг самого себя. Позже все это поглощается «пуленепробиваемым» центром. И если сама ткань эго составлена из переживаний и учений, пробить его удастся разве что чудом.

Любой, кто достаточно хорошо знаком с деятельностью эго, без труда согласится с тем, что оно вполне способно на такие изощренные трюки, как восхождение к довольно высокому духовному положению, но неискушенному «духовному туристу» никогда не придет в голову столь нелепая на первый взгляд мысль. Однако до тех пор, пока весь внутренний *контекст* личности не перейдет к системе отсчета, центром которой является Иное, или Бог, эго неизменно будет истолковывать любые духовные переживания так, как ему выгодно.

Свидетельства духовного материализма встречаются во всех традициях и культурах. Для того чтобы вернуть себе незаконно присвоенные эго духовные территории, требуется отточенное умение распознавать те случаи, когда происходящим на сцене заправляет эго, а также само желание подвергать сомнениям догадки, выдвинутые эго на основе своих собственных толкований и целей.

9

ДУХОВНЫЙ ТУПИК

Однажды проснувшись, нужно проснуться еще раз. Старайтесь понять своего врага. Приложите усилия, но не вступайте в борьбу... посмотрите, из чего он слеплен, какую ложь говорит, в чем его неискренность... Нужно узнать, какую власть над вами он имеет, а на это требуется время. Стремитесь чаще наблюдать за ним и понять, что его с вами связывает и в чем вред этих связей. [4]

Лорд Пентланд

Представьте, что мчитесь на машине в бесконечность, но краем глаза замечаете проулок — слишком манящий, чтобы промчаться мимо, даже не взглянув, что там. Но в конце проулка только глухой тупик, а к тому времени, когда находите объезд, все улицы до неузнаваемости изменились и вы решаете, что проще будет сделать еще один круг. Однако всякий раз, когда возвращаетесь в исходную точку, пейзаж снова преображается, и потому вы ездите по кругу часами... или годами. Ландшафт постоянно меняется, и вы, похоже, все время видите что-то новое. Все вокруг красочное и увлекательное, и вы вскоре забываете, что начиналось это с какого-то тупичка.

Нужно знать себя, знать свои слабости.

Э. Дж. Гоулд

Именно так часто и выглядит «духовное путешествие» человека: на каком-то отрезке пути он сворачивает в сторону, но занятные (хотя далеко не всегда приятные) достопримечательности — новый гуру, психологический прорыв, предложение потрясающей работы, два месяца блаженства и экстаза, развод и повышение до статуса учителя медитации — создают иллюзию того, что путешествие к цели продолжается. Что-то, во всяком случае, происходит. В конце концов по духовному пути идут все без исключения, не так ли? И человек продолжает ехать по накатанной колее, изучает тупики жизни и нередко забывает, куда вообще собирался попасть, — но жизнь вполне приятна, а почетных званий, поощрений и переживаний все больше...

«Толку нет, а красиво» — вот как можно определить это распространенное явление. Духовный искатель и впрямь смотрится неплохо: задачи у него ответственные, друзей в духовном сообществе немало, в вопросах дхармы подкован, да и кое-какие переживания с прозрениями случались. Духовных регалий хватает, репутация безукоризненная — но он, тем не менее, в глухом тупике.

Первым — и нередко последним — пунктом, где застревают духовные ученики, становится область мистических переживаний и явлений. Даже самого Будду, когда он стоял на пороге окончательного пробуждения, Мара прельщал образами дивных красавиц. Нас не просто приучили думать, что мистические переживания и есть основной пейзаж духовного пути; явления эти так притягательны, так далеки от постылой сферы человеческих страданий, что возникает непреодолимое искушение задержаться — вместо того, чтобы двигаться дальше. Рам Дасс рассуждает о том, каким соблазнительным для него и других учеников был восторг мистических состояний на заре духовных исканий:

> *Это универсальная истина: если человек к чему-то привязан, его привязанность длится до тех пор, пока он вдруг не окажется в состоянии отойти от нее, ведь люди всегда рано или поздно отходят чуть в сторону. Абсолютных привязанностей не бывает.*
>
> **Эндрю Роулинсон**

Практики и ритуалы очень повлияли на нас, мы испытывали все больше духовных переживаний, и со временем каждый погрузился в состояние блаженства. Мы были совершенно очарованы этими явлениями, которые стали следствием занятий, медитаций и духовного очищения... Традиции, однако, предупреждают о подобном явлении. В частности, буддизм говорит о вероятности навечно застыть в состоянии транса, где ощущаешь свое всеведение, всемогущество и вездесущность. Буддизм советует просто признавать факт этих состояний и двигаться дальше. Но искушение считать такие пережива-

ния недосягаемыми достижениями все равно слишком велико. [5]

От подобного соблазна не свободен никто, хотя одни ощущают его острее и дольше других. Тот, кто не столкнулся с трудностями духовного пути на своем опыте и не познал глубину собственных страданий, не вправе полагать, будто его это не коснется и он никогда не задержится в сфере мистических переживаний.

Малыш и бабочка

Играя однажды среди холмов у своего дома, мальчик увидел яркую бабочку. Он с восторгом рассматривал ее, и тут вдруг ему в голову пришла мысль поймать бабочку и отнести домой.

Вернувшись в свою комнату, он посадил бабочку в клетку и позвал родителей, братьев и сестер поглядеть на нее. Потом он пригласил в гости школьных друзей и показал бабочку им. Он пытался даже выдрессировать ее. Малыш был втайне очень горд собой. По дороге в школу он думал: «У меня дома красивая бабочка! Такой нет больше ни у кого». Он подолгу любовался ею, разглядывал со всех сторон, кормил особыми листьями и другой замечательной пищей для бабочек.

> *Если вашим взором завладел соблазн, весь труд пойдет насмарку. Обнаружив, что стали жертвой соблазна, заставьте себя отвлечь внимание на что-то другое.*
>
> **Э. Дж. Гоулд**

Возвращаясь из школы, мальчик бежал со всех ног, ему не терпелось увидеть свое сокровище, но дома выяснилось, что бабочка улетела, проскользнув сквозь прутья клетки. Мальчик очень огорчился. Ему не хотелось верить, что она улетела навсегда, и он уверял самого себя, будто она непременно вернется. Он надеялся, что она спряталась где-то тут, в доме, и потому разложил всюду сочные листья, а сам пошел гулять с друзьями. Малыш верил, что, вернувшись назад, снова увидит бабочку — разве она не соблазнится такими чудесными листьями?

Через несколько дней он наконец-то признался себе, что бабочка улетела и никогда уже не вернется. Она не прячется в чула-

не, и вкусной едой ее тоже не прельстить. Она улетела, как и должно было случиться.

История о малыше и бабочке помогает разобраться в последовательных этапах духовного пути, на которых личность может отвлечься и задержаться, поддавшись соблазнам мистических переживаний и сил. Красивая бабочка олицетворяет чудесные переживания и явления, о которых мы говорили выше. Это Мара, искушающий Будду; это ощущения восторга, блаженства, ясности мыслей и единения; это большие и малые способности восприятия, нередко проявляющиеся в ходе напряженных духовных занятий.

Конечно, дело не в том, что эти прекрасные бабочки действительно существуют. Они — неотъемлемая часть окружающего мира, они радуют глаз, и сами по себе ни хороши, ни плохи. Обычно бабочки прилетают, словно из ниоткуда, порхают перед нами несколько секунд, а после исчезают в никуда. Но привычное течение событий меняется, однако, если нетерпеливый малыш ловит бабочку и пытается присвоить ее, удерживая в клетке.

Бабочка в клетке: размышление о мистическом переживании

В тот миг, когда малыш видит бабочку и любуется ее разноцветными крыльями, он свободен. Этот момент можно назвать «просветленным созерцанием». Но одно мгновение, как заведено, сменяется другим, когда в переживание вторгается мышление. Секунду назад мальчик просто наслаждался зрелищем, но теперь уже думает о том, что нужно поймать бабочку, отнести домой и посадить в клетку у кровати.

Нередко люди, однажды испытавшие озарение, тут же заявляют: «Я есмь истина». Подобное заявление действительно может быть верным, но, опять-таки, оно может оказаться очередным проявлением эго.

Ли Лозовик

Подавляющее большинство людей стремится объять мистические переживания умом, забрать их «домой», сделать своей собственностью, присвоить, чтобы извлекать на свет всякий раз, когда захочется поиграть. Трунгпа Ринпоче предполагает:

Первой реакцией на переживание [пробуждения] может стать желание описать его в своем дневнике, изложить испытанное словами. Запечатленные на бумаге слова, обсуждение с другими людьми и беседы с теми, кто стал свидетелем твоих переживаний, — это попытки не утратить свою связь с переживанием. [6]

Вначале переживание проявляется в чистом виде, но, если оно приятно и приносит временное избавление от страданий, нам хочется сделать его своим, поймать и посадить в клетку с табличкой: «Мое мистическое переживание».

Бабочка напоказ: духовное самолюбие

Мы гордимся своими мистическими переживаниями, как малыш — пойманной бабочкой. Мы отводим друзей в сторону и сбивчиво пересказываем им о том, какие особые ощущения испытали. Читая о переживаниях великих мистиков или слушая духовные лекции, мы понимающе киваем головой и заговорщически смотрим в глаза лектору. Малыш считает бабочку своей собственностью, будто он сам ее создал. То же чувствуем и мы, как если бы сами сотворили свои переживания и испытали их именно потому, что мы — это мы. Жиль Фарсе добавляет: «Мои переживания теряют цельность, стоит мне начать их обдумывать. Размышляя о них, я начинаю считать себя полновластным хозяином этих переживаний».

Демонстрируя свои мистические переживания другим, мы, как хвастливые малыши, отождествляем себя со случившимся, будто это наша заслуга. Но «бабочки» переживаний прекрасны сами по себе, а не потому, что мы посадили их в клетку. Они были до того, как их увидели мы, они чудесны всегда и не утратят своей красоты даже после того, как «улетят».

Улетевшая бабочка: поблекшие переживания

На многих людей — и особенно для тех, кто не сталкивался с приходящими и уходящими за долгие годы духовной практики мистическими переживаниями, — мимолетность этих переживаний и периодов просветленности оказывает опустошающее воздействие. Горечь утраты так велика, что люди всеми силами пытаются удержать даже жалкие крохи былого инсайта, убеждая себя в том, что он якобы не ускользнул.

Следует, однако, различать само переживание и воспоминания о нем. Переживания разворачиваются в настоящем, они всегда живы и непосредственны, а память о переживаниях мысленно переносит нас в прошлое. Любое мистическое переживание, которое не испытывается прямо сейчас, уже отошло в мир воспоминаний. Большая часть переживаний, изображаемых на торжественных стягах, с чьей помощью многие люди показывают свою незаурядность, давно канула в прошлое. Когда-то они были реальны и, не исключено, оставили заметный след в жизни человека, но теперь о них можно говорить лишь в прошедшем времени. Арно Дежарден предупреждает:

Мне интересен процесс пробуждения, длительный процесс развития, который может привести, но может и не привести к достижениям.

Йоко Бек

Опасность таится в мечте вернуть себе былое переживание. Это обычное желание, как и все прочие, и потому оно само по себе становится помехой. Я знал многих людей, мужчин и женщин, для которых попытки вернуть прошлое превратились в источник мучений. Они горевали, что утратили столь чудесные состояния, ведь понимание того, что подобные свершения — такой высокий уровень! — можно потерять, причиняет огромные страдания.

Но переживания действительно можно утратить; чаще всего так и случается. И это горько. Похмелье просветленности вызывает у обычного невротического сознания острую головную боль. Малыш понимает, что бабочка улетела навсегда. Ее не было в клетке, когда он вернулся с прогулки, не объявилась она ни на следующий день, ни через неделю. Действительность порой наносит нам весьма жестокие удары.

Хвастливому ребенку стыдно признаваться, что у него нет больше бабочки. Если школьные друзья спросят его, как она поживает и почему он не принес ее показать, он может даже соврать, будто бабочка приболела либо мама не разрешила взять клетку с собой, — главное, сделать вид, что с бабочкой все в порядке. Сходным образом, те, кто чрезмерно привязан к своим мистическим переживаниям, не желают признаваться ни окружающим, ни самим себе в том, что в действительности переживания давно миновали. Подсознательно они чувствуют: раз уж ощущение просветленности не удалось удержать, то, возможно, и удерживать-то было нечего.

Пока мы существуем в этом мире, выражение любви и сострадания будет в миллион раз важнее наших опытов по переходу к иным состояниям бытия, из которых этот мир невозможно ни наблюдать, ни познавать.

Бернадетта Робертс

Понимание, что бабочка улетела: примирение с действительностью

Малышу так или иначе придется смириться с тем, что бабочка не вернется, но каждый ребенок будет вести себя при этом по-своему. Один надуется, но по-прежнему будет рассказывать, какая она была красивая; он, быть может, даже слепит из пластилина ее точную копию с таким видом, будто *на самом деле* бабочка никуда и не улетала. Второй малыш смирится с тем фактом, что бабочки у него больше нет, хотя сознание этого придет не без внутренней борьбы. Наконец, третий воспримет побег бабочки как данность и будет жить дальше, не оглядываясь на прошлое.

Люди по-разному признают исчезновение мистических переживаний, и зависит это от целого ряда факторов. Поневоле напрашивается сравнение с тем, как разные люди умирают: одни до последнего вздоха кричат и дергаются, другие сопротивляются и сознают собственную борьбу, а третьи уходят спокойно и безмятежно. Способность отказаться от величия мистического переживания, олицетворявшего собой кратковременный побег из мира страданий, сопоставима с малой смертью эго.

И все же большая часть духовного пути представляет собой поле битвы между привязанностью и отречением. В каком-то смысле, вся духовная жизнь — это вечное преследование красивых бабочек, ни одну из которых ты не вправе признать своей собственностью. Бабочки всегда проскальзывают между прутьями, но, даже зная об этом, люди все равно ловят их и сажают в клетки. После долгого противостояния жадности и отрешенности последняя понемногу дается все проще. Дело облегчается тем, что в повторяющихся схватках человек терпит столько поражений, что отказ от борьбы становится единственным шансом «победить».

Успешная практика — это не обязательно практика безупречная, но та, которая позволяет избежать ловушек, возможных на любом из достигнутых вами уровней.
Ли Лозовик

Что, собственно, нас больше интересует — красивые бабочки или сама действительность? Выбор не так прост, учитывая, что многие не имеют ни малейшего представления о яви и не в силах узнать о ней хоть что-то, пока не откажутся от ловли пестрых бабочек.

Существуют разные точки зрения на то, что происходит, когда человек сам выпускает бабочку на волю. Некоторые учителя, в том числе Эндрю Коэн, полагают, что случается нечто запредельное, чрезвычайно глубокое, но подробностей не поясняют; другие же — например, Дэйнан Генри — считают, что даже запредельное остается обычным, преходящим переживанием, пусть и воспринимается совершенно сознательно. В конечном счете узнать это можно, только выпустив из рук прекрасную бабочку. Можно прочесть тысячи рассказов о том, что случалось с другими, когда они отказывались от страсти к разноцветным жучкам, но, пока сам этого не сделал, все остается лишь слухами.

У нашей истории нет традиционного счастливого конца. Эпилог сводится к тому, что малыш — и весь наш беспробудно спящий мир — отправляется на поиски своей бабочки и находит не только ее, но и несколько коконов, откуда вот-вот появятся другие мотыльки. Он несет все это в дом и скоро понимает, что бабочки плодятся, и для того, чтобы рядом всю жизнь были прекрасные жучки, ему достаточно просто выходить время от времени и собирать созревшие коконы.

> *Следует внимательно изучить всю совокупность духовного опыта со всеми вытекающими из него последствиями, чтобы убедиться, что для человека даже на небесах нет окончательного пристанища.*
>
> **Эндрю Коэн**

Однако для большей части людей сказка кончается непрестанной борьбой и метаниями между мечтами о действительности, желанием ею повелевать и примирением с реальностью как она есть. Таким образом, в духовном пересказе нашей истории счастливый конец означает не бескрайнее поле с коконами, а постижение малышом прежде всего того, что бабочка вообще ему не принадлежит; следствием этого со временем станет способность радоваться увиденным бабочкам и без сожалений провожать их взглядом.

Точка зрения дзэн-буддиста: Филип Капло-роси о *макё*

Дзэн-буддизм располагает более широким, чем в любой другой традиции, набором наставлений на тему мистических переживаний и их опасностей. В буддизме эти непроизвольные явления именуются *макё*: *ма-*, «дьявол», и *-кё*, «объективный мир». В буквальном переводе это понятие означает, таким образом, дьявольские наваждения, случающиеся в объективном мире [7]. Учеников с самого начала обучают правильному отношению к соблазнительности подобных явлений. Нельзя сказать, что наставления эти полностью ограждают учеников от борьбы с *макё*, ведь всем детям говорят, что плита горячая, но ребенок все равно норовит ее коснуться. Тем не менее указания учителей служат определенным контекстом, позволяющим разобраться в характере переживаний, которые возникают в ходе серьезных духовных занятий.

Филип Капло-роси много писал и говорил о *макё*, излагая традиционные буддийские тексты в более доступной для западного мышления форме. В этой книге его рассуждения о *макё* приводятся для того, чтобы читатель ознакомился с иным языком, особым взглядом на опасности мистических переживаний и угрозу того, что даже серьезный духовный искатель может угодить в ловушку иллюзорных явлений. Вот как описывает Филип Капло-роси само возникновение *макё*:

> *...На определенном этапе занятий дзэн ученик может столкнуться с иллюзорными явлениями, фантазиями и странными ощущениями, известными под названием* макё... *К этому относятся как обычные, но обостренные зрительные и слуховые впечатления, ощущения падения или полета, таяния собственного тела, так и волнующие озарения, образы Бога или Будды, ясновидение...* [8] *Сами по себе эти явления нельзя назвать вредными, но, если ученик не понимает их истинной природы и обольщается ими, они могут стать серьезными помехами для занятий...*
>
> *Другие религии и культы накопили огромный запас подобных переживаний — видения Бога или божеств, звучание небесных голосов, чудеса, божественные послания, очищение с помощью обрядов и наркотических средств... но с точки зрения дзэн все эти состояния ненормальны, так как лишены подлинной религиозной значимости и, следовательно, остаются просто* макё. [9]

Далее Капло-роси переходит к рассуждениям о природе *макё*:

> *В чем сущность отвлекающих явлений под названием* макё? *Это кратковременные состояния ума, возникающие в ходе* дза-дзэн, *когда ученик уже развил у себя определенные способности к сосредоточению и его практика стала зрелой. Когда вздымающиеся и опадающие на поверхности ума мыслеволны отчасти успокаиваются, на гладь разума случайно прорываются отложившиеся в глубинных уровнях сознания остаточные элементы давних переживаний, производящие впечатление высшей, более обширной реальности. Таким образом,* макё *представляет собой смесь реального и нереального, чем-то схожую с обычными сновидениями. Человек редко запоминает, что снилось ему в состоянии глубокого сна; чтобы сновидение запомнилось, его нужно увидеть обычно в полусне. По той же*

> *причине* макё *не досаждает тому, кто пребывает в состоянии* самадхи, *глубокого сосредоточения.* [10]

Капло-роси указывает, что *макё* на самом деле приносит ощущение высшей действительности и одновременно реально и нереально. Но даже самые достоверные переживания все равно относят к *макё*; их советуют забыть и не пытаться осмыслить. Интересно, что даже тем *макё*, которые могут приходит из глубочайших недр человеческой души, не стоит уделять внимания и придавать значение. В дзэн ученику, напротив, настоятельно рекомендуют не стараться определять на основе подобных явлений уровень собственного духовного развития, то есть нигде не задерживаться на пути к самой вершине. Капло-роси предупреждает:

> *Тот, кто ищет духовного освобождения, добившись однажды своей цели, то есть попав на небеса, не должен останавливаться даже на этом.*
>
> **Эндрю Коэн**

> *Пусть вас не искушает мысль о том... что такие видения сами по себе несут какое-то содержание. Даже самый прекрасный образ Будды не означает, что вы стали ближе к себе, как сон о миллионном состоянии не делает богаче наяву. Нет никаких причин восторгаться такими* макё. *Верно и другое: не стоит тревожиться, какими ужасными ни выглядели бы явившиеся вам чудовища. И, прежде всего, не поддавайтесь тем видениям, где Будда или другие боги благословляют вас, передают какую-то божественную весть; не соблазняйтесь также* макё, *предвещающими события, которые позже и вправду сбываются. Так вы лишь растратите свои силы на глупую погоню за безделицами* [11] *...В самом широком смысле слова,* макё *означает все, кроме истинного просветления.* [12]

Но большая часть людей редко считает видения и предсказания «безделицами». Эти переживания оставляют сильные впечатления, а порой и высочайшее почтение к миру мистического, но для убежденного духовного ученика и они слишком бесцветны по сравнению с подлинным проникновением в самые основы сознания.

Любопытно также, что дзэн-буддизм, по словам Капло-роси, не проводит различий между переживаниями приятными и неприятными, образами Будды и демонов, состояниями восторга и ужаса. Современные духовные взгляды придают огромную важность блаженству, экстазу и восторгу, одновременно подавляя либо отрицая ощущения страха, горя, печали, страданий и отчужденности, которые лишь в редких случаях относят к мистическим переживаниям. Но, согласно рассказу Капло-роси о *макё*, все это, по существу, — одно и то же.

Дзэн не стремится обучить ясновидению, психическим силам и пророческому дару. Не важно, обладает ученик особыми способностями или нет; в некоторых случаях, впрочем, их лучше вовсе не иметь, так как подобные силы могут стать помехой. Но наставники хотят от учеников большего — те должны осознать себя как будду, погрузиться в окончательную Реальность и служить Ей. С точки зрения этой задачи безделицей становится даже личное благословение самого Будды. Зачем останавливаться на благословении, если каждый способен осознать, что он сам и есть будда, а затем помочь в этом другим?

Духовный комфорт

Понятие «духовного комфорта» означает угрозу остановки на духовном пути по причине удобства определенного этапа; такое случается даже на очень высоких уровнях достижений и самоотречения. Люди тянутся к духовному комфорту, веря, будто он избавляет от страданий. Мало кто делает это сознательно, но неосознанно об этом мечтают большинство людей.

Духовный комфорт проявляется на экзотерическом либо эзотерическом уровнях; с другой стороны, он может быть материальным и невещественным. Мы, люди, всеми силами стараемся избегать реальности страданий и, разумеется, ищем покоя и комфорта во всех сферах своего существования. Во имя спокойствия хозяин дома обзаводится высокой изгородью, сигнализацией, страховкой от пожара и сторожевым псом. Духовный искатель по той причине может стремиться к высокому положению и званию в своей духовной школе, где статус «способного ученика» либо даже самого учителя отражает определенную меру безопасности и надежности. Разница между домовладельцем и духовным учеником заключается лишь в том, что побуждения первого видны невооруженным глазом, тогда как в духовной жизни поиски комфорта нередко принимают совершенно обманчивый вид.

Удобства можно найти даже в *стесненных* обстоятельствах: например, человек с привычкой к суровому и скудному питанию чувствует себя за скромным столом намного комфортнее, чем на буйном пиршестве, где приходится бороться с собственным обжорством, а соблюдающему обет воздержания монаху проще решать вопросы сексуальности в уединении, чем в миру.

Идея духовного комфорта применима также к эзотерическим, внутренним сферам существования. У людей есть склонность делать передышку, достигая определенного уровня. Таким уровнем может стать, например, самообладание, безмятежность либо дар различения — одно из качеств, считающихся важными в той или иной духовной традиции. Человек может подняться даже на высший уровень, сравниться со своим учителем или превзойти его. Наконец, он может погрузиться в отрешенное состояние, отождествляя себя с «наблюдателем». Так или иначе, духовные искатели попадают в одну широко распространенную ловушку: они заверяют себя, что прошли большой путь и потому заслужили короткий отдых.

Джоан Галифакс прекрасно известно о том, что на духовном пути многие обманываются духовным комфортом:

У многих людей удивительно стойкая склонность засыпать — погружаться в дремоту, подыскивать удобные привычки, каждое утро ходить в дзэн-до и всецело окружать себя уютом и безопасностью. Тем, кто приходит, я часто говорю: «Сидеть тут небезопасно. Дело не в удобстве. Сюда приходят, чтобы очистить себя слой за слоем, разобрать по косточкам и уничтожить».

Арно Дежарден тоже заботится о том, чтобы его ученики не угодили в западню духовного комфорта. На *дза-дзэн* он говорит им: «Я желаю вам, во-первых, не слишком больших усилий, разочарований и мучений, а во-вторых, не слишком стремительных успехов. Если спокойствие и отсутствие мыслей наступают, как только садишься и обращаешь внимание внутрь себя, они могут стать притупляющим разум наркотиком». Дежарден не хочет, чтобы его ученики довольствовались первыми успехами, но не потому, что желает им страданий; он просто хорошо понимает опасность комфорта. Вообще говоря, именно сострадательная мечта помочь ученикам избавиться от страданий заставляет его желать им меньше поверхностных удобств.

Весьма поучительно поразмыслить над тем, что люди могут искать уют и безопасность даже в пустоте и любви. Происходит это потому, что у них все еще остается «я», которое тянется к надежному, даже если оно воплощено в «единении» или «истинной сущности». Опасность сохраняется до тех пор, пока остаются следы отождествления с эго, а на деле это означает вечную угрозу, поскольку человеку очень трудно определить, осталось в нем эго или нет, — вопрос слишком тонкий и щекотливый, чтобы предполагать, будто тебе эта опасность уже не грозит.

Люди задерживаются даже на высших уровнях сознания, не понимая, что застряли, пусть и в чрезвычайно возвышенном положении, а происходит это именно потому, что ловушки духовного пути многочисленны и неприметны. Возникает вопрос: «Человек может остановиться где угодно, так существует ли само Просветление? Возможно, Окончательное Просветление и есть последний непреодолимый порог?» И этот вопрос очень полезно задать любому, кто хотя бы втайне гордится собой и своими достижениями.

***

Арно Дежарден: «Величайшее сокровище»

В молодости я думал: «Эх, как бы все изменилось, если бы мне не нужно было работать и я мог медитировать весь день на-

пролет». Но в Индии я видел обитателей знаменитых ашрамов, учеников настоящих учителей, все они много медитировали... но зрелище было грустное: они слишком много болтали, ругались друг с другом, всем вокруг завидовали. Мне было неприятно сознавать, что продолжительные медитации могут не вызывать никаких существенных изменений.

Разумеется, подлинные святые — Рам Дасс, Ма Анандамайи, тибетские Ринпоче, суфийские учителя и многие другие — изо дня в день оставались безупречными, и мое уважение к ним неуклонно росло. И все же учителей отделяла от последователей настоящая пропасть. Почему разница так велика? Почему один до сих пор напыщен, другой слишком бурно откликается на внешнее, а третий уже столько лет делит мир на то, что нравится и не нравится? И почему тот полон любви, мудр и свободен, хотя не достиг еще состояния самого Раманы Махариши? А потом я узнал, что величайшие сокровища создаются качествами, лишенными на вид какой-либо эзотеричности и таинственности, — добротой, любовью, состраданием, доброй волей и отзывчивостью. Это был прекрасный урок.

10

РАЗДУТОЕ ЭГО

Когда приходит великое прозрение, медитирующий думает: «Никогда прежде не было такого прозрения. Поистине, я нашел путь и достиг цели». Так он находит не тот путь, который правилен, и достигает не той цели, которая верна. И, когда он находит не тот путь, который правилен, и достигает не той цели, которая верна, ход его озарений прерывается. Он отвлекается от основ своей медитации и просто сидит, наслаждаясь прозрением. [13]

Бхадантачарья Буддхагоша, «Путь очищения»

Определенное Карлом Юнгом как «то, что можно считать одним из наиболее неприятных последствий полного сознания» [14], а Э. Голдом — как «комплекс Иисуса», разросшееся самомнение являет собой тот случай, когда и без того самоуверенное и мощное эго раздувается до такой степени, что ослабляет способность ясного восприятия. Людям с преждевременными притязаниями на просветленность чаще всего свойственно чрезмерное самомнение, субъективная и весьма помпезная убежденность в своем духовном величии и масштабности достижений. Самомнение может быть настолько безоговорочным и внушительным, что поглощает на своем пути все — совесть, разборчивость, а порой и элементарный здравый смысл.

Напыщенности эго нередко предшествует восприятие — порой неоднократное — того, что мы ранее называли «просветлением», — мистические переживания и прозрения, неверно истолкованные при процеживании через эго. Хотя раздутое самомнение проявляется у людей в разной степени, склонность воспринимать собственные переживания и духовный прогресс односторонне и субъективно присуща большей части серьезных духовных искателей. Духовный ученик должен учитывать, что напыщенность всегда прячется где-то рядом и готова выскочить из укрытия, если хотя бы на миг потерять бдительность. Карл Юнг, подробно изучавший это явление, описывает его так:

> *...Состояния, о которых речь идет, влекут расширение личности за собственные границы — иными словами, ее раздувание. В этом состоянии человек распространяет себя на области, какие, вообще говоря, не в силах собой заполнить. Но заполняет он их лишь подходящим для себя контекстом и теми качествами, которые способны существовать только сами по себе и, следовательно, должны оставаться за рамками личности. Все, что вне нас, принадлежит либо кому-то другому, либо всем, либо вообще никому. [15]*

Поговаривают, что, когда сам Юнг переживал кризис раздутого эго, в ящике у его кровати лежал пистолет. Юнг уверял, что застрелится, если не найдет выхода из кризиса.

> *Вот один из таких парадоксов: вы не замечаете никакого «я» и начинаете по этому поводу собой гордиться. Но эго, устраненное от главной роли, ожидает за кулисами, готовое выйти на сцену.*
>
> **Дэйнан Генри**

Склонность к эгоистической напыщенности проявляется не только во всех культурах и духовных течениях; она вовсе не ограничивается сферой духовного. Обычные люди заполняют свое повседневное существование огромным капиталом или восторгом, какой вызывают у окружающих их таланты, а размах своего финансового состояния или известности они делают частью себя; в духовной жизни человек измеряет свои заслуги трансцендентальными силами, способностями и мистическими видениями — масштабность этих свойств он оценивает так, будто «владеет» перечисленными качествами.

«Люди добиваются власти деньгами либо престижем, — говорит Джудит Лейф. — По той же причине духовные традиции остаются плодородной почвой для эгомании». В обычной жизни раздутое эго называют чванством, высокомерием, самодовольством и самовлюбленностью; по существу, это все тот же нарциссизм, самолюбивая склонность считать себя лучше и выше других. В обыденной жизни самолюбование просто укрепляет иллюзорные заблуждения, но в духовном мире раздутое самомнение рано или поздно приостанавливает духовное развитие и даже обращает его вспять.

Личины напыщенности

Раздутое самомнение многолико: ощущение собственного превосходства, тщеславие, самодовольство, чувство своей исключительности, переоценка способностей и духовного развития, гордость духовными свершениями и достигнутым уровнем, равнодушие и убежденность в том, что никому твоих переживаний не понять. Все это — надетые от иллюзорных заблуждений маски раздутого эго, которые владелец, впрочем, считает своим настоящим лицом.

> *Опыт просветления — это замечательно. Но обычно этот опыт делает человека тихим. Поэтому, когда я смотрю на людей, гордо выставляющих напоказ свое просветление, я не вижу просветления. По большей части я вижу эго.*
>
> **Мэл Вайтзмэн**

Как уже говорилось ранее, каждый мечтает быть особенным, «Тем Самым». Причина кроется не только во всеобщей психологической травме, остающейся с детства от чувства, будто тебя не любят и бросили; немалую роль играет и интуитивно ощущаемая духовная истина о том, что в нас нет ничего исключительного и на деле мы вообще не «кто-то». Эго упорно противится этому факту и стремится стать «кем-то».

Раздутое эго часто проявляется вполне недвусмысленно, но в некоторых случаях его выражения так изощренны, что явление остается почти незаметным. Примером такого самомнения может служить человек, отчужденный в духовном общении, а втайне считающий себя выше чужих мелочных драм и неведения окружающих.

Другой распространенной маской напыщенного эго является комплекс мессианства, мечты спасти весь мир, а точнее — стать его спасителем. Самомнение такого рода встречается во всех фанатических течениях, а образчики его можно увидеть на центральных площадях захолустных поселков, в студенческих городках и на собраниях сект «возрожденцев». Мнят они себя пророками или нет, фундаменталисты

Самодовольство представляется мне вещью вполне естественной, поскольку все мы ученики, а ученик, столкнувшийся с чем-то намного его превосходящим, неизбежно станет истолковывать это по-ученически.

Клаудио Наранхо

неизменно полагают, будто нашли верный — по существу, единственно верный — путь; многие из них к тому же чувствуют себя важными, исключительными, удостоенными особой чести, и потому хотят навязать свои великие знания всему миру. От них нередко можно услышать выражения вроде: «Наш Господь — Иисус, а я — лишь сын Его» либо: «Великий снизошел до меня, Его скромного слуги», где явно сквозит гордость за право быть сыном или хоть слугой, но «избранным».

Масок много, но подлинное лицо одно — старое доброе эго, ставящее перед собой цель выжить и полагающее себя единственным владыкой человеческой сущности, рядом с которой нашло себе временное пристанище.

Как и почему растет самомнение?

Разрастание эго — процесс не мистический, а механический. Протекает он нередко исподволь, непредвиденно для самого человека, так как эго полно коварства. Хотя личность обычно не в силах заблаговременно уловить собственное раздувание, понимание того, как и когда это обычно случается, способно повысить нашу бдительность к возможности роста самомнения в определенных обстоятельствах. Оставаясь начеку, мы можем подготовиться к внезапному наступлению эго.

Рвение

Простейшее, хотя подчас и чрезмерно упрощаемое объяснение того, как и почему происходит разрастание эго, заключается в том, что испытавший особые состояния человек часто относится к ним легковерно и горит страстным желанием поделиться своими чувствами и познаниями с другими. Неофит, лишь недавно включившийся в духовную работу, но уже столкнувшийся с достаточно мощными переживаниями, нередко воображает, будто такого никто доселе не испытывал. Это перерастает в ревностную мечту раструбить о случившемся по всему миру, чтобы остальные люди тоже прониклись частицей этого величия. Кристина Гроф делает такое замечание:

> *Такое часто случается с теми, кто ставит опыты с каким-то духовным приемом и получает первые плоды. «Ого, — думает он, — а я-то лучше, чем сам о себе думал». На этом работа и заканчивается, поскольку отныне он превращается в «мессию» и всем советует попробовать ту же практику.*

Когда перед личностью неожиданно распахивается незримый мир, она пылко мечтает поделиться открытой «молочной рекой с кисельными берегами» со всеми страждущими. «Стремление поделиться с другими своими удивительными переживаниями вполне естественно и понятно, — говорят Крамер и Альштад. — Беда лишь в том, что люди, ничего подобного не испытавшие, склонны относиться к герою по-особому, воздавать ему почести. Похвала всегда приятна, но она поневоле укрепляет мнение о собственной исключительности — тем более что это заставляет окружающих прислушиваться к тебе еще внимательнее» [16].

Отождествление с переживанием

Как уже должно быть ясно, мистические переживания и ощущения просветленности возникают за гранью сферы обыденного сознания — источником служат иногда архетипы, а иногда недвойственная реальность. Однако как полагает Юнг, эго очень быстро отождествляет себя с подобными переживаниями и присваивает их себе.

> *С нами стали происходить эти вещи, и они кого-то испугали, кого-то привели в восторг, кого-то очаровали. И тогда мы перестали воспринимать запах цветов. Многие, соприкоснувшись с этим, стали превозносить свое эго.*
>
> **Рам Дасс**

Эго отождествляется с переживаниями, проявляющимися за пределами обычного сознания, так как самосознание вовлечено в эти ощущения. Когда переживания угасают — а порой и в ходе переживаний, — эго делает вид, будто ощущения возникали *именно у него*.

Отличить эго от Иного невероятно трудно. Учитывая размытость этой грани, эго обращает представившуюся возможность в свою пользу и тут же заявляет, что оно и было источником испытанного. В своей книге «Проект Атман» Кен Уилбер поясняет:

Интуитивно каждый человек, да и вообще любое разумное существо постоянно чувствует, что изначальная его Природа бесконечна и вечна, она «Всё и Везде», потому он и обладает подлинной интуицией Атмана.

...Интуитивно каждый человек совершенно правильно *ощущает, что по природе своей един с Атманом, но в то же время он сам искажает это интуитивное прозрение, так как относит его к своей обособленной личности. Ему кажется, что именно эта личность бессмертна и вездесуща, занимает в Космосе центральное положение и имеет первостепенную важность. Он, таким образом,* подменяет *Атмана своим эго. И вместо того, чтобы искать настоящее, вневременное единство, он просто подменяет его мечтой владеть всем Космосом, а вместо того, чтобы слиться с Богом, он пытается разыгрывать Бога из самого себя.* [17]

> *Роси избегает говорить «ты просветлен» и тому подобные вещи, поскольку такое похлопывание по плечу способно придать новые силы эго, только лишь подавленному, но не изгнанному окончательно.*
>
> **Филип Капло-роси**

Да, люди обыкновенны, но в то же время божественны. Откровения всех великих мистиков говорят, что «Я есть То», но это отнюдь не равносильно «Мое эго есть То» или «Мое эго — Бог». В миг откровения «Я», о котором идет речь, действительно *есть* То, а когда переживание миновало, когда снова появляется личность — которой зябко, хочется надеть свитер и не очень нравится, как жена приготовила котлеты, — человек по-прежнему Божествен, но в то же время совершенно зауряден. Именно эта обычность и нескончаемые заботы повседневной жизни помогают удержать эго от увлеченности самим собой.

Мощный прилив энергии

Царства архетипов и, несомненно, сфера Абсолюта таят в себе невообразимую энергию — намного больше, чем в силах представить себе обычное сознание. Когда человек начинает ощущать этот прилив энергии, эго часто теряет равновесие, а подчас погружается в полную сумятицу. Земля уходит у него из-под ног, и вместо того, чтобы свободно влиться в полноту великого Непознанного, оно суетливо мечется, изыскивая способ вместить происходящее и связанный с этим энергетический шквал в границы собственного мирка, чтобы ни в коем случае не потерять власть над обстоятельствами. Один путь — сделать вид, будто энергии принадлежат самому эго. Хотя энергии эти незнакомы, эго разбухает в попытках вместить их, то есть раздувается. Итальянский психолог Роберто Ассаджиоли говорит: «Подобная путаница характерна для тех, кто ослеплен соприкосновением с истинами либо энергиями, слишком великими и могучими для рассудочного понимания и поглощения личностью...» Подобный прилив энергии, по мнению Ассаджиоли, «может обернуться неблагоприятно и послужить пищей для разрастания индивидуального эго» [18].

Эндрю Коэн дополняет эти слова еще одним проницательным замечанием о воздействии энергии на эго:

Энергия сама по себе необузданна. Попробую выразить это иначе: представим, что энергия просветленного сознания проходит сквозь призму. Призма — это мозг, разум и сердце личности. Мозг, разум и сердце человека вот-вот подвергнутся животворному воздействию могущественного просветленного сознания, так как просветленное сознание все наполняет жизнью. Таким образом, после животворного влияния просветленного сознания человек очень гордый с очень разросшимся эго станет человеком очень могущественным, который на первый взгляд неожиданно очень много узнал о просветлении, потому клетки его наполнены отныне энергией такого сознания.

Цель духовной практики — познать эго, как следует ознакомиться с его деятельностью, а затем, по обстоятельствам, ослабить его либо укрепить для того, чтобы после справиться с напором сил, с которыми можно столкнуться по мере углубления духовной работы.

Неуверенность под маской раздутого эго

Под разросшимся эго часто скрывается неуверенность — и не только психологическая. Это экзистенциальное ощущение угрозы иллюзии обособленности, сознание собственной бренности, интуитивное понимание того, что эго вовсе не является независимой и всемогущей сущностью, какой себя мнит.

В психологии давно известно, что люди напыщенные, хвастливые, высокомерные и жестокие к другим в глубине души страдают от неуверенности в себе и комплекса неполноценности. В обычной, не связанной с духовными вопросами жизни такой человек может одеваться кричаще, сорить деньгами, играть мышцами и даже обзавестись пистолетом; все это — желание почувствовать себя стоящим, важным и сильным. В мире духовности та же неуверенность оборачивается тягой читать окружающим дхармические лекции, назойливым желанием исправлять ошибочность чужих духовных убеждений и внутренним ощущением праведности, позволяющим видеть в своих достижениях больше, чем они заслуживают; основная же цель — убедить себя и всех остальных в собственной духовности, важности и значимости.

Карл Юнг писал:

> *...Мы отчетливо видим, как неуверенность в себе заставляет фанатика преувеличивать истины, в которых он и сам-то не слишком убежден, и обращать в свою веру других, чтобы приверженцы доказывали ему ценность и правоту его собственных взглядов. Он не настолько доволен богатством своих познаний, чтобы держать их в себе; в глубине души он чувствует, что оторван от них, а потаенная боязнь остаться в одиночестве принуждает выставлять свои мнения и толкования напоказ при любом удобном случае, потому что гнетущие сомнения отступают лишь в тот миг, когда ему удается убедить в своей правоте кого-то другого.* [19]

Борьба с разрастанием эго

Рассуждая о том, как избежать разбухания эго либо избавиться от него, Роберт Свобода отмечает:

> *Думаю, справедливо будет сказать, что каждый из нас в той или иной мере страдает заблуждениями или напыщенностью; остается лишь надеяться на то, что человеку хватает увлеченности и внимательности к происходящему и он спохватится прежде, чем отклонится от проторенного пути слишком далеко; что у него есть хороший наставник, который при необходимости образумит; либо что эго будет уже достаточно обуздано, чтобы не отождествляться чрезмерно с подобными иллюзиями, и со временем человек сможет отделить одно от другого.*

С раздуванием эго можно бороться, потому что в игре, помимо него, участвуют и другие силы. Когда эгоистический механизм человека начинает разрастаться, Сущность его остается прежней — чистой, цельной и неизменной. Поскольку человек отождествляет себя с эго, кажется, будто личность его разрастается. Но человек — не только эго. Наряду с разбухающим эго есть иной, пусть и неосознаваемый аспект; он в это время не расширяется, и обратиться можно к нему. Ниже приводятся предположения о том, как можно бороться с разбуханием эго. Одни из перечисленных мер даются сами собой, другие требуют немалой силы воли, а третьи — помощи со стороны.

Низвержение

Лучшим лекарством от разбухания эго является его низвержение, когда сама жизнь, которая прежде вознесла человека до небес, снова возвращает его на землю. Это причиняет поистине адские муки, но на деле становится настоящим подарком судьбы; свергнутым с престола повезло намного больше, чем тем, кто продолжает парить на иллюзорном ковре-самолете раздутого самомнения — какое блаженство ни доставляло бы разрастание эго, не в нем таится сокровенное желание человеческой души.

Однако для тех, кому доводится упасть с небес на землю, полет вниз редко становится плавным. Его сравнивают с отказом от спиртного и наркотиков, уподобляют самой смерти — резко пробуждаясь от чудесного сна, человек видит, что в спальне бушует пожар. Психолог Гэри Мюллер делится собственным опытом:

Падение похоже на смерть. Ты гибнешь. В моей жизни тоже был период, когда напыщенность так въелась в меня, что расставание с высокомерием ощущалось как смерть.

У некоторых такое падение вызывает острое чувства стыда и унижения. Они сознают, какими были прежде; понимают они и то, что такими их видели окружающие. Э. Голд говорит, что стыд — чувство благоприятное, так как на самом деле человек стыдится своего эго, а эго — это действительно позор! Его ужимки непристойны и возмутительны; когда человек возвращается с небес, где парил рядом с ангелами, и видит, что вдыхал не дыхание Бога, а ядовитые миазмы, стыд нужно считать вполне здоровой реакцией.

Здравомыслящий взгляд на собственное низвержение очень полезен, поскольку именно он позволяет в полной мере оценить вероломную деятельность ума и постичь, с какой легкостью человек обманывается переживаниями, которые казались такими правдивыми и достоверными. После падения новые ощущения разбухания эго всегда унизительны; падение, таким образом, помогает ощутить, что угроза эго — тут, прямо за порогом, а не «где-то там».

Обстоятельства, возвращающие человека на землю, могут быть самыми непримечательными и обыденными. Арно Дежарден говорил Жилю Фарсе: «К счастью, жена и сын со мной не церемонятся. Если им что-то не нравится, они заявляют об этом прямо. Другие такого не скажут, ведь я — Учитель. Но сын — это сын, жена — это жена, они открыто говорят правду, и это очень здорово!» О подобном чувстве благодарности говорили и многие другие учителя. Супруг, дети, болезнь и даже заурядная случайность нередко предупреждают человека о том, что он сбился с пути, даже если человек этот «раздулся» еще не до конца.

Воздавая должное тому, что этого заслуживает

Человек учится оберегать себя от угрозы напыщенности, воздавая должное тому, что этого заслуживает; в этом случае заслуги приписываются не эго и не собственной личности, посредством которой проявляются духовные силы. Источником служит не учитель, а Бог, Истина либо безличная сила сознания, пронизывающая наш мир.

Воздавать должное высшему Источнику, откуда приходят переживания, очень важно, но столь же трудно. Понимая проблему только рассудком, но не *сознавая* ее, человек может говорить: «Нисходит просветление» либо: «Через меня проявилось чудесное переживание»; лишний раз подчеркивая, что не отождествляет себя с эго, человек может даже писать свое имя со строчной буквы. В подавляющем большинстве случаев это просто очередные ловкие игры эго, которое обманом вынуждает человека и окружающих полагать, будто отождествления вовсе нет. Лучше уж честно признаваться, что ты высокомерен и считаешь себя просветленным, чем пытаться скрыть это за красивой позой.

Подлинное отстранение от своих переживаний — процесс сознательный, намеренный и упорядоченный. Начинается он с понимания того, что не *мы* являемся источниками своих переживаний, — с одновременным признанием, что на самом-то деле мы не знаем даже этого, о чем себе следует неустанно напоминать. Процесс подразумевает осознанную внутреннюю работу, не допускающую самовозвеличивания даже в тех случаях, когда тебя хвалят или ты сам знаешь, что сделал что-то хорошо.

Похвала, разумеется, может быть вполне искренней, озарения — не самыми точными, но это все равно не означает, что вследствие каких бы то ни было переживаний наше эго может переродиться во что-то иное. Кристина Гроф рассказывает историю о том, как Рам Дасс пошел в больницу к своему брату, который испытал духовное переживание и начал считать себя Иисусом. В то время брат его был гладко выбрит и коротко острижен, носил модную рубашку и вообще вписывался в современную культуру; Рам Дасс, наоборот, ходил с длинными волосами и бородой, которые делали его чем-то похожим на образы Христа. Рам Дасс спросил брата: «Говорят, ты считаешь себя Иисусом?» Брат кивнул, и Рам Дасс продолжил: «Знаешь, я тоже чувствую себя Иисусом, но не считаю, что я один такой!»

Ничего особенного

Еще один прием борьбы с разрастанием эго — умение не уделять особого внимания возвышенным переживаниям, которые нередко вызывают напыщенность. Как узнал Дэйнан Генри благодаря общению с Капло-роси, делать это самостоятельно довольно трудно, ибо такие переживания если не поглощают без остатка, то по меньшей мере мощно к себе влекут. Эго очень хочется придавать им особую важность. Именно в такое время помощь учителя становится неоценимой. Эта идея подчеркивается в известной дзэнской истории, где ученик рассказывает наставнику о том, что испытал космические переживания всеобщего единства, а учитель спрашивает: «И что было потом?»

Молчание

Держать свои переживания при себе — хороший способ уберечься от разрастания эго, особенно если у человека нет учителя, который помог бы разобраться с испытанным переживанием.

Умение молчать о своих переживаниях — не попытка закрыть глаза на само явление, а занятный и достойный серьезных размышлений эксперимент. Могут ли переживания вызвать манию величия, если никто не знает, что ты их испытал? Ценность переживаний, разумеется, не зависит от того, кому о них известно и какое признание они получили. Ощущения оставляют след в подсознании, впитываются и становятся частью личности без каких-либо усилий. Они предназначены вовсе не для того, чтобы выставлять их напоказ; их высшая цель заключается в преображении человека.

В некоторых обстоятельствах говорить о значительных духовных переживаниях вполне уместно, но едва ли к ним относятся случаи, когда человек усаживается в кресло перед сотнями слушателей, пишет статью для журнала либо выступает с лекцией на семинаре по развитию личности. В целом, польза рассказов и записей о своих переживаниях сводится к тому, что это как бы доказывает случившееся, дает ему твердую почву, обостряет осознанные воспоминания, — но не стоит делать это, чтобы похвастаться, добиться признания и одобрения со стороны окружающих либо, того хуже, влияния на них. Однако перечисленные возможности слишком соблазнительны, чтобы эго могло удержаться от привычных розыгрышей.

Воля

Один из самых практичных путей предотвращения разрастания эго — твердое намерение его избежать, а для того, чтобы такое намерение было искренним (в противоположность случаю, когда внутренний духовный диктатор терзает нас нотациями: «Напыщенность — это плохо. Не важничай»), человек должен ясно понимать и сознавать опасности этого явления. Серьезность намерений Карла Юнга покончить с приступом самолюбования подтверждается пистолетом на тумбочке у кровати. Чарлз Тарт боролся со склонностью к раздутому самомнению, упорно внушая себе верность Действительности; вот как он сам это описывает:

> *Я выступал где-нибудь, и в конце лекции тысячи людей аплодировали. Мне это нравилось. К счастью, случалось это редко, а если все же случалось, я быстро уходил со сцены. Мне не хотелось тешить свое самолюбие. Я верен реальному и стараюсь служить ему бескорыстно, а не ради собственного удовольствия.*

Любой, кто полагает, будто напыщенность никогда его не затронет, — потенциальный кандидат на самовлюбленность. Все сводится к простому вопросу: хватит ли ему воли устоять перед такими соблазнами.

Роль духовной традиции

Приведенный ниже рассказ Левеллина Воэн-Ли прекрасно показывает, как сама традиция может оградить своих учеников от разрастания эго:

В нашем течении уже с двенадцатого века предусмотрены меры, препятствующие тому, чтобы личность воспринимала духовные переживания как приятную награду. История эта очень забавная. Давным-давно на Ближнем Востоке, в Нишапуре, существовало особое течение суфиев. Суфии в те времена носили латаные-перелатаные плащи, и все знали, что это дервиши. Но нишапурские суфии сказали: «Послушайте, если носить рваный плащ, каждый сразу поймет, что ты — дервиш. Тогда ты и сам начнешь думать: "Я — дервиш", будешь отождествлять себя с дервишем. Это плохо, так что давайте носить обычную одежду». Они пошли дальше и сказали: «Есть еще одна опасность. Когда вступаешь на путь, возникают духовные переживания, и тогда ты думаешь: "Я — ищущий. У меня бывают духовные переживания. Я — человек одухотворенный". Это очень опасно». И потому в нашем течении большинство переживаний сглаживается настолько, что ты очень долго даже не подозреваешь, что испытываешь их, — и так до тех пор, пока твои наставники не решат, что духовные переживания уже не увлекут тебя в сторону и не вызовут самолюбования.

В зависимости от потребностей учеников, а также сильных и слабых сторон самой традиции, каждый путь предлагает своим приверженцам особую защиту. Иудаизм, например, сосредоточен больше на основных вопросах выживания — слишком уж свежа память о недавнем геноциде, — чем на разрастании эго вследствие чрезмерной поглощенности блаженством и восторгом, хотя и эти переживания для иудейских мистиков отнюдь не редки. Вот что говорит раввин Зальман Шахтэр-Шаломи:

Самомнение нас мало беспокоит. Прежде всего, не так уж нас много. У нас тут нет прислуги, которая занималась бы черной работой. С самолюбованием у нас редко возникают сложнос-

ти, потому что в своем кругу мы не так уж часто говорим о Пути. Мы вообще не рассказываем другим, что сами думаем. Мы говорим: «Учитель сказал то-то, Реббе учит тому-то». Важно понимать, от чьего имени ты говоришь. Мы никогда не заявляем: «Я — Реббе»; мы говорим: «Я — вестник, один из посланцев Реббе».

Конечно, в рамках такой традиции разросшееся эго может скрываться под напускной, неискренней скромностью, но объяснения Реббе сводятся к тому, что давняя традиция предлагает определенную защиту от разбухания самолюбия.

Самолюбование естественно

Разрастание эго — явление естественное, и не стоит удивляться, что оно время от времени случается. Клаудио Наранхо поясняет, почему это происходит:

Думаю, мы вправе говорить, что можно испытывать духовные переживания и в то же время делать шаг назад в психологическом смысле... Такое бывает после прорыва, сопровождавшегося особыми переживаниями, которым трудно подобрать иное название, кроме слова «духовные»; но, если человек не возвысился еще над своим эго, эти переживания нередко вызывают обостренное самолюбование. Мне кажется, это не редкие исключения и вообще не отклонение от нормы, а, судя по всему, самая обычная схема... Я склонен считать, что любая экстатическая религия на деле заражена эгоизмом, и даже самые возвышенные мистические и экстатические переживания — просто отражения истинной духовности в кривом зеркале эго... Такое впечатление, что духовные прорывы и, в целом, любые зачатки духовности непременно должны искаженно истолковываться незрелой личностью. [20]

Своеобразие взгляда Наранхо — точки зрения, сложившейся в результате многолетнего личного опыта и собственной борьбы с самолюбованием, — заключается в терпимости к этому явлению, граничащей с одобрением. Он полагает, что склонность к разрастанию эго и «комплексу мессии» неизбежна, и потому лучше вообще выпустить ее из клетки, отвести ей свое место и дать немного воли.

Для того чтобы избавиться от комплекса мессии, нужно прежде всего выявить его в себе, чуток пожить с ощущением собственного величия. Не исключена, разумеется, опасность застрять в этом состоянии навсегда и ввести в заблуждение других, и все же складывается впечатление, что на определенном уровне развития самолюбование неизбежно и его можно считать очередной ступенькой ведущей вверх лестницы.

В завершение Наранхо очерчивает возможные положительные стороны раздувшегося эго: «Не стоит растрачивать впустую даже нарциссический восторг человека, который чего-то достиг. Самолюбование заразительно, оно разжигает интерес у других и в этом смысле идет на пользу их работе».

О каких бы проявлениях раздутого самомнения ни шла речь, основной вопрос заключается не в том, присуще оно личности или нет. Главная проблема — хватит ли ей честности и желания ясно различить собственное состояние и взять на себя ответственность за него. В данном случае ответственность означает признание своей склонности к самолюбованию, волевое намерение заметить происходящее, когда процесс разрастания эго начнется, способность воспринимать критику и замечания окружающих, связанные с нашим текущим состоянием, и умение не потакать себе чрезмерно деятельным обращением других в свою веру и прочими формами самовозвеличивания. Учитывая все опасности раздутого эго, мы существенно снизим вероятность преждевременных притязаний на просветленность.

В следующей главе нам предстоит поговорить о другом виде самообмана, часто встречающемся на духовном пути. Характерной его чертой является то, что неосознанное, но исходящее от эго стремление помешать встрече с неприкрашенной Истиной заставляет человека искусно жонглировать общеизвестными духовными штампами.

11

«ВНУТРЕННИЙ УЧИТЕЛЬ» И ПРОЧИЕ ДУХОВНЫЕ БАНАЛЬНОСТИ

Меня весьма тревожит то, что происходит среди нас в эти дни. Стоит человеку, который только приступил к практике созерцания, во время сосредоточения услышать подобные слова, как он объявляет их даром Божьим. Он ходит и твердит: «Бог сказал это» или «Я получил ответ от Бога». Но все это иллюзия: слова эти подобны тем, которые каждый из нас внутренне говорит себе. Между тем желание слышать такие слова и повышенное к ним внимание убеждают людей в том, что все эти разговоры с самим собою суть глаголы Божьи. [21]

Сан Хуан де ла Крус

Я слушаю внутреннего учителя», «Все вокруг мне учитель», «Всё иллюзорно», «Всё едино»... Такие заявления нередко можно услышать от духовных искателей, опережающих события и слишком преждевременно притязающих на просветленность. Каждая подобная фраза таит в себе общераспространенный и всепроникающий самообман, поскольку редко воспринимается и применяется как воплощенная в ней Истина. К той же категории относятся идеи внутреннего наставника, проводника мудрости, высшей и внутренней сущности, способности слушать веления сердца, интуиции, Господа и так далее.

В целом, представление о «внутреннем учителе» указывает на истинность того, что учитель ничем не отличается от сознающего «я». «Все вокруг мне учитель» подразумевает, что любые жизненные обстоятельства могут чему-то научить. «Всё иллюзорно» предполагает, что иллюзорно видение жизни глазами обычного эго. «Всё едино» утверждает недвойственность реальности. Эти истины включены во все духовные пособия, и любой разумный ученик в состоянии понять их рассудком, а в миг озарений и особой ясности даже осознать на опыте. Но рассудочное постижение и кратковременные прозрения весьма отличаются от постоянного пребывания в Истине или Действительности.

Злоупотребление

Проблема жонглирования высшими истинами заключается в том, что эго, как водится, очень быстро берет их на вооружение, обращает себе на пользу и превращает в очередное оправдание заблуждений и корыстных целей, а также средство воздействия на окружающих. Несмотря на свои затейливые наряды, банальные истины якобы объясняют неправомерные поступки и безответственность; кроме того, они вводят в самообман, позволяя считать себя просветленнее, чем ты есть на самом деле.

Внутренний учитель

Идея внутреннего учителя — самая коварная из всех избитых истин. Хотя само понятие указывает на нечто совершенно реальное, лишь очень немногие из тех, кто полагает, будто руководствуется этим принципом, пользуются им действенно и с постоянством. Последовательность в умении прислушиваться к требовательным указаниям внутреннего учителя и подчиняться им требует высочайшей зрелости — той зрелости, какая воспитывается духовной *садханой*, а не простым чтением одухотворенных книг или участием в нью-эйджевских собраниях под предводительством очередного борца за свободу.

Георг Файерстайн относится к феномену внутреннего учителя с подозрительностью:

> *Первым и основным средством избежать тягот обучения становится склонность искусно подменять требовательного реального наставника удобным и ненавязчивым «внутренним учителем». Иными словами, человек поддается такому иску-*

шению ради безопасности своего эго. Но, как мы уже знаем, духовный путь подразумевает именно избавление от эго. Внутренний учитель, которому многие искатели полностью доверяют свое духовное воспитание, нередко представляет собой лишь плод воображения, следствие самообмана.

Частым источником советов «внутреннего учителя» служат сновидения. В традиции гуру считается, что приснившийся учитель может нести весть от учителя настоящего. Прознав об этом, эго, которое всеми силами стремится подтвердить отстаиваемую в текущий момент иллюзию, творит сновидение, где выдает *себя* за внутреннего учителя и, разумеется, поддерживает тайное желание. Одна дама, ставшая ученицей известного индийского гуру, прервала обучение после того, как явившийся ей во сне учитель заявил: «Тебе уже не нужно приходить ко мне. Отныне я живу в твоей душе».

На высоком уровне духовной жизни человек действительно руководствуется указаниями внутреннего учителя, но подавляющему большинству духовных учеников едва ли следует делать ставку именно на это. Внутренний учитель воплощает собой сам Абсолют, Истину. По мнению священных текстов, этот гуру — не что иное, как сознающее «я», но кто может поклясться, что его «я» именно таково?

Есть, конечно, исключения из правила — люди, которые действительно поддерживают деятельные, живые отношения со своим внутренним учителем либо усопшим гуру. Иногда ученики, которые за долгие годы установили тесные связи с реальным наставником и достаточно усердно проводили духовную *садхану*, добиваются того, что эго уже не в силах вмешаться в их контакт с покойным учителем. Еще реже случается, что прямые отношения возникают с совершенно незнакомым усопшим гуру, как бывает с благочестивыми христианами и иудеями, которые общаются с Иисусом или Богом. Подобные люди, однако, непрестанно занимаются столь глубоким самопостижением, что им удается поддержи-

> *Путь поиска духовного руководства у собственного «сердца» или «интуиции», быть может, и уменьшит шансы поддаться влиянию духовного авторитета, но нисколько не уменьшит вероятность поддаться влиянию собственного эго.*
>
> **Айрина Твиди**

вать связь с внутренним высшим учителем и получать его вести в неискаженном виде. Реальный учитель рано или поздно приведет нас к учителю внутреннему, нам же остается крайне осторожно относиться к собственным представлениям о том, *когда* это должно произойти.

Внутренний голос и «веления души»

Внутренние голоса действительно звучат порой, но кому они принадлежат? Люди часто не задумываются о том, что есть множество внутренних голосов, и каждый говорит о своем. Гурджиев рассуждал об идее «множественных я» в рамках одной личности: одни «я» духовны, другие злы, третьи сострадательны.

Многие люди слышат внутренние голоса всю жизнь, но не замечают их, так как звуки эти сплетаются в обычное мышление: обижается «я», сердится «я», боится тоже «я». Но, когда «я» начинает одухотворенным тоном возвещать великие истины, человек тут же полагает, будто этот голос и есть «настоящий». Писатель Джозеф Чилтон Пирс, опытный духовный практик, заслуживший всемирное признание за свой вклад в сферу человеческого развития, спросил как-то особо рьяного духовного искателя: «Если по-настоящему верить, что всё вокруг — Бог, то как можно считать "Божьим" одинединственный голос?»

Близким родственником внутреннего голоса является идея «велений сердца». Да, в конечном счете человек и в самом деле должен прислушиваться к своей душе, ведь Истинная Душа не лжет. Но как удостовериться, что слышишь именно свое сердце? Большинство людей не имеют ни малейшего представления о том, что такое душа, и не слышат даже биения своего сердца, не говоря о его голосе. Вести, которые приписывают сердцу, чаще всего исходят от ума, который тоже способен говорить с нами ласково и нежно, «задушевно» и «сердечно».

Те же, кто готов усомниться в столь желанных велениях сердца и внутренних голосов, часто выясняют, что они совсем не то, чем казались. Эго поразительно хитроумно и при необходимости готово высказывать свои желания, подражая даже внутреннему голосу души.

«Учитель повсюду», или «Учиться нужно у самой жизни»

Уроки действительно окружают нас со всех сторон, беда лишь в том, что мы редко понимаем, как их истолковать. Жизнь и вправду может многому научить, но мы слишком заняты попытками спрятаться от нее либо изменить ее «под себя», а наше отношение к жизни так машинально, что ее уроки мы нередко просто упускаем из виду. Все вокруг нас, всех окружающих можно было бы смело называть учителем, если бы благодаря общению с таким бескрайним и вездесущим наставником люди действительно коренным образом менялись; такого, однако, не происходит, и потому искать, видимо, нужно в каком-то ином месте. Файерстайн в связи с этим отмечает: «Поиски учителя во всем вокруг легко перерастают в головокружительную суетливость и служат оправданием поверхностного отношения к духовности» [22].

Если бы все было так просто! Слова «Учитель — во всем вокруг» предполагают, что для того, чтобы духовно развиваться, достаточно просто просыпаться по утрам. Возможно, конечно, что так мы и учимся. Быть может, алкоголик, избивающий малолетнюю дочь, идет по своему духовному пути, и жизнь действительно чему-то его учит. Быть может, убийцы и насильники — такие же ученики жизни, как и все остальные. Ясно одно: если жизнь и в самом деле наш учитель, ей досталось слишком много слабых учеников.

Всё иллюзорно

Угроза таких изречений, как «Всё иллюзорно», «Всё едино», «Мы живем во сне», кроется в том, что с их помощью тоже легко оправдать любые прихоти и крайности. Если все иллюзорно, то не имеет значения, что мы вытворяем. Наши тела нереальны, и этот факт якобы позволяет причинять боль другим или губить собственный организм

> *Я уверен, что из-за своей иллюзионистской метафизики большинству восточных и им подобных традиций в конечном счете не удалось глубоко и надолго изменить своих западных приверженцев.*
>
> **Георг Файерстайн**

наркотиками. Если жизнь — просто сон, то почему бы не взять от нее все, что можно, независимо от того, сколько чужих ног при этом отдавишь и чего лишатся вследствие твоего эгоизма другие? Раз все едино и на свете нет добра и зла, правильного и неверного, то что мешает лгать или воровать?

Огромную пользу принесет сознание того, что Абсолютная Реальность ни в коей мере не опровергает существования реальности относительной. Недвойственность вовсе не отрицает нашу Двойственность. Тот, кто по-настоящему постиг эзотерические принципы «внутреннего учителя», «всеобщего единства» или «жизни как наставника», а не просто соприкоснулся с ними благодаря кратковременному прозрению, никогда не станет жонглировать подобными истинами, чтобы отмахнуться от вопросов, которые адресованы его душе или психологии. Он, напротив, питает такое благоговение к величию открывшейся перед ним действительности, что это чувство подталкивает его к еще более беззаветному служению нашему — совершенно реальному! — миру двойственности.

> *Я действительно надеюсь, что всякий объявляющий себя просветленным в самом деле просветлен.*
>
> **Роберт Свобода**

Выявляя подлинные голоса (Гуру, Мастера, Реальности)

Как отличить настоящий голос Учителя или Действительности от поддельного? На этот сложный вопрос нельзя дать единственно верный ответ. Способность эта не подчиняется точной формуле, и ни одно проверочное определение не сможет ясно показать, насколько правильно наше толкование приходящих из внутреннего мира вестей.

Попыткам отличить истинные и лживые указания лучше всего способствует постоянная скидка на вероятность самообмана: следует помнить, что случается он часто и на всех уровнях духовного развития — причем тем изощреннее он проявляется, чем выше поднимается человек, и потому даже величайшие из учителей допускают порой ошибки. Способность помнить о самообмане означает вечные сомнения в правильности своих выводов и полное отсутствие веры в свою непогрешимость.

Учитывая определенную долю самообмана и тот факт, что каждый из нас может получить любую весть и она будет звучать в точности так, словно подсказана голосом души, можно представить, насколько нелегко научиться различать подлинный внутренний голос. Левеллин Воэн-Ли предлагает такой метод:

Человек может однажды испытать переживание недвойственности и прийти в результате к убеждению, что одно это переживание делает его сознание совершенно лишенным двойственности. Не думаю, что это разумно.

Роберт Свобода

Мой опыт показывает, что лучший способ понять разницу — послушаться голоса эго, приняв его за Высшее Я, а затем шлепнуться лицом в грязь. Со мной такое часто бывало, и я убедился: ничто не пробуждает быстрее, чем твои собственные ошибки... Рано или поздно станет понятно, что голос эго всегда чуточку отличается по тембру от голоса Высшего Я.

Поскольку у каждого человека внутренний голос звучит по-своему, а порой и по-разному в разное время, единой для всех проверки его подлинности не существует. Голос Высшего Я, впрочем, обычно не обещает личной выгоды. Он вообще редко говорит о своекорыстии и часто дает указания, выполнять которые не так уж хочется. Подлинный внутренний голос чаще печется о благе других и обстоятельствах самой жизни.

Если вы предположите, что достигли просветления и движетесь в нужном направлении, все, что осталось в вас не трансформированным, вполне может преобразиться само собой. Но этого может и не произойти.

Роберт Свобода

Люди, научившиеся отличать истинные голоса от фальшивых, утверждают, что со временем подлинный внутренний голос или голос учителя уже ни с чем не спутать. В книге «Связь с Возлюбленным» Воэн-Ли пишет:

Разум постепенно знакомится с тем, как Возлюбленный говорит с любящим, и приучается не вмешиваться в беседу. Простейшие навыки молчания позволяют разуму работать с невиданной прежде ясностью, и он учится отличать голос эго от голоса Истинного Я. Знание это не похоже на привычные зна-

ния; оно не связано с процессом постижения и проявляется неожиданно, само собой. [23]

***

Арно Дежарден: «Не забывайте о реальном учителе».

Конечно, «внутренний учитель» — не пустые слова, но наставник, с которым видишься во плоти, а не какой-то там «внутренний», — это живой учитель, и я знаю его, я его слышу, он говорит то-то и то-то. Нужно помнить не только о внутреннем учителе, но и о реальном, даже если внутренний неразрывно связан с тобой на уровне недвойственных отношений. Я говорю сейчас о вещах совершенно конкретных и необходимых для тех, кто не достиг еще высочайших вершин пробуждения... кто еще не стал Ма Анандамайи или Раманой Махариши и только начинает учиться, — он должен помнить о живом учителе, о его внешнем облике, голосе и словах... и задавать себе вопросы: «Верю ли я ему?», «Если бы учитель был тут, рядом, смотрел на меня и слушал, было бы мне хорошо? Да или нет?»

> *И наконец, вы приобретете внутреннего гуру. Часто то, что люди принимают за «внутреннего гуру», — это внутренний хулиган.*
> **Ли Лозовик**

Но при этом взаимоотношения с учителем должны быть и всегда оставаться очень тесными. На это может уйти немало времени, но я все равно настаиваю на необходимости реального учителя. Если я забуду, кем был мой учитель, чему он учил и что говорил, я просто предам его.

> *«Мертвые гуру уши не надерут».*
> **Ади Да**

В конечном счете цель заключается в том, чтобы жить по велениям внутреннего голоса и учителя, черпать уроки из всего вокруг, сознавать недвойственную идею «Всё постине Едино». Тот факт, что истинами этими нередко злоупотребляют во имя самообмана, ничуть не отрицает их ценности. И первым шагом к верному пониманию их подлинного смысла является умение подмечать многочисленные искажения, которым их подвергают.

ЧАСТЬ ТРЕТЬЯ

ИСПОРЧЕННОСТЬ И ЕЕ ПОСЛЕДСТВИЯ

Почему возникают искажения? Почему людям недостает чистоты? Глубокие размышления над этим вызывают настоятельные вопросы. Если бы люди по-настоящему задумывались над подобными явлениями, их требования к собственной духовной работе непременно возросли бы. Тот факт, что искажения существуют, а вероятность обмана не исключена, должен дополнить духовную работу каждого человека еще одним важным элементом.

Джай Рам Смит

Опасность мистических переживаний и склонности эго к самообману становится еще более серьезной и влечет далеко идущие последствия, когда притязания человека на просветленность начинают определять его общение с окружающими. В этой части мы поговорим о власти и злоупотреблениях властью, о том, что происходит, когда роль учителей принимают на себя люди, чья личная власть может быть как чистой игрой воображения, так и реальной, но лишь отчасти развитой силой.

12

ВЛАСТЬ И ЗЛОУПОТРЕБЛЕНИЕ ВЛАСТЬЮ

Изначальным источником любой энергии является Бог, но личность нередко злоупотребляет этими силами, преследуя по незнанию собственные цели. [1]

Бернадетта Робертс

Говорят, «легко быть монахом в горной пещере», и это вполне справедливо. В одиночестве человеку приходится бороться только с собственным умом. Пока монах пребывает в уединении, своими скороспелыми притязаниями на просветленность он не причиняет вреда никому (кроме, разумеется, самого себя). Стоит, однако, ему спуститься с гор и вернуться в мир человеческих взаимоотношений, все его пороки немедленно проявляются не только внутренне, но и внешне. У внутренних наклонностей к злоупотреблению властью есть внешние двойники. Больше того, окружающий мир не всегда приносит ясность и правильность, но чаще просто отражает, как зеркало, внутреннее разложение. Внутренний и внешний миры предоставляют порокам немало возможностей проявиться в личности, у которой есть хотя бы малая и неприметная уязвимость к соблазнам власти.

> *Соотношение между контролем (взятием на себя ответственности) и попустительством представляет собой одну из глубочайших экзистенциальных трудностей, с которыми сталкивается человек.*
>
> **Джоэл Крэймер и Дайяна Олстэд**

Во власти самой по себе нет ничего дурного. Только по-настоящему могущественные личности способны вызывать положительные перемены в окружающем мире и других людях. Властью обладают все великие политики и духовные вожди, а также менее известные личности, оказывающие значительное влияние на свое окружение. Власть — это нейтральная, объективная сила, которая становится испорченной лишь в том случае, когда подчиняется эгоцентричным, корыстным целям. Если начальник обеспечивает сотрудникам организации здоровую рабочую атмосферу, не эксплуатирует человеческие и материальные ресурсы — короче говоря, служит людям, — его власть очень полезна. Однако она становится вредоносной, если направлена на сугубо эгоистические цели: господствовать над другими, накапливать необоснованно широкие запасы ресурсов, в то время как остальные едва сводят концы с концами, производить опасные и вредные для окружающей среды изделия и так далее.

Авторы книги «Записки гуру» Джоэл Крэймер и Дайяна Олстэд утверждают:

Злоупотребления властью возникают, когда задача сохранения власти становится основной и превышает по важности последствия этих усилий. Хотя такая опасность присуща любым человеческим отношениям, вероятность злоупотреблений резко повышается при сочетании власти и соответствующего положения. [2] *...Иерархия и инстанции — неотъемлемая часть человеческого общества, но когда главной является задача сбережения власти, любая власть становится авторитарной.* [3]

Большая часть духовных учителей — в том числе псевдогуру и люди, не достигшие подлинного просветления, — обладает невероятной личной властью. Не лишены подобной власти и духовные ученики. Сама по себе власть нейтральна — это просто необходимое условие действенного руководства другими. Нужно, однако, неусыпно следить за собой и подмечать случаи, когда эго и желания настолько сливаются с властью, что могут подчинить ее себе.

Власть и злоупотребление властью

Вкус власти известен всем. Кто не ощущал его наяву, наслаждался им в мечтах; те же, кому довелось испробовать этот вкус на деле, чаще всего жаждут повторения. Власть приносит воодушевление, это бальзам на неизлечимую рану человеческих страданий. Человеку, воспарившему на крылах власти, кажется, будто он превзошел все мучения. Власть ощущается почти как бессмертие.

Все духовные тексты предупреждают об угрозе слишком быстрого обретения большой власти. Не понимая природы власти и ее механизмов, человек часто ею злоупотребляет. Во многих традициях подчеркнуто не приветствуют развитие психических способностей (*сиддхи*), поскольку даже малые силы могут оказаться столь притягательными, что ученик поддастся искушению и свернет с пути, ведущего к подлинно великим силам. Власть стремительно низвергается в недра одержимости собой, и тогда эго разбухает от чувства собственного великолепия.

Злоупотребления властью случаются во всех сферах жизни, не исключая и духовной области. Ступив на духовную стезю, ученик быстро понимает, что сами по себе свершения и достижения отнюдь не избавляют от самых что ни на есть обычных пороков и слабостей. Как указывалось ранее в разговоре о духовном материализме, жажда власти и склонность к злоупотреблениям властью, которые нередко встречаются в повседневности, довольно прямолинейно переносятся и в сферу духовности — в конечном счете духовную жизнь ведет то самое эго, что командует на войне целыми армиями.

Семена порока есть в каждом из нас, и, не пройдя соответствующего испытания, никто не в силах предугадать, пущены ли их корни. Лишь о тех, перед кем открывались бесчисленные возможности злоупотреблений и кто неизменно от них отворачивался, можно с достаточной уверенностью говорить, что им действительно можно доверить большую власть.

До того, как стать помощником Арно Дежардена, Жиль Фарсе много лет был парижским журналистом. Вот как он описывает динамику власти, которую наблюдал по мере того, как разные люди восходили по ступеням славы:

Лишенный известности человек — обычный парень. Возможно, у него есть семья или куча подружек, и он просто старает-

ся заработать на жизнь. И вдруг он просыпается знаменитым! Вот в чем сложность. Рамки его жизни резко расширяются, и это опьяняет. Если парень не очень-то силен волей и недостаточно зрел, он просто теряется. И правда, что делать, если волен делать что угодно? Можно заполучить любую женщину, купить полтора десятка машин и столько же домов, можно просто так, от безделья, на денек смотаться в Нью-Йорк на «Конкорде». Никаких ограничений — от этого многие сходят с ума. Если у человека нет эмоциональных инструментов, небходимых для встречи со славой, он приходит в смятение и попадает в ловушку собственных капризов. Такая динамика характерна не только для духовной сферы, но и для всей нашей жизни.

Фарсе продолжает эти рассуждения, вспоминая о своем разговоре с продюсером весьма популярной в Париже телевизионной станции:

Она призналась, что для новых комедийных сериалов у них всегда набирают совершенно неизвестных молодых актеров. После она добавила, что им прекрасно известно одно: в тот самый миг, когда сериал начнут показывать по телевизору и актеры получают возможность прославиться, попасть на обложки журналов, эти милые, приятные и счастливые молодые люди резко меняются — вежливый юноша буквально за одну ночь превращается в самого несносного на свете сукина сына, а обаятельная девушка — в жуткую стерву. Моя собеседница занималась телевидением уже много лет и утверждала, что такое происходит всегда, *и она лично видела только одно исключение. Она пояснила, что молодые актеры не владеют собой, а когда звезды закатываются, их жизнь часто идет наперекосяк. Это что-то вроде закона природы.*

Не следует считать большой проблемой тот факт, что каждый из нас в той или иной мере испорчен. Порочные наклонности, похоже, неразрывно связаны с самой природой человека — во всяком случае, западного человека нашего времени. Однако испорченность может быть разной, и именно те, кто испорчен больше других, реже всех прочих сознают, что подталкивает их к злоупотреблениям.

Сложность заключается еще и в том, что люди, по существу, соучаствуют в чужих злоупотреблениях, если не пытаются им противостоять. Наиболее драматичным примером из недавней истории служит гитлеровская Германия, где миллионы людей бездействовали, пока другие миллионы шли на бойню. Впрочем, неумышленное соучастие в злоупотреблениях властью нередко встречается и в наши дни.

Могущество — не просветление

Многие неосознанно полагают, будто человек знающий и покоряющий сердца других — и, в частности, человек с духовным «ореолом» или внушительной проницательностью в области духовной дхармы, — и есть просветленный. Однако истинное могущество далеко не всегда заметно невооруженному глазу. Есть немало примеров великих учителей дзэн, которые приехали на Запад и получили признание спустя долгие годы неприметной работы в прачечных и закусочных. В Индии известны случаи, когда великие святые были презираемыми уличными нищими и в них лишь намного позже узнавали настоящих мудрецов. С другой стороны, впечатляющие внешние эффекты — такие, как безумно модные ныне «хождение по углям» и псевдотантрические спектакли, — отнюдь не означают подлинной силы.

Больше того, даже истинное могущество вовсе не подразумевает непременного исчезновения власти эго. Эндрю Коэн говорит: «Многие не сознают, что эго и глубокая духовная реализация вполне могут сосуществовать. Собственно, именно по этой причине немало людей и попадают в беду» [4].

Духовные искатели, которые никогда не позволяли себе испытывать нечто, выходящее за привычные рамки эго (либо не отдавали себе отчета в подобных переживаниях, если те все-таки проявлялись), нередко переоценивают значимость психического могущества, предполагая, будто такие способности непременно указывают на состояние просветленности. Утверждать, что просветление обязательно подтверждается внешним могуществом, — все равно что называть настоящими павлинами только особей с пышным разноцветным хвостом, то есть самцов, а самок того же вида, не блещущих ярким оперением, считать павлинами «ненастоящими». Однако как и павлин-самец, для которого радужные перья играют сугубо практическую роль, человек подлинно могущественный задействует свои способности исключительно по необходимости — но сила его ничуть не убавится, даже если он никогда не откроет своих талантов другим.

Падение после пробуждения

В духовной жизни неожиданное пробуждение или просветление нередко сменяется падением. Переживания эти так остры и не похожи на все, что человек испытывал прежде, что у него появляются мысли: «*Я* нашел путь, *я* — Бог. Все должны услышать *мой* рассказ!» В такие моменты немудрено сломаться. Попытки привлечь внимание к новообретенным способностям и навязчиво поучать окружающих могут довести до греха. Клаудио Наранхо сам оказался когда-то в подобном положении:

Однажды я дошел до того уровня, когда мог вызывать у других достаточное желание выслушивать меня и следовать за мной, после чего начал пользоваться этой властью. В первое время я распоряжался ею неплохо, но чем дальше заходил, тем было хуже. Мои изначальные предписания ученикам были довольно полезными, но позже я начал злоупотреблять властью и убеждать самого себя, что вправе давать полезные советы всем без исключения. Я переусердствовал, начал навязываться. Я требовал от других все большего и большего. Одновременно я начал чувствовать себя менее защищенным и принялся подавлять тех, кто, как мне казалось, мог бы бросить мне вызов; несостоятельность окружающих я доказывал, подчеркивая их недостатки. В некотором смысле, такой подход тоже бывает уместен, и я полагаю, что тем самым принес многим определенную пользу, — беда лишь в том, что сам я исходил из дурных побуждений. И чем корыстнее были мотивы, тем меньше добра приносили мои указания. Так тянулось до тех пор, пока я не покончил со всем этим. В глубине души я уже не считал себя вправе занимать подобное положение. [5]

Злоупотребления как следствие утомления

Рабби Зальман Шахтэр-Шаломи рассказывает, какие злоупотребления властью встречаются на духовном пути иудаизма:

Главная угроза — нервный срыв, потому что без видений вершин мастерства не достичь, но чем величественнее видения, тем больше задач перед тобой возникает, так что в конце концов эти задачи обрушиваются на тебя лавиной. Ты становишься нетерпимым к себе и другим, ведь все, что нужно успеть, делается слишком медленно — не так быстро, как хотелось. Такие люди вечно сердиты и чем-то недовольны. Тебя просто заваливает; объемы работы огромны, нет времени даже прислушаться к своей совести, лишний раз проверить, чего добился и ради кого трудишься. Без определенной твердости эго с такой работой не справиться, но, если эго слишком уж сильно, труд может перерасти в эгоманию, а это тоже не принесет пользы. К тебе приходят люди, но ты видишь в них просто «рабочих лошадок», а не тех, кому ты, собственно, и должен помогать. Это все равно что использовать рабский труд на заводе, где производят бесплатные товары для самих рабов!

Испорченность, о которой говорит рабби Зальман, в определенном смысле напоминает рассказ Наранхо: первоначально искренние и благие побуждения можно быстро и незаметно утратить, а происходит это, когда человек забывает, в каком контексте его мотивы некогда зародились. Даже само желание служить и помогать людям может превратиться в логическое оправдание порабощения других.

Злоупотребления как следствие усиления соблазнов

Распространенное заблуждение в отношении духовной жизни сводится к тому, что, по мере движения по духовному пути, власть, алчность, похоть и прочие пороки якобы теряют свою привлекательность. Однако духовная жизнь, напротив, нередко приносит личности те самые наклонности, с которыми позже приходится сражаться. Многие учителя и развитые ученики утверждают, что при восхождении к духовным вершинам соблазн власти и разврата, по существу, лишь усиливается.

Духовное развитие одновременно сокращает и укрепляет эго. Накапливая силу, эгоистический ум проявляет все большую хитрость в самообмане. Чем больше могущества, тем выше вероятность того, что этой силой начнут злоупотреблять. Верно, впрочем, и обратное: чем больше соблазнов, тем сильнее способность им противиться. Образно говоря, горькие пилюли становятся больше по размерам, но глотать их тоже все привычнее.

Вероятность получить власть и злоупотребить ею есть у каждого из нас. Поладить со своими слабостями и превозмочь их можно только путем интенсивного самоочищения и духовных практик. И все же, когда учитель высочайшего на первый взгляд уровня неожиданно демонстрирует свою испорченность, для многих это становится потрясением. «Как такое могло случиться?» — изумленно вопрошают они, будто произошло нечто беспримерное, из ряда вон выходящее. Конечно, подобные случаи весьма неприятны, но причины их довольно очевидны всем, кто сознает собственную склонность к злоупотреблению силой.

***

Джай Рам Смит: «Я — лжеучитель».

Я — лжеучитель. Один из них. Один из тех самых. Я стремился к власти. Я выпросил у своего учителя могущественное положение, которое позволило бы давать указания другим, и он предоставил мне такую должность. И, заняв это положение, я был как никогда близок ко всему, чего только хотел в действительности от этого образа жизни. Приникнув глазом к маленькой дырочке в метафорическом заборе, я смог увидеть, что там, по другую сторону.

Когда ко мне начали приходить как к учителю... особенно женщины, — меня очень скоро переполнило дикое желание перес-

пать со всеми женщинами в общине. Я просто не мог беречь всю свою энергию и власть, не мог сказать себе: «Это нужно направить на служение. Я не вправе пользоваться силой в личных целях». Когда тебя переполняет энергия, тут же становятся заметными все слабые звенья электроцепи, потому что энергия задерживается именно там. Так уж устроена энергия и сила.

В то время я, конечно, ничего этого не замечал. Такие вещи всегда приходятся на «слепое пятно». Я считал, что на самом-то деле просто намерен хорошенько поработать с каждой женщиной индивидуально. Я не был невеждой в духовной работе, и мне было совершенно ясно, что намечается нечто весьма положительное. Но где-то там, в тени, усердно копошилось кое-что другое.

По моим собственным оценкам, я потерпел крах и не выполнил поставленную задачу. Нельзя сказать, что провал был полным; просто я столкнулся с тем, чего не в силах был преодолеть. Моя матрица была еще незавершенной. Я не стал целостным. Иногда обучение вовсе не связано с тем, что ты уже знаешь. Думаю, большинство людей вокруг хорошо понимали, что я в состоянии предложить и чего никогда не смогу дать. Немалая доля глубинной духовной работы определяется не тем, что ты обрел, а долгим путем ученика к тому, чего ему недостает.

Как избежать злоупотреблений в духовной жизни

Один из лучших способов профилактики злоупотреблений в духовной жизни — научиться действенно противостоять испорченности в жизни обыденной. Разница лишь в том, что в духовной сфере все многократно усиливается: корыстное использование власти и прочие пороки выглядят еще соблазнительнее, а цена за злоупотребления — намного выше. Вступая в духовную сферу, даже тот, кто совладал с искушением мирской властью, почти наверное окажется в плотном кольце новых труднопреодолимых желаний.

Большая часть духовных учеников, к сожалению, не имеет особого опыта столкновений с динамикой власти и испорченности в повседневной жизни. Многие вступают на духовный путь по той причине, что обычная жизнь не принесла желанных наград и в ее играх не удалось добиться победы. Другие, обладавшие в обычном мире определенной властью, продолжают бороться со сходными проблемами и в духовной жизни, и дело не только в том, что их склонность к злоупотреблениям особенно сильна — просто сам факт обладания властью вовсе не означает, что человек умеет ею пользоваться. Таким образом, при переходе к духовной жизни им приходится осваивать все «на ходу», нередко путем многочисленных проб и ошибок.

Испорченность существует, так как существует чистота

Коррупция проявляется на всех уровнях. К сожалению, она оставляет шрамы в душах других людей, вызывает у многих циничные сомнения в значимости духовных сообществ, духовной практики и необходимости духовного руководства. Те, кто уже «обожглись», то есть утратили иллюзии в отношении какого-либо духовного авторитета либо на своем опыте познали вероломные повадки эго, нередко высказывают крайне отрицательные суждения о самой возможности существования чистоты и искренности в духовной сфере. Однако подобными мнениями они одновременно отрицают собственный потенциал чистоты и честности и оказываются в глухом тупике. В статье под названием «Испорченность, чистота и просветленность» Эндрю Коэн подчеркивает необходимость избавиться от цинизма, так как иначе человеку не увидеть возможности чистоты и безупречности:

В наши дни широко распространилось циничное отношение к представлениям о чистоте духовных авторитетов. Большая часть духовных вождей действительно не смогли надежно подтвердить и даже проявить собственное совершенство. Слишком уж многие из тех, кто объявили о своем просветлении, оказались, невзирая на выдающиеся духовные сверше-

ния, в той или иной мере испорченными. Последствия стали губительными, так как вокруг воцарилась атмосфера разочарованности и скептицизма.

Людям нужно верить, что человек в состоянии пройти весь этот путь до самого конца... И только те, чье стремление к Освобождению остается незапятнанным, в состоянии помешать дальнейшему росту смятения и злоупотреблений, которые превратились в современном духовном мире в норму. Что касается людей, постоянно сетующих на то, что к лицемерию и корыстолюбию среди духовных авторитетов стали относиться с недопустимой легкомысленностью, терпимостью и попустительством, им следует хорошенько разобраться, в какой мере они сами готовы к компромиссам. [6]

Учителя, беседы с которыми представлены в этой книге, наглядно показали, что искренность и добродетель в духовной жизни действительно возможны. Испорченность оценивается только в сравнении с чистотой, способностью освободиться от дурного. Человек поддается порокам по той причине, что сущность его еще недостаточно созрела. Таким образом, постижение динамики испорченности в самом себе и окружающем мире может послужить чудесной возможность отыскать в себе и других подлинную чистоту.

13

КРУГОВАЯ ПОРУКА

Мало замечать злоупотребления учителей, если сам ты не готов с жестокой честностью увидеть собственное соучастие в них. И, если увидел его, не следует уже оправдывать себя незнанием или обвинять в чем-то учителя, с которым пребываешь в тайном сговоре. [7]

Пол Чизмэн

Соучастие — запутанная сторона духовного разложения; это явление определяется тем, что учитель и ученик (второй — нередко неосознанно) вместе создают искаженные, неблаговидные, но в то же время выгодные для обоих обстоятельства. Разумеется, в конечном счете соучастие в злоупотреблениях не приносит блага никому, но эго учителя и эго ученика какое-то время тешатся собой. Человек, выразивший скоропалительные притязания на просветленность, не так далеко ушел от тех, кто эти притязания поддержал. Верно и обратное: если ученик полагает, что стал жертвой корыстолюбивого учителя, ему следует прежде всего поразмыслить над своей собственной ролью в случившемся.

Нужно, чтобы люди осознали ответственность за свою жизнь и свой духовный путь. Им можно помочь, но нельзя пройти их путь вместо них.

Мари-Пьер Шеврье

Испорченность понимается обычно как нечто одностороннее: «плохой дядя» надругался над невинными жертвами. Вопросом о поведении самой «жертвы» задаются редко. Но почему одни сплошь и рядом становятся жертвами обмана, а другие — почти никогда? В вопросах приземленных, когда речь идет о падающей бомбе или ограблении дома, жертва едва ли имеет право голоса, но решение погрузиться в духовную жизнь — ее собственный выбор, как бы невежественно ни делали его многие новички. А духовная жизнь предполагает огромную личную ответственность, так как в конце концов никто другой не в ответе за сделанный тобой духовный выбор.

Глубокие размышления о пороках в духовной сфере приводят к пониманию того, что искажения проявляются не столько в поступках самого учителя, сколько во *взаимоотношениях* учителя с учеником. Многие с удивлением сознают, что сами вызывали к жизни (по крайней мере отчасти) те обстоятельства, невинными жертвами которых себя прежде считали.

Факт остается фактом: оба — и учитель, и ученик — несут полную ответственность за свои взаимоотношения. Учитель обязан следить, чтобы в его духовном течении, в отношениях с учениками не возникало каких-либо злоупотреблений, а ученик целиком и полностью отвечает за себя и свое право не сносить злоупотребления покорно, противиться им, не создавать осознанно либо неумышленно повода к проявлению пороков в его отношениях с учителем и остальным духовным сообществом. Полнота ответственности лежит на каждом, и при достаточно серьезном отношении к этому вопросу оба оказывают друг другу неоценимую услугу.

Реальность круговой поруки — не только важное, но и очень полезное знание. Сознавая собственную вину в возникновении тех обстоятельств, которые причинили им столько бед и разочарований, люди нередко впадают в уныние, однако сам этот факт предполагает, что они с равным успехом способны творить здоровые и благотворные условия общения учителя с учеником.

Обзор психологической динамики *проекций* и *переносов* поможет нам понять, как возникает соучастие в искажениях, на чем держится и, наконец, какими средствами учитель и ученик могут это предотвратить.

Проекция и перенос

Карл Юнг очень четко описал психологическое явление, получившее название *проекции*, — процесс, когда личность неосознанно стремится к тем жизненным обстоятельствам, которые основаны на возникших у него еще в детстве представлениях о мире и окружающих людях.

Трагично наблюдать, как грубо ошибается порой человек в отношении себя и других, но тем не менее не может понять, что сам был причиной разворачивающейся драмы и, больше того, продолжает служить ее движущей силой. Происходит это, разумеется, неосознанно, поскольку на сознательном уровне он по-прежнему сетует на обстоятельства и проклинает коварный окружающий мир, который якобы засасывает его в самую пучину бедствий. Именно подсознательный фактор творит иллюзии, опутывающие мир такого человека. Нити иллюзий сплетаются в прочный кокон, со временем сковывающий человека по рукам и ногам. [8]

Ученики создают учителя и стремятся показать себя перед учителем, поскольку они что-то в него вложили и хотят что-то получить от него взамен. Чем больше они вкладывают в учителя, тем сильней они оказываются к нему привязаны.

Дзякусё Квонг-роси

Перенос, частый спутник проекции, заключается в том, что человек связывает свои проекции с другой личностью — обычно той, которая воспринимается им как авторитет.

Проекция — источник немалой доли нашего иллюзорного мира. Неосознаваемые и отвергаемые грани собственной личности переносятся на внешние обстоятельства или другого человека. Хозяин проекций свято верит, что воображаемое подлинно; силой собственных проекций он творит прежде не существовавшую действительность.

Значение проекций и переносов

Проекции естественны. В обычной подсознательной жизни они чаще всего становятся помехой, но на определенных этапах духовной работы могут приносить и пользу. Психолог Гэри Мюллер рассуждает о неизбежности проекций:

Это часть человеческой души. Мы — люди, и потому, кого бы ни повстречали, проецируем на него какие-то грани самих себя. Иногда это наши божественные аспекты, которых мы в себе боимся, и в этом смысле учитель может стать для нас прекрасным зеркалом. Благодаря такому процессу ученик по-

нимает вдруг, что увиденное в учителе — частица его самого, и эту добродетель можно развивать.

Проекции и переносы вполне могут оказаться благотворными. Те, кто недостаточно глубоко разбирается в психологии, склонны считать эти динамические процессы вредными и, в целом, недопустимыми, но Левеллин Воэн-Ли тоже подчеркивает их потенциальную ценность:

Человек приходит к учителю без веры в себя, но наставник находит в нем нечто, достойное доверия. Он видит в человеке потенциальное, еще не осуществившееся, пусть даже сам ученик не подозревает об этом либо ощущает лишь смутно. Учитель поддерживает такую проекцию Высшего Я. Он верит в ученика больше, чем сам ученик. Так и должно быть. Важно другое: на определенном этапе учитель обязан показать ученику правду. Он должен вернуть ученику частицу его души, чтобы тот принял на себя ответственность за свою внутреннюю мудрость. А для этого необходимо, чтобы учитель не испытывал ни малейшего искушения сберечь проекцию, не желал оставаться для ученика идеалом. Учитель должен суметь прекратить это в нужный момент.

Ли Лозовик говорит, что перенос полезен лишь в том случае, когда объект проекций и переносов понимает динамику, лежащую в основе этих явлений, и не пытается воспользоваться ими для манипулирования и господства над автором проекций и переносов.

Опасности проекций и переносов

Польза и вред проецирования неразрывно связаны. Вернемся к идее круговой поруки: в подобных обстоятельствах ученик чаще всего проецирует на учителя какие-то идеалы, приписывает ему определенные свойства, а эго самого учителя с готовностью воспринимает эти проекции так, словно подобные качества действительно ему присущи. Если учитель не понимает, что это только проекции, и неосознанно соглашается с ними, он, в свою очередь, проецирует на ученика неполноценность, отсутствие божественного дара и прочие недостатки — и тем самым лишь усиливает иллюзии, которые ученик питает в отношении себя и учителя. Говоря языком психологии, происходит *обратная проекция*. Цикл взаимного проецирования между учителем и учеником возникает неумышленно и ведет к тому, что для сохранения установившихся отношений обоим приходится постоянно подкреплять эти проекции.

Джудит Лейф объясняет, насколько легко учителю, какими бы благими ни были его намерения, угодить в западню проекций ученика:

Взаимоотношения учителя с учеником таят в себе невероятную силу. Ученик всегда восхищается учителем, и даже самые благонамеренные учителя по легкомыслию или неопытности попадают порой под влияние ожиданий своих учеников. Они начинают верить всему тому, что про них говорят, — правда это или выдумка. Дело не в том, что какой-то плохой человек умышленно пытается пустить другим пыль в глаза. Это не просто самообман, а взаимный обман, в котором ученик и учитель вводят в заблуждение друг друга. Начинается все это просто, а крепнет очень быстро. Человек может поддаться искушению власти, чрезмерных восхвалений и восторгов. Обожание — огромный соблазн. Я думаю, это просто в природе человека.

Воэн-Ли добавляет, что и без того притягательный учитель становится в этом процессе еще харизматичнее, что объясняется поразительными объемами психической энергии, которую несут в себе проекции учеников. Энергия эта переполняет объект проецирования, и потому в мире, сотворенном совместными проекциями учителя и учеников, иллюзорное кажется особенно достоверным.

> *Если девятнадцатилетняя девушка, влюбленная в дхарму, переносит свое чувство на учителя, считая того Богом, а учитель в ответ соблазняет ее, она беззащитна. Думаю, здесь было бы нечестно просто сказать: «Да ну, берите то, что хорошо, и не беспокойтесь о том, что дурно».*
>
> **Дэйнан Генри**

Идолов переноса рано или поздно следует разбивать. Вопрос этот, однако, весьма щекотливый, поскольку определенный слой проекций и переносов достаточно ценен — возможно, даже необходим — и, преждевременно уничтожая идолов, можно ненароком погубить шанс человека на трансформацию. Впрочем, на некоторых этапах даже разрушение идолов становится частью проецированного мифа об учителе; если перенос заходит слишком далеко, учитель может вытворять что угодно (оскорблять учеников физически и сексуально, грубо манипулировать ими и так далее), но все будут считать, что даже эти унижения в каком-то смысле «божественны».

Учитель существует только в отношениях с учениками

Не бывает учителя без учеников, да и учеником вряд ли можно быть без учителя. Ученика и учителя связывает взаимная обязанность не дать друг другу сбиться с пути.

Джудит Лейф

Вполне возможно, что восседающий где-то на горной вершине «великий святой» действительно велик и властвует над невообразимыми космическими силами, но это еще не делает его учителем. В духовной жизни наставник и ученик — не самостоятельные единицы, а взаимосвязанная система, высшая функция которой заключается в передаче духовных учений. Духовная школа подразумевает наличие не только учителя, но и ученика либо целой *сангхи* (сообщества учеников). Одно требует другого. Очевидно, что ученику наставник нужен, чтобы учиться, однако преподаватель в равной мере нуждается в ученике, иначе просто не сможет исполнять свои обязанности — учить. Каждый играет свою роль и несет ответственность за сбережение целостности исполняемой функции.

Все происходит только во взаимосвязи со всем прочим. Когда сознаешь эту бесспорную истину, возникает ряд серьезных вопросов об испорченности в духовной жизни. И тот, кто по-настоящему понимает идею взаимосвязи, уже не станет обвинять в злоупотреблениях одного лишь учителя. «За это никогда не отвечает один, — поясняет Якусё Квонг-роси. — Да, поступки совершал учитель, но *сангха* — часть учителя. *Они творят друг друга*».

К сходному выводу приходит и Джек Корнфилд: «Проблемы, связанные с учителями, нелегко отделить от проблем их окружения. Духовное сообщество отражает ценности и поведение учителей, то есть является частью любой проблемы» [9].

Черты учеников отражаются в характере учителя и наоборот. За много лет работы в Дзэн-центре на горе Сонома Квонг-роси не раз становился свидетелем этого явления:

Ученик всегда заслуживает того учителя, которого нашел. Космические силы вовлекают каждого человека в соответствующие ему обстоятельства, от которых он может отталкиваться, чтобы идти вперед. Вы можете сказать: «Боже, да меня ведь просто облапошили» — но это тоже обучение. Звучит жестоко, но вы сами можете убедиться, какие разные люди приходят к разным учителям. Ученик заслуживает того наставника, которого находит, а учитель всегда достоин своих учеников. Но если все они — настоящие искатели, то будут учиться на любых уроках и смогут из всего извлечь пользу.

В дзэн-буддизме, если тебе преподает учение кто-то находящийся справа, ты должен передать его тому, кто от тебя слева. Если тебя учит тот, кто спереди, ты должен передать его назад. Так все мы связаны друг с другом.

Дэйнан Генри

Квонг-роси наступает на больную мозоль тем, кто разочаровался в своих духовных учителях. Тем не менее его здравомыслящая точка зрения бросает полезный вызов всем учителям и ученикам. Ту же динамику подметили в мире духовного обучения и другие учителя. Мари-Пьер Шеврье утверждает:

Когда-то я считала, что во всем виноваты гнусные лжеучителя, но теперь мне кажется, что все не так просто. Подобное происходит совсем не случайно. Не знаю, по какой причине — пассивность или отсутствие веры в себя, — но некоторых учеников словно притягивает к лжеучителям. Они снова и снова проваливаются в одну и ту же яму.

Духовному ученику не так-то просто заметить злоупотребления, а динамика проецирования очень сильна, однако в конечном счете никто и ничто не в силах испортить духовную жизнь двадцати-, тридцати- и уж тем более шестидесятилетнему человеку. Взрослый духовный ученик может, конечно, сохранять остатки детской зависимости, но все же является достаточно ответственным участником создания обстоятельств собственной жизни.

Ученик действительно соучаствует в деяниях учителя, но парадокс ситуации заключается в том, что учитель, безусловно, занимает более авторитетное и могущественное положение. И если учитель признает тот факт, что многие ученики погрязли в незримых для них самих психологических затруднениях и самообмане, это пойдет на пользу всем без исключения.

Признавая принцип «каждый получает то, чего заслуживает», Чарлз Тарт добавляет, что для грешных людей, живущих в «реальном мире», эта точка зрения может оказаться слишком абсолютной:

Можно говорить, что к лжеучителю ученика приводит изъян в его целях, то есть он действительно получает то, чего заслуживает. Когда хочешь укрепиться в своих заблуждениях, находишь того учителя, который их подтверждает. Но это слишком сурово — все равно что говорить: «Сам виноват, что заболел раком». Такая точка зрения накладывает на людей слишком тяжелую ответственность. Возможно, в некоем абсолютном смысле все и вправду обстоит именно так, но здесь, в реальном мире, ошибки совершают все. Их нередко допускают из самых благих побуждений, просто по незнанию. Нужно сберечь немного человечности, быть чуть-чуть добрее друг к другу. Намного полезнее учиться замечать свои ошибки и не судить себя слишком строго. «Да, я сам пришел к этому учителю и теперь понимаю, что причиной было только раздутое самолюбие. Но это меня многому научило, и я, надеюсь, впредь подобной ошибки не допущу».

Соучастие, вызванное мечтой о спасении

Ученики становятся соучастниками учителей по многим причинам, но прежде всего в силу желания «спастись». Как уже говорилось ранее, стремление освободиться от страданий, удостовериться в том, что «все будет хорошо», представляет собой основополагающую человеческую мечту, порожденную иллюзией обособленности. Люди мечтают если не обрести окончательное спасение, то по меньшей мере защититься от мира относительности, получить передышку от неизбывного ощущения собственной ненужности. И в поисках таких гарантий человек способен зайти очень далеко.

Лжеучитель утешает ученика, обещая ему непременное исполнение желаний. При этом самого себя учитель нередко заверяет, будто помогает ученику повысить самооценку. Подчас учитель руководствуется идеализированными философскими идеями о том, что «все мы просветленные» либо «все мы — боги». Тем временем ученик, страдающий от общечеловеческих условий существования и фундаментального недостатка любви со стороны окружающих, находит соответствующего учителя (который, как подспудно ощущает ученик, страдает по тем же причинам и, следовательно, живет в сходном контексте), после чего начинается процесс взаимозависимого, обоюдного обмана.

> *Просветленные учителя, не атакуемые заискивающими учениками, встречаются редко, но вот в инфантильных учениках недостатка нет.*
>
> **Георг Файерстайн**

Карл Юнг видел в такой склонности ученика искать утешения у наставников, придерживающихся идеалистических взглядов, способ возвыситься, одновременно избегая полной ответственности за собственную судьбу:

> *Помимо перспективы стать пророком, есть и другой обольстительный, утонченный и, между прочим, более законный способ обрести счастье — стать последователем пророка. Для подавляющего большинства людей это просто безукоризненный прием. Преимущества его таковы:* odium dignitatis*, *сверхчеловеческая ответственность пророка превращается в менее обременительный* otium indinitatis**. *Ученик — существо недостойное: он скромно сидит у ног Учителя и остерегается развивать какие-либо собственные идеалы. Леность ума превращается в добродетель и позволяет, по меньшей мере, купаться в лучах полубожественного светила. Не опасаясь потерять себя, ученик может радоваться архаичности и ин-*

* Праведный гнев. — *Прим. перев.*

** Незаслуженный отдых. — *Прим. перев.*

фантильности своих подсознательных фантазий, поскольку вся ответственность сложена у дверей Учителя. [10]

Роберт Эннис говорит: «Такие ученики полагают: “Я — рядом с настоящим, величайшим учителем. Раз я его ученик, то, следовательно, что-то да значу”». Ученик в самом поверхностном смысле слова ищет прибежища в объятиях учителя, а после без труда находит оправдания тому, что не ведет никакой реальной духовной работы.

В конечном счете, бремя ответственности в равной мере обрушивается и на ученика, укрывающегося в тени лжепророка, и на самого лжепророка, так как оба страдают от иллюзий защищенности и духовного величия, оба — в лучшем случае, на какое-то время — сбиваются с пути подлинного духовного развития.

Процессы, посредством которых человек прячется за спиной учителей от самого себя, протекают почти неосознанно. Ни один разумный взрослый человек — а таких среди учеников-соучастников большинство — не сможет сознательно признать свои неявные побуждения и вступить в подобные отношения с чистой совестью. Все происходит в глубине. Личность так сильно страдает от недостатка любви, что готова на все, лишь бы достичь обещаемого учителем «пробуждения» или «спасения». Если же учителю вздумается объявить такого ученика просветленным, тот немедленно в это поверит. Поскольку в основе своей динамика эта остается неосознаваемой, нет никаких причин сомневаться в правильности заявления учителя.

Соучастие как духовная взаимозависимость

Взаимная зависимость в духовной сфере ничуть не отличается от обычной; она связывает ученика или сообщество учеников с духовным учителем. Взаимозависимые отношения между родителями и детьми определяются тем, что каждый пытается избежать столкновений и глубоких обид, но одновременно уклоняется от борьбы с вредными пристрастиями, заблуждениями и прочими ошибками. Чарлз Тарт описывает динамику обычной взаимозависимости и ее проявлений в духовной области следующим образом:

Это еще одно безумие человеческой жизни. Младенец рождается с твердой установкой любить мамочку и папочку. Какими бы ужасными, глупыми или чокнутыми они ни были, он все равно их любит. Это неотъемлемая черта малыша. Подобное отношение переносится подчас на духовного учителя. Учитель и так страдает от собственных психологических проблем — ему трудно признаваться, что он допустил ошибку, чего-то не знает либо в поведении исходит порой из гнева или неуверенности в себе; вдобавок, ученики проецируют на него свои представления о совершенстве. Пытаясь остаться для учеников авторитетом, учитель обычно оправдывает эти проекции и соглашается с ними; тем самым и он, и его ученики утверждаются в глубоких и весьма опасных заблуждениях. В этом смысле каждый духовный учитель пребывает в очень сложном положении.

> *Мы жаждем переживаний... Человек, который чего-то достиг, способен «ошарашить», — и испытать это на себе очень соблазнительно. Это что-то вроде наркотика. Люди начинают хотеть повторения этого впечатления и в конце концов привязываются к учителю.*
>
> **Реджинальд Рей**

Из слов Тарта о взаимной зависимости можно сделать выводы о том, почему люди так боятся «культов», «промывания мозгов» и, в целом, духовных группировок. Они интуитивно ощущают свою подсознательную готовность пойти на компромисс с собой, чтобы спрятаться от собственных страхов и слабостей, и эти смутные опасения заставляют их думать, что лучше уж вообще воздержаться от участия в деятельности духовных сообществ.

Типичный сценарий духовной взаимозависимости разворачивается, когда ученики уже не могут обойтись без особых ощущений и переживаний, которые вызывает тот или иной учитель. Духовный наставник становится для многих первым источником ощущения божественной любви, чистосердечности и глубоких мистических переживаний. Людям, которые вели прежде лишенную острых впечатлений и горестей жизнь, сама близость существа опытного и открытого, помогающего им самим жить более раскованно, приносит столь бодрящее ощущение свободы, что они всей душой привязываются к нему — тому, кто, по их мнению, и является непосредственной причиной этих переживаний, — а желание не терять соприкосновения с этим кажущимся источником раскрепощенности заставляет их на многое закрывать глаза.

> *Если гуру порочен, а вы им глубоко увлечены, вы станете порочны сами. Это неизбежно. Можно даже сказать, получается само собой. Это очень тонкий вопрос.*
>
> **Эндрю Коэн**

Духовная взаимозависимость возникает, когда один — ученик либо учитель — на время теряет честность перед собой, после чего это быстро случается и с другим. Если учитель требует честности от ученика, тот прилагает усилия, чтобы подняться на необходимый уровень. Когда ученик ждет чистоты от учителя, наставнику приходится либо жить в соответствии с этими ожиданиями, либо столкнуться с риском потерять ученика или даже всю свою духовную школу.

Как это прекратить?

Взаимная зависимость и круговая порука в духовных отношениях сохраняются по тем же причинам, по каким люди не торопятся разрывать неудачный брак. Соучастие в злоупотреблениях зарождается порой совсем незаметно, а позже становится таким взаимовыгодным, что человеку трудно вырваться из сложившегося положения. Хотя сами по себе отношения могут быть безжизненными и лишенными откровенности, они в определенном смысле оправдываются. Как мы уже убедились, самообман соблазнителен; он нередко сковывает личность некоей гипнотической мглой, и для того, чтобы прорваться сквозь нее, требуется немало усилий и честности.

Регги Рей убежден, что все люди *способны* разглядеть правду сквозь эту дымку, просто им не очень-то хочется это делать:

> *Я думаю, что все люди замечают фальшивое, причем с первого взгляда. Беда в другом: они не сознают, что именно видят. Они не верят своим глазам и долго заверяют себя и других в том,*

что все в порядке. А происходит это потому, что их с учителем желания согласуются и оба вступают в негласный сговор.

Взаимная зависимость, впрочем, приносит немало удовольствия. В целом, такие отношения трудно счесть благоприятными, но определенные выгоды все-таки существуют. Больше того, неявный заговор ученика и учителя представляет собой чаще всего лишь очередное событие в долгой психологической истории вовлеченности в подобные формы динамики; явление это нередко можно отследить в прошлом, в отношениях человека с родителями и близкими, школьными учителями, друзьями, начальниками и, наконец, духовными наставниками.

Соучастие приносит не только награды, но и утешение. Искаженные отношения для многих «удобнее», чем здоровые. Конечно, сговор далеко не всегда вызывает восхитительные ощущения, но сила привычки и жесткая обусловленность нередко заставляют учеников отдавать предпочтение именно взаимной зависимости, а не чистым отношениям.

Для того чтобы вырваться из столь устоявшегося положения, нужна большая сила и огромная честность. Если же это удастся, человек подаст великолепный пример другим, хотя в тот период, когда он отчаянно пытается разорвать круговую поруку, эти перспективы еще очень трудно увидеть.

Предупреждение риска проецирования и круговой поруки

Единственный способ предупредить проецирование и соучастие ученика и учителя в злоупотреблениях — **безжалостная честность перед собой**, неутомимая бдительность, готовность отказываться от привычек и признаваться в допущенных ошибках.

Юнгианка Марион Вудмен говорит, что зрелость означает отсутствие проекций. Таким образом, ученику, осознавшему свое соучастие в негласном сговоре, следует отказаться от идеализирующих проекций и заменить прежние взгляды реалистичными — при этом он, кстати, может обнаружить, что реальное положение дел намного богаче и «идеальнее», чем спроецированный образ. Чарлз Тарт призывает учеников отбрасывать проекции не только потому, что те иллюзорны, но и в качестве хорошей услуги учителю:

Следует яснее сознавать, чего ждешь от учителя, а чего нет. По существу, этим поможешь самому учителю: не питая нереалистичных иллюзий, ты не станешь подпитывать наставника энергией, усиливающей склонность к заблуждениям.

Хороший ученик помогает наставнику стать хорошим учителем; не искушая его лестью и проекциями, он позволяет учителю оставаться честным. Но даже этот подход не лишен подводных камней. Тарт предупреждает, что ученику одновременно следует быть очень осторожным, так как «сознание» реалистичности своих чаяний не оправдывает пренебрежения к подлинной мудрости и авторитету учителя. «Эта психологическая установка потенциально опасна, так как может послужить прекрасным оправданием тому, что ты только слушаешь учителя, но на самом деле ничуть не меняешься».

Опираясь на собственный опыт столкновения с проекциями учеников, своими соображениями делится и Жиль Фарсе:

Я стараюсь обходиться с переносом и проекциями беспристрастно. Если кто-то выбирает меня объектом своих проекций — как положительных, так и отрицательных, — я стараюсь воспринимать это отвлеченно, будто дело касается не меня. Думаю, это главное. Занимаясь духовным наставничеством, я пытаюсь отстраниться от своего эго. Да, у меня есть свой стиль, окрашенный моими личными переживаниями, но это к делу не относится. Если кто-то проецирует на меня свои идеалы, речь идет только о динамике души этого человека. Я тут ни при чем. Если же это все же касается меня самого — неправильности в моем отношении или допущенных ошибках, — я обязан понять это, признать и исправиться.

Общие итоги подводит Эндрю Коэн:

Подобное тянется к подобному. Испорченное влечет к испорченному. Искатель, готовый довольствоваться несовершенным, найдет того наставника, которому нужно чем-то прик-

рыть собственную испорченность. На того ученика, который хочет подняться до самых вершин и не согласен удовлетворяться ничем, кроме окончательной цели, никто не отбрасывает темных теней. Сходным образом, учитель, прошедший весь путь до конца, никогда не согласится на компромисс с учеником, который заявляет: «Я хочу быть свободным!» [11]

14

ПОСЛЕДСТВИЯ ПРЕЖДЕВРЕМЕННОГО ВЗЯТИЯ НА СЕБЯ ФУНКЦИИ УЧИТЕЛЯ

Самый опасный на свете человек — неуправляемый созерцатель. Он доверяет только своим видениям. Он подчиняется велениям внутреннего голоса и никого больше не слушает. Он убежден, что его сердце — источник воли Божьей... И, если он говорит с глубокой убежденностью и вызывает у других впечатление святости, такой человек способен привести к краху город, религиозный орден и даже целый народ. Деятельность подобных фанатиков испещрила весь мир незаживающими шрамами. [12]

Томас Мертон

К положению духовного учителя *никогда* не следует относиться легкомысленно. К сожалению, в современном мире многие люди уже при первых проявлениях духовного пробуждения поспешно полагают, будто готовы учить других. Называя это явление «незаконным распространением мудрости», Арно Дежарден имел в виду, что преждевременные попытки учить противоречат всеобщим духовным законам.

Не забывая о справедливости того, что каждый сам несет полную ответственность за свои духовные решения и не вправе обвинять в злоупотреблениях одного лишь учителя, наставник, как уже упоминалось, обладает намного большей властью и влиянием, чем ученик. Ученик может сам вручить такую власть недостойному учителю, но, как только учитель ее принимает, она целиком и полностью в его распоряжении. Однако в отличие от самостоятельного искателя, который страдает от последствий неверного духовного выбора в одиночестве, заблуждения учителя нередко плачевно сказываются на всех его учениках. Таким образом, человек, раздумывающий над возможностью духовного преподавания, должен с полной ясностью сознавать все последствия подобного решения.

Жиль Фарсе сравнивает бремя учителя с задачами хорошего инструмента:

Занимать положение авторитетного учителя означает быть, подобно хорошему прибору или оружию, очень эффективным. Прибор тем лучше, чем точнее работает. Хорошее оружие и точный инструмент стоят немало, это вещи бесценные, но в то же время чрезвычайно опасные. При неправильном обращении и хранении они могут навредить самому владельцу. Вот что такое отличный инструмент.

Незрелые учителя и неоперившиеся ученики

Санскритское понятие *ардха-дагдха* означает «полусырой». Для того чтобы показать, что происходит с «непропеченным» учителем, Роберт Свобода проводит сравнение с глиняным горшком. «Если горшок хорошо обожжен, вода из него не просочится до скончания веков. Но если глина обожжена только с одной стороны, вода размочит ее, и горшок рано или поздно развалится».

> *Изображать святого — значит навлекать подлинное несчастье.*
> Роберт Свобода

В этой аналогии обжиг подразумевает медленный процесс трансформации и подготовки, необходимых для того, чтобы стать учителем. Если «воды» чрезмерной энергии, проекций, поклонения и ожиданий учеников окажется слишком много, полусырой горшок незрелого учителя лопнет — и наставник, и его система превратятся в черепки.

Приступая к работе с учениками, человек погружается в сферу невероятных энергий, причем не только положительных, и, если трансмутационный процесс не был доведен до того уровня, когда учитель химически и алхимически готов совладать с подобными энергиями, трудности ***непременно*** возникнут — и это закономерно, так и должно быть. Свобода толкует этот принцип, рассуждая о том, что происходит с энергией *шакти*, когда новоявленный учитель набирает последователей:

> *Большинство так называемых гуру из Северной Америки испорчены; они едут в Индию и говорят себе: «Да, я развил большую* шакти». *Затем они возвращаются на Запад и оказываются в совершенно иных условиях — там, где их восприятие весь день напролет отвлекает пресса и прочие факторы. Когда человек становится гуру, его тут же окружает множество* шакти-хина — *людей, лишенных* шакти, *так как всю свою энергию они растрачивают на развлечения. Такие ученики думают: «Ага! Гуру покажет мне, как можно сесть сразу на два стула, а я порадую его, немного помедитировав».*
>
> *Все эти люди проецируют свои неврозы на гуру — тут-то и начинаются его проблемы. Ученики высасывают его* шакти, *а взамен отдают загрязненную энергию. Если гуру достаточно тверд, на него это не подействует, он найдет способ справиться с пагубным влиянием. В противном случае его ум понемногу начнет отвлекаться. Обычно это происходит так постепенно, что сам гуру до поры до времени ничего не замечает. Отвлекаясь, он смещается в сторону слабейшего звена своего характера: например, предаваться обжорству или испытывать влечение к девушкам в обтягивающих брючках. Некоторым подобным слабостям он начинает потворствовать, ибо так и проявляется любой недуг: болезнь поражает ослабленные органы. Позже он придумывает разные самооправдания, потому не в силах впитать вторгающиеся энергии. Круговорот* шакти *сложен — особенно если энергия эта отравлена.*

Становится ясно, что учительствование — вопрос очень серьезный, а длительное обучение, которого требуют традиционные духовные школы, должно не отбрасывать учеников вспять, а готовить их к предстоящим трудностям. Но испорченность часто проникает черным ходом, и учитель может с удивлением обнаружить, что попал в положение, к которому совершенно не подготовлен.

По мнению Мари-Пьер Шеврье, такое медленное искажение происходит, например, когда ученики начинают перерастать учителя и требуют от него большего, чем он в состоянии дать:

> *Вначале учитель делится тем, что знает и пережил на своем опыте, но очень скоро переходит к тому, что,* как ему кажется, *знает. После этого сами ученики своими вопросами начинают подталкивать учителя все дальше в этом направлении, тем самым укрепляя его власть. Опасность же заключается в том, что отныне учитель уже не в силах остановиться.*

Учителя, о которых говорит Шеврье, прежде всего, были просто не готовы к положению наставников; они боятся потерять престиж, просто получают удовольствие от чужих проекций или мнят себя слишком великими. В переломный момент учитель либо признается самому себе, что не так уж достоин быть учителем, как казалось прежде — хотя такое случается крайне редко, — либо, что бывает намного чаще, не обращает внимания на очевидное и «заплывает за буйки», оправдывая свою опрометчивость самыми разнообразными дхармически-корректными риторическими сентенциями.

О движении человека по духовному пути можно судить по оставленным на дороге следам; признаками незрелости учителя служит обычно целый ряд неоперившихся учеников — растерянных и, подобно своему наставнику, серьезно переоценивающих собственный уровень духовного развития. Таким образом, последствия преждевременных потуг обучать других сказываются не только на самих учениках, но и на учениках этих учеников.

Недопеченный учитель, полагающий, будто он уже дошел «до полной готовности», способен производить только недоучек. Когда наставник с изъянами замечает в своих учениках отражения и повторения того, что считает совершенством в себе, он может решить, что ученики эти тоже достигли совершенства. Больше того, когда просветленные ученики необходимы незрелому учителю как живое свидетельство учительских успехов, его последователи нередко пытаются изобразить, скопировать те черты, которые, на их взгляд, доказывают просветленность в учителе, удовлетворяя тем самым и надежды учителя, и собственное самолюбие. Джек Корнфилд* отмечает тщетность таких усилий:

> *Духовную практику невозможно свести к подражанию внешним признакам совершенства. Так можно прийти только к «напускной духовности». Воодушевление великими примерами мудрых учителей и традиций может быть вполне искренним, но сам этот восторг нередко причиняет проблемы. Ученик соблазняется подражанием вместо того, чтобы быть честным перед собой. Он умышленно либо неосознанно перенимает походку учителя, его манеру речи и особенности поведения. Душе естественно тянуться к целостному, прекрасному и совершенному, но попытки стать похожими на великих учителей навязывают человеку их образ совершенства, а это может принести немало разочарований, ведь все люди разные.* [13]

Ученик неопытного учителя не понимает, что пробуждение — это *контекст*, а не умение выдавать дхармические реплики или возвышенные жесты; по этой причине он неосознанно перенимает очевидные *проявления* просветленности, не проникая в ее сущность.

Самым важным фактором оценки настоящего учителя является, вероятно, чистота его намерений. Поскольку любой учитель что-то передает своим ученикам, главным становится вопрос о том, что именно передается.

Недопеченный учитель, присвоивший себе право учить других, оказывается в весьма незавидном и сложном положении, так как раньше срока вырывается из того преображающего пламени, которое должно было со временем без остатка сжечь самонадеянное эго. «Полная готовность» не означает своеобразия, обаяния и «поджаристой корочки»; она

---

* Джек Корнфилд, «Путь с сердцем», «София», Киев, 1997 г. Небольшой тираж этой прекрасной книги совершенно незаслуженно прошел почти незамеченным русскоязычными читателями, и она ни разу не допечатывалась, в то время как ее ценность для духовных искателей любого направления могла бы быть огромной. — *Прим. ред.*

означает превращение в пепел, ничто, но многие останавливаются задолго до намеченного окончательного сгорания.

***

Жиль Фарсе: «Незаконное распространение мудрости».

Мой учитель Арно Дежарден часто пользовался выражением, которое можно перевести как «незаконное распространение мудрости». Подобно врачам-шарлатанам, которые не имеют права заниматься медицинской практикой, но притворяются знатоками и самовольно присваивают себе звание «доктора», есть люди, обладающие определенными познаниями и некоторым опытом в сфере сознания и потому присваивающие себе право набирать учеников и называться «учителями», или «гуру».

Конечно, уровень подготовки врача определить намного легче, чем квалификацию духовного наставника. Доктор медицины тоже может оказаться недостаточно компетентным, но ты знаешь, по меньшей мере, что он много лет учился в институте. У тебя есть хоть какие-то гарантии. Если же речь идет об операции, ты почти наверняка справишься о репутации и опыте хирурга. Но когда дело касается духовной работы, люди ведут себя слишком легкомысленно и доверчиво; они доверяют свое тело и душу любому достаточно обаятельному человеку, который заявляет, будто чего-то достиг в духовной сфере.

Преждевременное учительствование мешает дальнейшему духовному развитию

«Стоит тебе стать знаменитым и получить всеобщее признание, как настоящая работа полностью прекращается, — отмечает Регги Рей. — Это все равно что получить Пулитцеровскую или Нобелевскую премию. На всю оставшуюся жизнь ты — лауреат престижной награды. Я читал и слышал многих людей, которые признавались: «Знаете, с тех пор, как мне дали премию, я ничего серьезного не сделал. Известность поглощает все мое время».

Высказывая притязания на просветленность, принимая на себя обязанности духовного учителя и всех вокруг об этом оповещая, человек рискует запереть свои прозрения в небольшой ящик, набитый так плотно, помеченный такими кричащими бирками, что оттуда уже не вырваться. У человека появляется столько хлопот, что ему все труднее сомневаться в себе и продолжать свое развитие. Просветление — это Нобелевская премия в области духовности. Для того чтобы не променять талант на славу, лауреату требуется огромная скромность и самоотверженность, но лишь редким людям удается остаться скромными после первоначальных проблесков просветленного сознания и скоропалительного объявления себя «духовным учителем».

> *[Духовная жизнь] не игра, и я думаю, что все, что мы делаем и чего не делаем, оказывает влияние на наше окружение и нас самих.*
>
> **Эндрю Коэн**

Зараженную рану труднее лечить, когда кожа над ней уже затянулась; а потенциальные преграды намного сложнее преодолеть, если человек поторопился объявить себя просветленным. Кто решится снова сделать разрез по живому? Махнуть рукой на легкое нагноение удобнее, чем опять терпеть боль едва зажившей раны и продолжительное лечение. То же относится и к «полупросветленной» личности.

Кармические последствия преждевременного учительствования

Агхори Вималананда давал Роберту Свободе такие советы:

Робби, я хочу, чтобы ты хорошо запомнил: всякий раз, когда пытаешься навязать Вселенной свою волю, ты рискуешь создать новую карму, чьи отзвуки могут преследовать тебя годами, даже целыми жизнями. Если тебе не удается поладить с действительностью, она сама постарается поладить с тобой. [14]

Регги Рея очень рано предупредили о потенциальных кармических осложнениях, которые можно вызвать преждевременными претензиями на роль учителя. Позже он убедился в этом на личном опыте и не раз наблюдал в окружающих. Вот что он говорит:

> *Я просто не понимаю тех, кто рвется к этому занятию и всей душой мечтает стать великим гуру — чтобы все вокруг ему поклонялись и отдавали свои деньги. Честно говоря, я не понимаю, как можно мечтать о таком, если имеешь хотя бы малейшее представление о карме. Трунгпа Ринпоче говаривал, что от подобных поступков душа попросту испаряется.*
>
> *Существует множество стражей и хранителей, которым ты обязан подчиняться, если стал учителем. Когда сбиваешься с пути, они посылают тебе внушительные предостережения. Если ты готов прислушиваться к ним, такие вести принесут огромную пользу, но если продолжать гнуть свою линию, дело обернется худо. Они тебя просто раздавят. Если не последуешь их советам, твое дело табак. Я знаю это и по собственному опыту, и по чужому. Несчастный случай, нелепая смерть... Я знал людей, которые погибали. А кое-кто сходил с ума. Последствия неизбежны. У каждого есть свой кармический путь, и ты обязан идти по нему, а если свернешь, то просто пропадешь.*

Роберт Свобода, чье духовное обучение особенно подчеркивало важность глубокого понимания кармы, рассуждает о связи закона кармы с ролью духовного учителя:

> *В санскрите есть особое слово* адхикара. Адхикара *— тот, кто подготовлен к какому-то занятию. В Индии по традиции считается, что человек готов учить других, когда его гуру говорит: «Теперь ты готов учить». И ты можешь считать себя готовым только после благословения своего гуру. Я, например, занимаюсь медициной, потому что мой гуру сказал: «Ты можешь уходить и заниматься лечением». В противном случае я вряд ли захотел бы иметь дело со всей кармой, которую предполагает лечение других. Ты ведь берешь деньги с людей, которым плохо. Они приходят, потому что им плохо, и готовы отдать последние деньги. Легко с этим справиться? Не думаю. Но, если гуру сказал: «Иди и лечи», он отвечает за последствия. Есть одно изречение, на хинди оно звучит: «кит-*

не пани маэ тарте хай», *а переводится так: «Насколько широки воды, которые ты способен переплыть?» Олимпийский чемпион переплывет даже Ла-Манш, но если вообще не умеешь плавать, то рискуешь утонуть даже в детском бассейне. Но когда гуру говорит: «Теперь ты можешь участвовать в троеборье и марафоне», ты обязан отправиться на соревнования. Если же он не дал тебе благословения, ты сам будешь во всем виноват.*

Если я беру на себя ответственность за сказанные ученику слова: «Иди и учи», то я в ответе и за самого ученика. Это чем-то похоже на финансовую пирамиду. Если ученик сделает что-то хорошее, то и мне будет хорошо. Если же он просто примется заколачивать деньги, прикрываясь духовным учением, если он втянет в свои сети всю округу, убьет кого-то, лишь бы не потерять деньги, заведет гарем или еще что-то отвратительное сделает, мне тоже придется за это расплачиваться, потому что именно с моей подачи он пустился во все тяжкие. Если бы он сам принял такое решение, вся карма и все последствия были бы только его.

> *Я не думаю, что у кого-либо из нас есть бесконечный запас времени на то, чтобы выбирать правильные или неправильные пути. Пожалуй, тот, кто серьезно относится к духовной жизни, должен с этим считаться.*
>
> **Эндрю Коэн**

Если ты сам решил, что готов учить, вся ответственность принадлежит только тебе. Когда говоришь кому-то: «Я — Мастер» и этот человек принимает тебя как учителя, между вами возникает самбандха, *особая связь. По мнению индийцев, гуру — это такой человек, чья энергия сопровождает тебя всю жизнь. Это означает, что если я начал нести за кого-то ответственность как за ученика, мне придется скитаться по всему Космосу в ожидании, пока он не станет просветленным, как бы долго это ни тянулось. Таким образом, отвечать даже за одного-единственного человека очень рискованно. Что уж говорить о десятках тысяч? Даже у самого Иисуса было всего двенадцать учеников. И дело тут не только в карме, ведь все десять тысяч последователей непременно обрушат на тебя все свои сумашедшие, невротические мысли.*

Предостережение Свободы относится ко многим известным духовным учителям современности, легкомысленно позволяющим своим старшим ученикам приступать к самостоятельному преподаванию. Даже если учитель не берет на себя роль настоящего гуру, называет себя просто «ментором» или «наставником», сложная паутина взаимоотношений с тем, кому он разрешает учить других, налагает на него ответственность не только за этого человека, но и за всех его учеников. В подобных случаях учитель ничего не «выбирает» — ответственность за учеников, учеников своих учеников и так далее определяется самим законом кармы.

Казалось бы, понимание этого закона и почтение к нему должны были предотвратить масштабную популярность «псевдотечений», безудержно заполонивших ныне духовную сферу, но на деле этого не происходит — вероятно, по той причине, что люди слишком часто заблуждаются в отношении собственного уровня духовных свершений. И других они увлекают за собой, в лучшем случае, в силу ошибочной уверенности — все тех же «недопеченных» познаний — в своей просветленности.

Больше того, по причине неверных оценок собственного духовного развития и ошибочного понимания идеи кармы многие полагают, будто уже не подвластны кармическим последствиям своих поступков, так как любой «просветленный» от кармы якобы освобождается. Однако законы кармы справедливы даже для настоящего *адхикары* — того, кто учит других по праву. Как поясняет Свобода, кармические действия неизбежно влекут последствия:

> *Чем больше у тебя* шакти, *тем осторожнее следует быть, так как кармические следствия поступков обостряются. По миру нужно идти так, как передвигается слон, у ног которого мечется моська. Слон понимает, что мог бы раздавить тявкающего пса легким движением ноги, но не желает причинять ему вреда, ведь собака не сознает, какой опасности себя подвергает.* [13]

Потребности в хорошем образце духовной целостности

Возможно, самым серьезным — во всяком случае, наиболее существенным в рамках современного кризиса духовности — последствием преждевременных попыток стать учителем является то, что незрелый наставник пополняет своим именем длинный список псевдоучителей, чьи поступки и репутация вызывают у множества потенциальных учеников циничное отношение к самой возможности найти настоящую духовную помощь.

Большая часть людей, скоропалительно принимающих на себя роль учителя, поступают так по невежеству, хотя нередко руководствуются благими намерениями. Им просто не хочется проходить тягостный процесс самоизучения, необходимый для того, чтобы выявить изощренные эгоистические побуждения и изъяны, кроющиеся у самой поверхности сознания. Отказываясь от требуемой безжалостной самооценки, они причиняют своим порочным влиянием немалый вред другим и становятся очередными примерами часто встречающихся в наши дни учителей, лишенных безукоризненной духовной целостности.

Решение стать духовным учителем или наставником — выбор очень серьезный, но порой его делают с поразительным легкомыслием, в глубинах темного облака заблуждений и невежества. Духовная целостность означает, что выбор в пользу учительствования делается только в том случае, когда это единственно верный отклик на веления самой Жизни; такое решение должно опираться не только на собственную оценку обстоятельств, но и на одобрение признанного духовного авторитета. И, даже если быть духовным учителем тебе не предназначено судьбой, воодушевляющую духовную целостность можно всецело направить на спокойное продолжение духовных занятий, исследований и прочие формы служения людям — ведь «учить» можно и просто своим хорошим примером.

ЧАСТЬ ЧЕТВЕРТАЯ

ПО МИННОМУ ПОЛЮ: КАК ИЗБЕЖАТЬ ОПАСНОСТЕЙ ПУТИ

Учителя дзэн сознают, как невероятно трудна задача быть развившимся человеком, какие душераздирающие испытания, изнурительные труды, мучительные сомнения, ужасные искушения и полное одиночество приходится перенести, прежде чем ты вправе надеяться ступить на порог просветления. Вот почему они направляют на это все свои силы и не останавливаются ни на миг, пока не достигнут окончательной цели. [16]

Джон Ву

Духовный путь опасен, как минное поле, где повсюду подстерегают спусковые механизмы. Для того чтобы пересечь его, нужно пользоваться всеми доступными картами и советами, делать очередной шаг с предельной осторожностью, иначе беды не миновать. И все же, несмотря на обилие вот-вот готовых взорваться мин, многие пересекают это пространство, хотя редко обходятся без шрамов и ожогов. Те, кто успешно прошли весь путь, избежали препятствий застоя, эгоистичности, обольщения и самообмана, всю свою жизнь посвящают изучению и практическим занятиям, основанным на мудрости предшественников. Мастерство достается тяжким трудом. Такие люди не предполагают, что удача ждет их уже потому, что им приснилась точная карта местности или некий духовный советник пообещал, что все будет в порядке.

В этой части мы обсудим практические средства, с помощью которых духовный ученик, искренне посвятивший себя осуществлению своего высочайшего потенциала, сможет избежать ловушек и соблазнов, рассыпанных по всей протяженности духовного минного поля.

15

ТРИ ДРАГОЦЕННОСТИ

Каким бы ясным ни было твое восприятие, без поддержки Будды, Дхармы и Сангхи ты просто мечешься во мраке — и, если жизнь пройдет без серьезных потрясений, считай, что тебе очень повезло.

Ли Лозовик

Б*удда, дхарма* и *сангха* — в буддизме их именуют «тремя драгоценностями», под которыми понимается чаще всего высший учитель, учение и духовное сообщество, — представляют собой одну из лучших форм защиты от угрозы необоснованных притязаний на просветленность. Будда — Бог и Истина в лице духовного наставника. *Дхарма* — свод духовных учений, который по сути своей един для всех традиций, хотя и описывается на разных языках. *Сангха* — духовное сообщество учеников, которые вместе учатся и ободряют друг друга взаимным воодушевлением. Традиционные буддисты считают три драгоценности столь важными, что ритуальное обращение к каждой из них входит в обязательную практику.

Учитель в буквальном смысле находится в точке соприкосновения двух миров: мира пробуждения и мира сна.

Пурна Стейниц

Но эти три драгоценности можно обнаружить в любой строгой духовной традиции. В отличие от буддизма, не везде они четко описаны, но неявно составляют неотъемлемую часть духовной жизни. Рабби Зальман Шахтэр-Шаломи говорит, например, что в иудаизме духовные ученики опираются на помощь Бога («Будды»), раввина («гуру»), Торы и других мистических писаний («дхарма»), а также паствы, или общины, жизнь которой протекает под руководством раввина («сангха»). В индуизме последователи одного гуру тоже образуют ученическую общину, собираются на общие медитации и обряды и вместе изучают предписанные учителем тексты.

Будда-дхарма-сангха — это система духовного «взаимоограничения»; каждая составляющая обеспечивает бесценный подход, который дополняет и подкрепляет остальные части. «Некоторым нравится Будда, но *дхарма* и *сангха* не по душе; другие почитают *дхарму*, но Будда и *сангха* их не волнует; третьи верны *сангхе*, но к Будде и *дхарме* не питают любви», — поясняет Якусё Квонгроси. Трехсторонняя система приносит полное равновесие, способствует развитию в тех направлениях, где человек силен, и помогает справиться со слабостями.

> *Ученику нужен духовный товарищ... Нельзя начать даже с начала начал, не имея рядом с собой человека, прошедшего этим самым путем и чего-то достигшего.*
>
> **Чогьям Трунгпа**

Большая часть людей, которые относятся к духовной жизни достаточно серьезно, рано или поздно прибегают к помощи всех трех источников, хотя не всегда одновременно. Самый зрелый духовный практик или учитель может обратиться за помощью к покинувшему этот мир наставнику, продолжать исследование духовных текстов, которые укрепляют и развивают практическое мастерство, и черпать силы во взаимоотношениях с учениками и учителями-единомышленниками, даже если те вдалеке.

Первая драгоценность: Будда

Будда, символ Бога, или Истины, олицетворяется духовным учителем. Будде приписывают изречение: «Будь сам себе светом». В конечном счете светом человеку служит его собственная Истинная Природа, но учитель показывает ученику, как разглядеть этот свет и двигаться к нему. Роберт Свобода поясняет: «Гуру вводит ученика в сферу окончательного, абсолютного сознания; именно это сознание, а не наши желания определяют человеческое существование». Идея о том, что учитель — это «точка соприкосновения с Божественным», красноречиво выражена в автобиографии Левеллина Воэн-Ли, где он описывает свое знакомство с суфийским учителем Айриной Твиди:

Оказавшись перед госпожой Твиди, я ощутил и сам путь, и собственное желание ему следовать. Я понял, что передо мной привратник внутреннего мира и я готов заплатить любую цену, лишь бы попасть туда. Пусть мне придется кланяться до пола, превратиться в незримую пылинку — моя внутренняя потребность преодолеть стену эго была несгибаемой. Само ее присутствие, душевное смирение служило живым доказательством того, что это возможно. Путь и цель стали для меня осязаемо реальными. [17]

Учитель — вероятно, самая важная из трех драгоценностей, когда речь идет о необходимости уберечь искателя от ловушек раздутого самомнения и преждевременных притязаний на просветленность. Учитель — и дирижер падения эго, и надежный страж, не пускающий в душу ученика ощущения стыда, которое испытывает низвергнутая личность. Рабби Зальман указывает: «Пока живы твои отношения с тем человеком, перед которым ты несешь ответ, проблема раздутого самомнения едва ли возникнет».

> *Взаимоотношения учителя и ученика — это не просто соглашение двух человек; это вхождение в традицию. Это превращение в часть чего-то намного большего, чем данные конкретные взаимоотношения.*
>
> **Арно Дежарден**

В книге «Святое безумие» Георг Файерстайн описывает дилемму ученика и поясняет, как справляется с ней настоящий учитель:

Духовный учитель всегда неравнодушен. Он слишком остро сознает страдания людской жизни... Искатель втайне или открыто надеется, что учитель тем или иным способом избавит его от сложностей, но таким мечтам не суждено сбыться. Гуру может наполнить мысли и душу учеников знаниями о чудесных возможностях и даже посвятить в разного рода эзотерические таинства. Но настоящий учитель не станет избавлять учеников от укоренившейся склонности преувеличивать тяготы жизни. Настоящий адепт, напротив, найдет утонченные и грубые способы как можно сильнее раздуть этот пожар трагизма.

Гуру поступит так не потому, что он садист-извращенец, стремящийся усилить мучения ученика; он просто хочет, чтобы ученик понял, что каждый сам творит свои страдания. Ученики должны понять это по-настоящему, должны стать мудрыми. Гуру хочет показать им, что их духовные искания почти целиком основаны на желании убежать от самих себя, тогда как в действительности нужно застыть на месте и отважно взглянуть себе в лицо. [18]

Джоан Галифакс утверждает, что искусный учитель похож на зеркало, где отражаются «напыщенность, неврозы, жадность и дурные привычки» ученика. Объясняется это тем, что учитель — настоящий учитель — живой, близкий источник ясности, который может предоставить ученику индивидуальную и протяженную во времени оценку, причем с той объективностью, какой никогда не добиться самостоятельно в силу противодействия эго. Когда учитель олицетворяет собой образец той духовной жизни, которой учит, он самим своим существованием вызывает воодушевление, а подчас и выступает в роли совести. Ощущая целостность, наглядно представленную в лице учителя, ученику все труднее мириться с собственными недостатками.

Когда невинный на вид ученик обожающе глядит на учителя и молит о помощи и наставлении, учитель вступает с ним в духовную битву. Он сталкивается с необходимостью изыскивать средства, нужные для работы с конкретными формами стремления манипулировать и господствовать, которые присущи эго любого ученика; когда такие средства найдены, учитель пытается подорвать замеченные проявления эго, не останавливаясь даже перед необходимостью говорить или поступать в такой манере, какую обычно не принято считать духовной и даже приличной.

> *Одно небольшое сатори, и вы уже считаете себя аватарой всех времен. Но, пребывая в сангхе, среди себе подобных, хорошо вас знающих, не следует обманывать себя, поскольку расплата наступает неумолимо.*
>
> Ли Лозовик

Роберт Свобода говорит: «По мнению Вималананды, хороший гуру добивается того, чтобы, словно в кузне, расплющить, размять, отковать эго ученика, а затем сунуть в горнило — и все во имя того, чтобы оно пребывало под надежным контролем».

Настоящий учитель неусыпно заботится об учениках, совершенно не предполагая получить что-то взамен, то есть не ради выгоды. Поскольку это единственный человек в жизни ученика, которому ничего от него не нужно, а задача учителя заключается в развитии высшего потенциала учеников, подлинный наставник не станет беречь и укреплять машинальные, самозащитные заблуждения и предрассудки последователей. Конечно, в этом отношении многие учителя имеют изъяны, однако даже небезгрешный учитель, который верен своим ученикам больше, чем они сами, сможет пусть не безукоризненно, но вполне действенно указать им путь в обход ловушек, куда они иначе непременно бы угодили.

Шансов пробудиться без учителя примерно столько же, сколько забеременеть без партнера. Духовный учитель — это партнер, необходимый для духовного рождения. Непорочные зачатия происходят не так уж часто.

Роберт Эннис

В различных традициях особая роль учителя может меняться — от советчика и ментора до гуру и учителя, — но всем культурам и традициям свойственна одна и та же внимательность к роли учителя в жизни настоящего ученика и соответствующей благодарности и почтительности к нему со стороны последователей.

Любопытно отметить, что почти все уважаемые учителя современности, утверждающие, будто для духовного роста учитель вовсе не обязателен, сами долгое время проходили обучение у наставников — как великих, так и менее известных. В конце концов они начали сознавать, что для успешного движения по духовному пути не обязательно иметь живого, постоянно присутствующего рядом покровителя, но для того, чтобы понять это, потребовались многие годы упорной *садханы* под надзором настоящего учителя.

К советам учителей прибегают, впрочем, даже самые искусные духовные наставники нашего времени. Сэнсэй Дэйнан Генри делится своими мыслями о непреходящей значимости рекомендаций своего учителя:

Я — один из самых странных учителей на свете. Мне уже пятьдесят восемь лет, но я по-прежнему постоянно обращаюсь к своему учителю, занимаюсь коанами и прибираю в его доме. Я видел, как часто люди опережают события. Я вообще много чего видел. Но дзэн постоянно напоминает, что просветленность нередко приводит к высокомерию, и потому я продолжаю обучение у своего учителя.

С точки зрения внутреннего, учитель играет роль совести ученика, с позиции внешнего — роль доверенного лица, проводника и системы отсчета. Настоящий учитель никогда не допустит, чтобы его ученик пришел к скоропалительным выводам о собственной просветленности, — и это огромное облегчение для ученика, который понимает, до какой степени механично действует эго, приводящее к самообману.

Вторая драгоценность: дхарма

Дхарма, учение, представляет собой особый свод знаний той или иной школы, а также священные писания и прочие тексты в рамках этой традиции. Дхарма включает, помимо прочего, беседы с учителем, групповые занятия, созерцание, размышления о духовных принципах и вопросы, ответы на которые ученик пытается найти в своих духовных странствиях. Важность мощного духовного образования трудно переоценить, так как оно помогает ученику избегать не только ошибочных притязаний на просветленность, но и прочих ловушек эго.

Идеалисты нью-эйджевского толка, твердящие о путешествии по неисследованным территориям, вводят в заблуждение и себя, и других. Каждая личность действительно уникальна, но духовный путь остается общим для всех. Духовные искания без необходимого багажа знаний можно сравнить с бесцельными скитаниями по городам и весям, когда человек упрямо отказывается от карт, составленных теми, кто уже бывал в этой стране раньше. К месту назначения можно добраться с помощью проводника (учителя) или спутников (*сангха*), но путь окажется намного быстрее, проще и безопаснее, если прокладывать маршрут с помощью карты.

В важности дхармы легко убедиться, рассуждая о «пути» к положению опытного профессионала. Если хочешь стать хиругом, то, очевидно, должен получить соответствующее образование. Естественность поведения, почтение к главному врачу больницы и добрые отношения с коллегами при этом мало что значат — для того, чтобы понять сложность взаимосвязанных органов человеческого тела, все равно придется пройти углубленный курс обучения, а для этого нужно поступить в медицинский институт, сдавать экзамены, задавать вопросы, учиться у других хирургов, подготовиться к неожиданностям, которые нередко возникают во время операций, развивать хладнокровие в самых напряженных обстоятельствах и так далее.

Но, когда речь идет о духовной жизни, многие полагают, что смогут провести «операцию на сердце» уже потому, что когда-то видели это во сне. Они считают, что должны полностью следовать учителю, так как испытывают в его присутствии невероятное блаженство. Им кажется, что они уловили духовную дхарму, поскольку прочитали десяток книг и научились бездумно повторять сентенции вроде «Бог — это Высшее Я», «Живи здесь и сейчас» либо: «Все взаимосвязано». Подобные допущения наводят на мысли о студентах подготовительных курсов, пытающихся воспроизвести операцию по пересадке печени, случайно увиденную на видеозаписи для интернов.

Духовное просвещение необходимо не только начинающему искателю, который осваивает умение избегать простейших ловушек эго, но и развитым духовным ученикам — для них образование остается неоценимым источником мудрости, помогающим разбираться в тонкостях углубленного понимания духовных истин. Джоан Галифакс говорит, что рано или поздно каждый начинает видеть в учениях самого себя. Дхарма столь важна, что буддисты считают ее драгоценностью и постоянно обращаются к ней; тибетские монахи ежедневно по нескольку часов учат на память и переписывают священные тексты; иудаисты покрывают Тору золотом и хранят в священных ковчегах, и прежде чем развернуть свитки, отправляют установленные обряды. Вплоть до недавнего времени — а кое-где и сейчас — великие эзотерические учения всех традиций сберегались в тайне; их открывали только тем, кто показал себя достойным.

В любой традиции духовные писания зашифрованы и многослойны. Новый и Ветхий Завет, Упанишады, Коран и даже труды великих учителей современности охватывают несколько уровней, и каждый слой проявляется лишь после того, как ученик поднялся на очередную ступень и уже способен его понять. Именно поэтому Ветхий Завет одни считают сборником рассказов о старике по имени «Бог» с длинной бородой, а другие — картой души, иносказательным повествованием о пробуждении Высшего Я.

Обстоятельное изучение дхармы — не ознакомление с дюжиной работ великих духовных учителей, а многолетние глубокие исследования, размышления, обсуждения и медитации — предохраняет не только от преждевременных притязаний на просветленность, но и от многих других ловушек на духовной тропе.

Дхарму, однако, не следует считать единственной необходимой защитой; она не исключает потребности в учителе и сангхе. Для того чтобы способствовать духовному развитию, дхарма должна подкрепляться личным опытом и проверяться в повседневности — так человек убедится, что понимает ее правильно и умеет на практике применять то, чему научился у самой жизни. Дело в том, что некоторые незаурядные в интеллектуальном отношении личности используют умозрительную виртуозность владения дхармическими принципами так, что не позволяют себе вести тот образ жизни, который сами проповедуют. Дхарма — понятие не столько отвлеченное, сколько практическое. При правильном отношении усваиваемые учеником знания пронизывают все сферы его жизни, словно неприметный вирус совести, который заражает усердного духовного искателя сознанием высшего потенциала и мешает ему довольствоваться сосредоточенностью на себе и тешащими самолюбие толкованиями испытанных переживаний.

Третья драгоценность: сангха

Ниже приводится отрывок из беседы между Буддой и его старшим учеником Анандой, изложенной в трактате «Самьютта-никайя»:

Почтенный Ананда приблизился к Просветленному, поклонился и сел рядом. Затем почтенный Ананда обратился к Просветленному и сказал: «Половину этой святой жизни, о Просветленный, составляют добрые и благородные друзья, чувство товарищества и благое окружение».

«Не так следовало бы сказать, Ананда, — ответил Просветленный. — Всю *эту святую жизнь составляют друзья, товарищество и благое окружение».*

Подобно Будде и дхарме, *сангха* многограннее, чем может показаться на первый взгляд; она органично оберегает личность от опасностей самообмана и раздутого эго, которые ведут к скоропалительным притязаниям на просветленность. Однако помощь, которую оказывает сангха, отличается от пользы Будды и дхармы.

Сангха — это похлебка, где духовный ученик постепенно доводится до готовности и наливается соком совершенства. Многие полагают, будто духовное товарищество — это группа людей, объединенных общим интересом к духовным учениям; они просто собираются, чтобы обсудить друг с другом свои переживания, — занятие приятное, но не такое уж важное. Но подлинное духовное сообщество в том виде, о каком говорит Будда, подразумевает надежды на осуществление не только собственного высшего потенциала, но и высочайших способностей собратьев по жизни и обучению. Духовное братство определяется не личным выбором, а взаимной поддержкой членов сангхи, нацеленной на духовную жизнь и развитие всего сообщества.

Сангха и учитель, наряду с развитым посредством дхармы сознанием, образуют постоянный механизм обратной связи. Учитель хотя и является объективным источником обратной связи, остается, тем не менее, личностью — и к личности этой предъявляются подчас требования, которые он просто не в силах удовлетворить в прямом, физическом смысле. Сангха — это люди, среди которых протекает жизнь ученика; они либо живут сообща, либо проводят вместе немало времени. Члены сангхи часто знают ученика лучше, чем самих себя, и потому, словно зеркало, показывают множество его изъянов. Ли Лозовик предполагает, что духовная практика вне сангхи исключает, по существу, возможность пройти все этапы духовной жизни. «Без группы равных на это нет никаких шансов. Слишком уж легко свернуть в сторону — сначала чуть-чуть, потом все дальше и дальше».

Помимо прочего, сангха сглаживает острые углы эго. Якусё Квонг-роси описывает этот процесс так:

> *Символ сангхи — мелкие камешки. Их складывают в одну корзину, затем начинают трясти, и камешки трутся друг о друга, превращаясь в голыши. Если камень не соприкасается с тремя драгоценностями, его углы становятся все острее, а сглаживают их порядком и обучением. Без трения гладким не станешь. Я начал духовную жизнь, когда мне было двадцать пять. Скоро мне исполнится шестьдесят три. Но это все равно очень короткий срок. Четверть века я руковожу нашим центром, и это, пожалуй, самый трудный период моей* садханы. *Тут я воспитал четверых сыновей. Камешки все время трутся... Я сам не ожидал такого, но камешек сглаживается даже после того, как становится учителем.*

Труднейший период *садханы* Квонг-роси начался после того, как он стал учителем и его семейная жизнь стала протекать в границах сангхи, — через много лет после начала духовной жизни. Заостренные края стремящегося к господству эго сглаживаются только благодаря трению о другие эго, столкновениям с ними — а они, как известно каждому, кто жил в общине, совершенно неизбежны. Сангха лишает эго спокойствия, так как оно тянется к взаимоотношениям, а уязвимость по-настоящему близких отношений раздражает шаткую власть эго.

Конечно, сбиться с пути можно и в рамках сангхи. Если сообщество опирается на ложные представления, не соответствует контексту Будды и дхармы, то вполне вероятно, что его члены выстроят общую фантазию по мотивам своих заблуждений, а любая обратная связь будет поневоле искажаться фильтрами этого механизма.

Со временем личность неразрывно сплетается с тремя драгоценностями. Когда человек обрел неизгладимый отпечаток учителя, глубоко изучил учение и многократно переосмыслил отклики сангхи на свое поведение, он уже просто не в силах двигаться дальше без постоянной обратной связи, которую обеспечивают три драгоценности. Так Будда, дхарма и сангха становятся неотъемлемыми гранями его собственного сознания.

Три драгоценности сами по себе означают непрестанную проверку, поддержку, подтверждение либо отрицание просветленности. Учитель играет роль совести и направляет к воплощению высшего потенциала; дхарма усиливает умозрительное восприятие и пробуждает остроту сознания, после чего ученик сам себе не позволяет потворствовать несознательности и порокам; сангха обеспечивает постоянными раздражителями, которых ложная просветленность попросту не вынесет.

Но ответственный духовный ученик или самоназначенный учитель не довольствуется одной лишь верностью трем драгоценностям. Прежде чем притязать на просветленность — и даже после того, как вопрос этот уже решен, — он непременно подвергнет себя тщательной, всесторонней проверке, которая затронет все грани его души и ни одно подозрение не оставит без ответа. В следующей главе мы поговорим о некоторых способах такой проверки.

16

ПРОВЕРКА ПРОСВЕТЛЕННОСТИ

Древние учителя презирали тех, кто объявлял о своей просветленности, но отказывался от испытания. Их называли «червями в иле непроверяемого сатори». [1]

Филип Капло-роси

Рабби Зальман Шахтэр-Шаломи рассказывает шутку о парне, который купил моторную лодку и капитанскую фуражку, а потом заявил матери: «Смотри, я — настоящий капитан!»

«Для меня ты всегда был капитаном, — ответила мать, — но что скажут настоящие капитаны?»

Заявляющий о своей просветленности человек, который не прошел проверки и не получил подтверждения со стороны авторитетов духовного пути, похож на героя этой шутки, возомнившего себя капитаном лишь потому, что у него есть лодка и фуражка.

По мнению Джона Велвуда, «процесс проверки и подтверждения играет роль "контроля качества"; он необходим для того, чтобы тот или иной учитель не искажал учения ради собственной выгоды» [2]. Традицию проверки подлинной просветленности можно обнаружить в подавляющем большинстве духовных культур мира. В одних — например, в дзэн — методы проверки оттачивались и канонизировались долгими столетиями, в других универсальная мера «просветления» не определена явно, а оценка уровня духовного развития вплетается в ткань повседневной жизни и взаимоотношений с наставником.

Многие новейшие духовные традиции, в противоположность этому, лишены подобных методов проверки просветленности и вообще избегают этого вопроса, оправдываясь тем, что окончательным мерилом служит «внутренняя сущность» самого человека; подчас они ссылаются на то, что современная духовность переросла потребность в иерархических структурах и испытаниях.

Если, однако, принять близко к сердцу мнения об угрозе со стороны эго, которыми делятся великие учителя нашего времени, то подтверждение просветленности в подлинных духовных традициях покажется чрезвычайно уместным. Впрочем, такие проверки — особенно неофициальные — будут действенными лишь в том случае, если испытуемый к ним прислушается, то есть сможет объективно оценить правоту полученной обратной связи.

Традиционные способы проверки

К традиционным методам проверки просветленности до сих пор прибегают в части современных школ дзэн на Западе, тогда как прочие направления дзэн либо провели культурную «переработку» давних способов, либо сделали их неофициальными. Хотя старинные приемы нередко выглядят «резкими» или «жестокими», в руках настоящего учителя они служат весьма объективными средствами, способными развенчать коренящиеся в эго толкования и заблуждения в отношении собственной просветленности.

Методы испытаний передаются среди учителей из поколения в поколение именно с той целью, чтобы помочь ученикам избегать самообмана. Такие приемы представляют серьезную угрозу для эго, но в то же время с подлинным почтением обращаются с высшим духовным потенциалом ученика, поскольку лишают его эгоистического желания довольствоваться чем-то иным, кроме окончательного освобождения.

В одиночку идти трудно. Думаю, гораздо легче, если тебе кто-то дышит в затылок или заглядывает через плечо.

Джудит Лейф

Капло-роси поясняет важности проверки так:

Проверочные вопросы, которые задает роси, чтобы определить степень пробужденности ученика, традиционны, а набор их не так уж велик. Нерешительный, неуверенный ответ на любой из таких вопросов и даже простой оборот «Мне кажется, что...» говорит сам за себя. Приемлемый ответ должен быть непринужденным и уверенным; он подтверждается не только языком, но и проницательным выражением глаз, движениями всего тела. [3]

Якусё Квонг-роси из Дзэн-центра на горе Сонома возвращает к жизни давний характер традиционных проверок, пересказывая два случая из личного опыта работы с учениками:

Один пришел на докусан* *и сказал: «Я — ничто». Я взял посох, ударил его, и он вскрикнул. «Кто это кричал?» — поинтересовался я. Другой вошел и заявил: «Я мертв». Его я тоже стукнул палкой, а после вопля спросил: «Что болело? Не твое ли тело?» После этого можно поговорить с учеником обстоятельнее.*

Квонг-роси говорит, что в течении дзэн под названием ринзай, для которого характерны очень частые — до трех раз на дню — встречи учителя с учениками, беседы порой длятся буквально долю секунды. Порой уже в тот миг, когда ученик только появился на пороге, учитель звонит в колокольчик, показывая, что беседа окончена. «Учитель способен мгновенно оценить состояние ученика даже по его походке», — поясняет Квонг-роси.

> *Если учитель отгораживается от своих подопечных и закосневает в убеждении, что он достиг вершины и ему больше некуда двигаться, он подвергается большой опасности, так как отрезает себя от всех источников поддержки, в том числе от Вселенной.*
>
> **Ли Лозовик**

Капло-роси указывает, что подчас случается и обратное: ученик сам не сознает своей просветленности, но проверка дает положительный результат. Он повторяет слова великого учителя дзэн Догэна, который говорил: «Не думай, что обязательно заметишь свое просветление» [4].

Помимо прочего, официальные проверки помогают сберечь чистоту традиции и высокий уровень стандартов просветленности, установленный тысячелетия тому назад великими учителями прошлого. По традиции, проверку вправе проводить только тот, кто ранее прошел строгую проверку

---

* Беседа с учителем, которую можно использовать для оценки духовного развития ученика. — *Прим. авт.*

своего учителя, который, в свою очередь, тоже прошел испытание — и так далее, по линии преемственности. Подорвать силу и чистоту той или иной школы может один-единственный человек, назвавшийся учителем без одобрения авторитета, а впоследствии неправомерно благословивший своих якобы «просветленных» учеников.

Нетрадиционные способы проверки

Многие уважаемые духовные учителя современности признались бы, что в их школах нет формальных методов оценки просветленности и духовного развития в целом — либо потому, что традиция относительно молода и не разработала еще системы испытания учеников, либо по той причине, что в этом течении вообще не уделяют большого внимания идее «просветления». Такие учителя утверждают, что в их школах оценка духовного развития неразрывно переплетается с обучением и практическими занятиями. Учитель может судить о мере просветленности ученика, глядя, как тот исполняет определенные задачи и упражнения, а то и просто по ответу на произвольный вопрос, поставленный в самых обыденных обстоятельствах.

Жизнь сама по себе — источник испытаний. То, как мы живем, то, перед чем ставит нас жизнь, говорит нам, где мы находимся.

Анник д'Астье

Учителя и ученики, живущие в непосредственной близости друг от друга, то есть в границах одной общины, полагают, что сама их совместная жизнь представляет собой единую великую арену испытаний. Мел Вайтзмэн в общих чертах описывает характер таких неофициальных проверок, участником которых он не раз становился за долгие годы жизни и работы в северокалифорнийской общине дзэн-буддистов:

> *Мера просветленности определяется в повседневных занятиях. Ученики годами учатся бок о бок. Все настолько хорошо знают друг друга, что нет никакой нужды в дополнительных проверках их практических навыков и глубины понимания. Я редко задумываюсь о проверках, потому что все измеряется практикой. Что бы ты ни делал, это уже проверка.*

Духовная практика, *садхана*, представляет собой неоценимое средство оценки просветленности. Ученик трудится, повышая целостность практики, а учитель наблюдает. Как указывает Вайтзмэн, если учитель всю жизнь изучает деятельность ума и хитрости эго, он нередко с одного взгляда может оценить уровень духовного развития ученика; именно поэтому учитель дзэн может порой звякнуть колокольчиком, стоит ученику сделать шаг на порог.

Особенности методов проверки, используемых в той или иной духовной школе, зависят от того, что именно каждый учитель считает оптимальным выражением духовного развития; очевидно, что каждый понимает «просветленность» по-своему, — и это относится даже к тем, кто, по всеобщему убеждению, ее обрел! В одних современных школах эволюция пробужденности подразумевает вполне определенную последовательность видений, в других — глубину понимания, которая отражается во владении коанами, а в третьих — готовность проявить сострадание в самых неприятных обстоятельствах.

> *То, что происходит во время духовных переживаний, может быть понято только будучи испробованным. В противном случае мы уподобимся тому, кто назовется поваром, откроет шикарный ресторан и тут же отравит клиента.*
>
> **Ли Лозовик**

Проверка учителей

Агхори Вималананда, духовный наставник Роберта Свободы, хорошо разбирался в путях кармы и одновременно питал страсть к проверке и разоблачению фальшивых святых и лжеучителей, существенно переоценивавших свое духовное величие. Роберт Свобода рассказывает: «Сталкиваясь с очередным типом, напялившим духовные штаны “не по размеру”, Вималананда, за редкими исключениями, непременно считал своим долгом вернуть зазнайку на землю, а порой и добиться того, чтобы он сам пожелал провалиться сквозь землю от стыда». Ниже приводится история, которую Вималананда поведал Роберту Свободе; посвящена она тому, как он «испытывал» индийского духовного учителя по имени Таат Махараджа:

Я был с ним суров... Один приятель привел меня к Таату Махарадже, заверив, что этот человек на долгие часы погружается в самадхи, а последователи его тем временем поют и молятся. Я не поверил его словам и решил провести даршан*. *Я сразу понял, что этот парень просто сидит с закрытыми глазами и всех дурачит. Самое поразительное, что я обязан был поклониться ему! Посидев немного, я внимательно осмотрел комнату и замыслил план. Дома я заточил гвоздь до остроты иглы, а через несколько дней вернулся к Таату Махарадже и занял очередь среди тех, кто жаждал припасть к его лотосоподобным стопам. Когда пришел мой черед, я наклонился, занес гвоздь над головой и вонзил его шарлатану в ногу. Боже ты мой! Как же бедняга ругался! Своими воплями он начисто заглушил песнопения поклонников.*

Вы полагаете, что на гвоздь в ноге отреагировал бы любой, даже если он пребывает в самадхи?

Нет — если, конечно, самадхи настоящее. Пребывающий в самадхи не сознает окружающего мира. Если бы Таат Махараджа действительно был погружен в самадхи, он ничего бы не почувствовал. Но он просто притворялся и потому получил все сполна. Все вокруг остолбенели, так что я успел выскочить за дверь, где меня поджидала машина с сообщником, — и мы удрали. Не хочу даже думать о том, чем бы все кончилось, если бы меня поймали! [5—6]

Конечно, такая веселая — для всех, кроме Таата Махараджи, — шутка действительно представляет собой редчайшее исключение из общего правила проверки равных себе. Несмотря на это, она подчеркивает мысль о том, что в учительской среде один учитель способен помочь другому так, как не поможет больше никто. В силу динамики испорченности и круговой поруки, которые осложняются неизменным коварством эгоистического мыш-

Вопрос: может ли один учитель чему-то научиться у другого?
Ли Лозовик: нет, если они оба считают себя просветленными.

* Созерцание святого или божества. — *Прим. авт.*

ления, человек, исполняющий роль учителя, нередко требует помощи со стороны равных и старших.

Чарлз Тарт делится своей мечтой о своеобразном «Клубе духовных учителей», который смог бы обеспечить обмен опытом и взаимную проверку равных по положению наставников:

Когда-то я мечтал о том, чтобы все, кто занимаются духовным обучением, стали членами особого клуба для учителей, куда ни под каким видом не допускали бы учеников. Там можно было бы посидеть, попить пивка, посмотреть телевизор, потолковать о своем занятии и сбить друг с друга спесь: «Эй, неужели ты своим ученикам такие вещи поручаешь?» или: «Самая нелепая выдумка, о какой мне только доводилось слышать!» В таком месте каждый мог бы услышать мнение коллег, знающих толк в своем деле. Коллегиальность, то есть принцип взаимной проверки, очень важна.

Как выяснилось, Регги Рей с единомышленниками уже воплотили эту мечту в действительность, несмотря на то, что они живут и работают в разных концах страны. Рей и его коллеги, которых признал *ачарьями** Сакьонг Мипхам Ринпоче, сын и преемник Чогьяма Трунгпа Ринпоче, постоянно поддерживают связь друг с другом и регулярно проводят личные встречи:

Раз или два в год мы с остальными учителями встречаемся и целую неделю беседуем и вместе занимаемся различными практиками. Это прекрасно, хотя и очень болезненно. Когда ты, учитель, беседуешь со своими учениками, это одно, но когда ты среди равных и каждый как на ладони, чувствуешь себя растоптанным в пыль. Это чудесно, когда тебя окружают люди, мгновенно реагирующие на любую попытку раздуть из мухи слона. Стоит лишь подумать, что ты все-таки что-то из себя представляешь, как кто-то бросит: «Заткнись!» Я очень рад, что у меня есть такие друзья.

---

* В переводе с санскрита: «учитель». — *Прим. авт.*

К сожалению, подобному общению с равными и старшими больше всего противятся именно те, кому оно настоятельно необходимо. Избегают они его порой умышленно, но чаще все-таки неосознанно, так как ощущают, что коллеги без труда разгадают любые игры и выходки эго. Рассуждая о случае, когда очень известный духовный учитель полностью отказался от общения с другими наставниками, Кен Уилбер задается вопросом:

Как, собственно, должен вести себя Самый Просветленный Мировой Учитель по отношению к миру? Прятаться, избегать людей или участвовать в общественной жизни, выйти на арену свободного диалога, встречаться с другими религиозными учителями и адептами, пытаться завязать всеобщий разговор, где истинность его взглядов закалится в испытаниях полезным огнем, который разведут оппоненты?.. Но такая открытость требует нравственного мужества, желания общаться и отвечать на вопросы. [7]

Можно ли проверить самого себя?

В ответ на вопрос о том, можно ли достаточно достоверно оценить собственное духовное развитие, Арно Дежарден предостерегает: «Для это нужна невероятная честность, верность истине... и стыд перед неправдой». Самопроверка — опасный путь, если она остается единственной формой контроля над собой. Даже самый честный и искренний человек рискует обмануть себя, и угроза эта слишком велика для того, чтобы самопроверку можно было счесть единственным необходимым методом подтверждения собственной просветленности.

Очень легко подвергнуть сомнению чьи-то на первый взгляд нелогичные, смешные или странные убеждения, но свои собственные всегда принимаются за истину.

Фрэнсис Воэн

Когда Регги Рея спросили, может ли человек оценить самого себя, если прочие системы проверки ему недоступны, учитель ответил: «Я думаю, что само понимание того, что тебе нужна проверка, — уже огромный шаг. Полагаю, что на деле необходимые источники оценки могут открыться человеку в тот самый миг, когда он сознает, что они нужны».

Умение проверять самого себя очень важно, просто его не следует считать единственной формой оценки, иначе почти наверное столкнешься с серьезными неприятностями.

Методы самопроверки

Хотя почти все наставники, чьи высказывания приводятся в этой книге, советуют прибегать к помощи своего учителя или коллег по духовной сфере, так как эти люди обеспечивают самую надежную и постоянную оценку уровня просветленности и духовного развития, кое-кто высказал определенные рекомендации в отношении возможной самооценки.

Потребность познать все — признак неполного пробуждения

Если человек, возомнивший себя просветленным, не в силах выдержать «незнание», ему следует серьезно усомниться в собственной святости. Просветление — это далеко не всемогущество. Люди, высказывающие преждевременные притязания на просветленность, нередко попадают в беду, притворяясь чем-то большим, лишь бы подтвердить миф о своем величии. Столкнувшись с труднейшими жизненными проблемами, многие настоящие учителя отвечают просто: «Я не знаю ответа. Это очень сложный вопрос».

Сновидения могут не только помогать, но и обманывать

За подтверждением можно обратиться к снам, но, увидев сон, все равно лучше поискать учителя, который его подтвердит! Рабби Зальман рассказывает весьма поучительную историю:

Есть одна прелестная история о человеке, который приходит к раввину и говорит: «Мне приснился отец. Он сказал, что я стал Учителем». Раввин расхохотался, а тот парень спрашивает: «Ребе, почему ты смеешься? Я вполне серьезно». Раввин ему говорит: «Старина, я отнесся бы к этому серьезнее, если бы твой отец приснился и сказал то же самое трем-четырем сотням людей».

Будь уверен: ты еще не просветленный

В одних традициях понимание того, достиг ли ты просветления, считается важным, а в других на это почти не обращают внимания. Неуверенность и благоговение перед загадочной природой просветленности могут оказаться намного полезнее уверенности в себе и силы обаяния. Чарлз Тарт полушутливо придает этой идее парадоксальности:

Когда речь идет о просветлении, проще всего твердо поверить, что ты еще не просветленный. Так ты сохранишь бдительность. Как только появляется четкое ощущение собственной просветленности, ты прекращаешь искать в себе изъяны. Мнение окружающих теряет какую-либо важность, ты сам себя оцениваешь — вот в чем беда.

Насколько просветленным ты будешь в трудные времена?

Великолепной проверкой просветленности является оценка собственных действий, когда тебе больно, трудно и плохо, когда жизнь оборачивается не так, как хотелось бы. Загнанный в угол, прижатый к стене, переживающий переломный период человек проходит хорошее испытание. Если он считает себя просветленным, но любой косой взгляд или едкое замечание выводит его из равновесия, величие этого человека стоит поставить под сомнение.

Так свободен я или нет?

Тридцать лет духовного обучения и учительствования позволили Арно Дежардену высказать такое наблюдение:

Есть люди, которые много учились, кое-что поняли, что-то пережили, но по-прежнему страдают слабостями... Есть люди, умеющие убедительно говорить и прекрасно медитировать, — но они еще не свободны. Говорить о свободе с большой буквы "С" очень трудно, но мы вправе рассуждать о внутренней свободе. И потому лучше всего спросить самого себя: «Так свободен я или нет?», «Откликаюсь я или нет?», «Слился я с другим или нас все еще двое?»

Прислушайся к мнению Вселенной

Левеллин Воэн-Ли рассказывает о том, как Ганди однажды спросили: «Вы утверждаете, что вас направляют свыше, но так говорил о себе и Гитлер. Что же отличает вас от него?» «Результаты поступков», — ответил Ганди.

Вселенная постоянно откликается на наши действия, и, если человек не в силах ясно расслышать или понять ее мнение, ему следует спросить близких, как они воспринимают результаты — подлинные результаты! — его поступков по отношению к людям, а не ангелам небесным.

Джек Корнфилд считает, что для того, чтобы лучше узнать учителя дзэн, нужно поговорить с его спутником жизни. Это, впрочем, относится не только к дзэн-буддистам, но и ко всякому, кто открыто или тайно мнит себя духовно развитым. Наши мужья и жены, дети, друзья и коллеги по работе постоянно обеспечивают очень важную обратную связь.

«Жизнь сама по себе — фантастический механизм обратной связи, — полагает Ли Лозовик. — Главное, уметь понимать ее знаки. Жизнь всегда подсказывает, на верном ли мы пути. Часто знаки эти очевидны, но порой почти незаметны». Если бы духовные искатели умели безошибочно истолковывать мнение Вселенной, в проверках со стороны не было бы особой нужды, но большинству людей слишком трудно точно и надежно оценивать сигналы обратной связи, так как те проходят сквозь фильтры эго.

Время покажет

Прекрасной проверкой любого духовного учителя и ученика становится испытание временем. Лишь редкие люди, которым удалось сохранить свои духовные замки из песка хотя бы на несколько десятилетий, избегают этого великого экзамена. Многие способны удерживать возвышенные состояния достаточно долго, но жернова повседневности рано или поздно отделяют истинное от неправды. Подчас для того,

На основании чего можно назвать человека просветленным? Чаще всего на этот счет сказать ничего нельзя, разве что по прошествии какого-то времени. «Состояние» просветления может длиться неделю, полгода, год, но на окружение человека это никак не повлияет. Поэтому для такого вывода вам потребуется время — длительное время — и сделать его вы сможете на основании поступков такого человека, а отнюдь не каких-то внешних проявлений.

Ли Лозовик

чтобы твердо убедиться в своей просветленности, человеку требуются годы, а то и десятилетия.

В двадцатой главе Клаудио Наранхо расскажет о том, как успел утвердиться в роли учителя на основе своей просветленности еще до того, как ясность впечатлений поблекла. Значение подобных примеров заключается в том, что они служат предостережением: не стоит задумываться о своей просветленности раньше срока, какими бы возвышенными и долговременными ни были твои переживания. Любой великий наставник расскажет немало историй об учениках, которые погружались в состояния, казавшиеся им самим вечным просветлением, а затем низвергались с достигнутых высот. В связи с этим Ли Лозовик отмечает:

> *Что служит указанием на просветленность? Взаимоотношения человека с окружением. Если они остаются эгоцентричными, можно не сомневаться: что бы этот человек ни говорил, в его величественной философии есть какой-то изъян. Но, если эти отношения остаются безупречными достаточно долго, годами, есть основания предполагать, что это, быть может, признак неразрывной связи с недвойственной действительностью.*

Время обязательно покажет. Оно оценит меру просветленности человека независимо от того, согласен ли он на официальную или неофициальную проверку со стороны равных и старших либо просто дожидается, пока сама жизнь прорвется сквозь пелену его заблуждений и разобьет сад реальности прямо у него на коленях.

***

Роберт Свобода: «Агхори Баба и его посох»

Мне следовало обо всем догадаться уже в ту минуту, когда о посохе Агхори Бабы только зашла речь. У этого посоха была особая шакти. Если бы его положили под матрац умирающего, человек бы не умер — по меньшей мере, пожил бы еще какое-то время. Вималананда получил посох Агхори Бабы от Гуру Махараджи, когда тот приезжал в Бомбей. С тех пор посох хранили в чулане. Но однажды приемная дочь Вималананды по имени Рошни ни с того ни с сего спросила: «Какой смысл держать посох Агхори Бабы под замком? Лучше уж вернуть его Гуру Махарадже».

«Зачем? — поинтересовался я. — Это могущественный предмет. Пусть себе остается в чулане и живет сам по себе. Зачем его тревожить?»

«Нет, чутье мне подсказывает, что пора что-то делать», — объяснила Рошни.

«Послушай-ка, — сказал я. — Мы поедем к Гуру Махарадже на следующей неделе. Если он вспомнит о посохе, тогда и подумаем, что с ним делать».

Гуру Махараджа не вспоминал о посохе уже лет тридцать, но в день нашей встречи сам завел о нем разговор: «Как поживает посох, который я вам подарил?»

«Лежит в чулане, — ответила Рошни. — Хотите, мы его вернем?»

Но Гуру Махараджа никогда не забрал бы то, что предподнес в дар. «Ни в коем случае. Можете бросить его в море», — предложил он.

«Ну если хотите, то я и вправду брошу его в Ганг», — согласилась Рошни.

«Бросьте в море! Если бы я имел в виду Ганг, то так бы и сказал: "Бросьте в Ганг"», — возразил Гуру Махараджа.

«Я же говорила тебе», — заявила Рошни, когда мы остались одни.

«Послушай, — предложил я. — Он велел бросить посох в море, но мне кажется, что лучше отвезти его в Америку. Через месяц я еду в Штаты, там у меня будет время провести с посохом кое-какие опыты. Потом я привезу его назад, а на следую-

щий год, перед визитом к Гуру Махарадже, брошу посох в океан». «В этом доме нельзя допускать такие мысли, — укорила меня Рошни. — Дурной знак».

Ночью, когда все спали, мне приснился странный сон, и я слег с горячкой. После обеда пришел Гуру Махараджи. Он сел рядом, посмотрел на меня — а лихорадка тем временем все усиливалась — и сказал нам: «Знаете, я много повидал. Мне удалось обрести все сиддхи, *но они не приносят счастья. Мне хотелось бы иметь вот какую* сиддхи: *если я кому-то что-то сделаю, а человек не признается, что это я сделал, некая сила схватит его за горло и вытрясет признание. А так мне приходится самому это делать. Эх, была бы у меня такая* сиддхи, *чтобы все получалось само собой».*

«Скверные дела, — подумал я. — Это не слишком хороший знак. Это дурной знак».

Ночью Гуру Махараджи ушел, а Рошни буркнула: «Я же тебе говорила».

Я очень жалел о задуманном обмане, и лихорадка быстро проходила. Но у меня тамасический характер; естественно, едва мне стало лучше, я тут же перестал раскаиваться. Лихорадка возобновилась. Я раскаивался — она пропадала. Но потом я снова говорил Вселенной: «Послушай, я не буду брать посох в Америку, попользуюсь им тут, в Индии. Всего-то пару недель!» — и лихорадка возвращалась. Я торговался со Вселенной, пока не пришлось отправиться в Мадурай и сдать кровь — все анализы были отрицательными. Я не должен был болеть. И тогда я понял, что, если ослушаюсь Гуру Махараджи, это может очень плохо на мне отразиться. Я принял окончательное решение: поеду в Бомбей и швырну посох в океан. Лихорадка улетучилась и никогда больше не проявлялась. В Бомбее я долго стоял на берегу с посохом в руках, но в конце концов все-таки бросил его в воду.

17

ПСИХОЛОГИЧЕСКОЕ ОЧИЩЕНИЕ

Не питайте несбыточных надежд. Не думайте, что одна-единственная вечерняя медитация полностью вас очистит. За одну ночь невозможно очиститься. И дело не только в том, что такие мечты несбыточны, — они сами становятся серьезной преградой. [8]

Лама Тхубтен Йеше

Психологическое очищение означает промывание психологических наслоений, образующихся за долгие годы неосознанной жизни, многочисленных обломков кармического наследия. В процессе избавления от лишних, ошибочных представлений и взглядов становится осознаваемой и проявленной истинная, извечно чистая сущность человека. Таким образом, намеренное погружение в очищающий процесс естественным образом устраняет ложные идеи и допущения, многослойную путаницу во взглядах и невротическое восприятие, которые ведут к неправомерным или преждевременным притязаниям на просветленность. Возникает ясность восприятия, позволяющая правильно видеть разницу между мистическими переживаниями и подлинным просветлением, чистыми и порочными побуждениями, вымыслом и действительностью.

Если мы не сможем разобраться со своими страданиями, разочарованиями и неврозами, то перспектива посвящения отдаляется, и весьма: ведь это значит, что мы не смогли определиться даже с наиболее элементарным уровнем своего опыта.

Чонгьям Трунгпа

Люди, скоропалительно претендующие на просветленность, склонны пренебрегать психологическим очищением как одним из аспектов общего процесса очищения. Они обычно готовы терпеть суровость самоограничения, интенсивные телесные ощущения, видения и горячечный бред, сопровождающие порой мощное очищение, но чаще всего отказываются от самых элементарных приемов очищения психологического, которое подразумевает избавление от внешнего слоя самоотрицания ради того, чтобы увидеть несознаваемые грани собственной личности, препятствующие той ясности восприятия, что необходима для духовного развития.

Следствия отказа от психологического очищения хорошо заметны на примере одного западного *садху* (отшельника), голландца по происхождению, живущего в Южной Индии. Этот человек по имени Пракаш живет в Индии давно; он более полувека занимался *садханой* под руководством великого учителя, хотя тот скончался задолго до того, как европеец приехал в Индию. У Пракаша есть свой ашрам, он считает себя духовным учителем и много часов в день уделяет напряженной духовной практике — молится, изучает писания, поет гимны и помогает другим. По знаниям и анализу тонкостей понимания дхармы в разных традициях с ним едва ли сравнится любой другой *садху* — как западный, так и восточный. И все же у него только один ученик, а сам Пракаш интуитивно чувствует — хотя и не любит в том признаваться, — что даже после пятидесяти лет усердной *садханы* не достиг цели и вообще может никогда ее не достичь.

> *Духовная тренировка не должна превращать человека в тупицу.*
>
> Чарлз Тарт

Семидесятилетний Пракаш не может взять в толк, почему до сих пор не обрел просветления. Однако все, кто его знает, прекрасно понимают, что ему что-то мешает, и, если он не преодолеет преграду, просветления в этой жизни ему не достичь. Этот мудрый и ученый человек подвергался в детстве страшным издевательствам — сначала его мучили родители, а позже он попал в филиппинский концентрационный лагерь. В глубине его души таится огромная психологическая рана, в том числе сексуальная, так как в концлагере его насиловали; именно этот пласт преграждает путь к психологическому исцелению и энергии неведомого. Пракаш так крепко держится за прошлые страдания, что не в силах целиком отдать себя Богу.

Тень — это духовная проблема, угрожающая всей эго-личности, так как никто не в состоянии осмыслить своей тени, не приложив к этому существенных духовных усилий.

Карл Юнг

Джек Корнфилд утверждает, что духовному ученику необходимо избавиться от психологических и эмоциональных блоков:

> *Пока не решены основные задачи развития эмоциональной жизни и взаимоотношения с родителями и семьей остаются неосознанными, углубить духовную практику невозможно. Не решив эти вопросы, нельзя как следует сосредоточиться в медитации либо привнести в свои взаимоотношения то, что усвоено во время медитаций.* [9]

Очищение нельзя «обойти», хотя многие пытаются это сделать. Если не прошедший очищения и наткнется случайно на то, что можно вольно толковать как «просветление», в дальнейшей духовной жизни он обречен на неминуемые осложнения — особенно в отношениях с учениками, если ему вздумается стать учителем. Надлежащее очищение (в частности, «низших» слоев психологических наклонностей) существенно снижает вероятность того, что человек неверно истолкует свою «просветленность», и в то же время наделяет неплохой способностью ответственно распорядиться подлинным просветлением, когда оно наступит.

Потребность в психологическом очищении

Человек не представляет никакой практической ценности для Бога или Истины, пока не познал условий человеческого существования, а они постигаются отнюдь не в экспериментах с астральными телами и прошлыми жизнями, так как вопрос этот связан с нашими собственными механическими психологическими функциями. Хотя психика — лишь одна из граней личности, ошибочное отождествление с ней делает психические механизмы нашим господствующим аспектом.

Ли Лозовик убедился в важности психологического очищения уже в первые годы духовного преподавания:

> *Приступив к обучению, я видел, как люди испытывают поразительные переживания, но от этого ничего не меняется — прежними остаются их привычки и душевные расстройства. Стало ясно, что если не работать над психикой, то никакая искренность и преданность духовному пути не предотвратят неминуемой задержки на том или ином этапе. Тот, кто не намерен заниматься собственной психикой, может забыть о духовном развитии: определенных переживаний, конечно, можно добиться, но они останутся мимолетными.*

> *Для ее осмысления человек должен отдавать себе отчет в том, что у его личности имеются вполне реальные темные стороны.*
>
> **Карл Юнг**

Джудит Лейф полагает, что уже за тысячи лет до возникновения официальной «психологии» многие духовные учителя действенно работали со своими учениками над очищением тех аспектов личности, которые позже стало принято называть «психологическими». *Абхидхарма*, буддийская психология, возникла примерно два тысячелетия назад и изначально считалась неотъемлемой стороной духовной жизни. Она опирается на понимание того, что уравновешенное духовное развитие требует равного внимания ко всем уровням человеческой сущности.

Несмотря на это, многие уважаемые духовные учителя предупреждают об опасности психологической работы, так как основная ее задача — исцеление психики и улучшение состояния личности, а не толчок к подлинной трансформации. Временами психологическая работа существенно замедляет духовный рост, поскольку вызывает фантазии о трансформации, тогда как в действительности лишь создает более приятные иллюзии. Духовная работа — не стремление к благополучному удобству, а усиливающаяся самоотдача, капитуляция перед пронизывающим жизнь человека Богом, или Истиной.

Психологическая работа, превращенная в самоцель, никак не влияет на духовное развитие. Если же она используется как средство рассечения психологических узлов, препятствующих духовному росту и уравновешенному развитию, то становится действенным инструментом, существенно облегчающим дальнейший прогресс.

Психологическое очищение как необходимое условие для учителя

Какой бы вид ни принимало психологическое очищение, оно настоятельно необходимо, в частности, для любого, кто намерен стать духовным учителем. Неосознанное упущение из виду этой формы очищения было причиной падения немалого числа наставников, поспешно возомнивших себя просветленными. Даже если психика самого учителя не препятствует его духовной зрелости, в жизни он может столкнуться с самыми непостижимыми проявлениями психологического давления — со стороны собственной души и души учеников. Ученикам нужен опытный наставник, способный помочь найти выход из любого психологического лабиринта, и потому учитель обязан быть хорошо знаком не только с динамикой собственной психики, но и с *основами* психологической динамики людей в рамках того или иного культурного контекста.

> *Самопознание как психотерапевтическая мера часто требует весьма упорного и длительного труда.*
>
> **Карл Юнг**

Джек Корнфилд поясняет необходимость психологического очищения учителей тем, что обогащение одного аспекта жизни не всегда влечет соответствующее расширение прочих ее сфер, поскольку наши прозрения и свойства сознания, вообще говоря, не переносятся из одного измерения жизни в другое. «Таким образом, — пишет он, — на свете можно встретить изысканнейших знатоков чайной церемонии, отсталых и закомплексованных в сфере интимных отношений, либо йогов, способных превращать свое тело в чистый свет, но лишающихся здравого смысла, стоит им оказаться посреди рынка» [10].

Рано или поздно психологическое очищение должно свести человека лицом к лицу с его тенью — мрачными, несознаваемыми гранями его собственной личности, которые оставались подавленными потому, что считались «дурными» либо причиняли неудобства. Хотя многие намеренно избегают встреч со своей тенью, «подвалом души», это совершенно необходимое требование для тех, кто намерен очиститься до такой степени, чтобы свести к минимуму риск преждевременных притязаний на просветленность.

Индивидуальная тень неизбежно связана с тенью коллективной. Интеграция тени в сознание не происходит однажды и навсегда — это процесс, длящийся всю жизнь.

Георг Файерстайн

Подлинная природа просветления — «удачный брак» света и тьмы. Невозможно достичь вершин духовной работы, не пожелав ознакомиться с глубинами. Это особо подчеркивает Карл Юнг: «Просветления достигают, не воображая сотканные из света картины, а озаряя глубины мрака. Второе неприятно и потому менее привлекательно» [11].

Непрерывность процесса

Очищение — процесс непрерывный. Как заверяет Шарлотта Йоко Бек, даже она, признанный учитель, продолжает бороться с чувственностью, тягой к покою и власти:

> *О каком просветлении можно говорить? Когда человек готов, когда его желание познавать непреодолимо, и учитель, и ученик знают, что делать дальше. Нужно терпеливо трудиться над собой, над мечтами об удовольствиях, покое и власти — а они есть у всех, в том числе и у меня. И потому я предложила бы каждому пересмотреть некоторые свои мечты о просветлении и заняться этой работой, требующей упорства и здравого смысла.* [12]

По иронии судьбы, самозваные и якобы «просветленные» наставники обычно заверяют, что возвысились над всеми желаниями и привязанностями, тогда как учителя, подтверждающие свое величие многолетней успешной работой с учениками, признаются, что по-прежнему заняты очищением.

Очищение никогда не прекращается. В основе его лежат определенные психологические слои, но высшие пласты преград и кармического наследия беспредельны. Что касается учительствования, то именно в тех условиях, когда человек имеет множество обязанностей перед своими учениками, и проявляются все обрывки не прошедшего очищение эго.

В книге «Львиный рык» Трунгпа Ринпоче рассуждает о том, что каждый этап духовной практики избавляет от неврозов, но в то же время *вызывает* новые неврозы, которые также требуют исцеления. Мудрость, обретаемая на очередном витке развития, неразрывно связана с характерными для этой стадии душевными расстройствами. Завершая пояснения, Трунгпа Ринпоче говорит ученику: «И так без конца. Без конца, друг мой» [13].

В то время как здоровое трансперсональное становление в конечном счете требует возвышения над своим эго, собственно процесс достижения высших, более тонких и сложных уровней развития не обязательно предполагает немедленное превосхождение более низких уровней.

Фрэнсис Воэн

18

САДХАНА, МАТРИЦА, ИНТЕГРАЦИЯ И РАЗЛИЧЕНИЕ

Решение есть. От страданий можно избавиться. Ответом является практика, причем прямо сейчас. Практика нужна нам, нужна Богу, Вселенной, гуру, но прежде всего — тебе самому. Практика, а не просветление — вот ответ. Лучше практика прямо сейчас, чем просветление когда-нибудь потом.

Ли Лозовик

Садхана, духовная практика, — вот проводник очищения, построения матрицы и развития целостности. *Садхана* включает все формальные и неформальные виды практики, которыми занимается ученик под руководством наставника в духовной школе. Матрица и интеграция — грани и в то же время плоды *садханы*. Создание матрицы означает развитие фундамента, контекста, изощренной внутренней «структуры», способной удерживать и обрабатывать духовные знания и переживания. Интеграция — это процесс поглощения знаний и переживаний посредством практического приложения инсайтов в повседневности. *Садхана*, матрица, интеграция и различение наряду с очищением образуют взаимосвязанный процесс, мощную паутину, которая оберегает от опасностей ошибочных притязаний на просветленность и прочих форм самообмана, часто встречающихся в духовной жизни.

Недостаточно прийти в храм, отделить свою религиозную практику от повседневной жизни и уйти.

Дэйнан Генри

Садхана

Многие из тех, кто преждевременно претендует на просветленность, отказываются признавать необходимость не столько продолжительной, сколько пожизненной *садханы*, когда человек до последней минуты продолжает заниматься, учиться и углублять степень своего понимания истины. Сэнсэй Дэйнан Генри рассуждает о том, что после первоначального всплеска монашеской духовной жизни, характерной для западного дзэн в шестидесятых годах, маятник качнулся в сторону явления под названием «будзи-дзэн» — философских упражнений, не требующих настоящего обучения и прозрения. *Будзи-дзэн*, сходный со множеством современных духовных практик новой волны, замыкается на самом себе. «Ты сам всем заправляешь, — отмечает Дэйнан Генри. — Весь день напролет, каждую секунду. Медитируешь, когда хочется. В храм приходишь, когда есть на то желание. Такая практика покорна прихотям эго, а оно интересуется только собой. "Если мне плохо или не по себе, позанимаюсь чуток, чтобы успокоиться". Это не практика, не отказ от себя, не избавление от эго, а самый настоящий эгоизм». Будзи-дзэн и современные нью-эйджевские духовные практики — *садхана* для эго. Эго ими руководит, эго пожинает их плоды и тешит себя мыслями о том, что делает шаги навстречу просветлению, которое и так уже достигнуто.

> *Все, с чем вы сталкиваетесь, все, что вы делаете, начиная с момента пробуждения и заканчивая отходом ко сну, служит цели воспитания и очищения вашего «я»: это непрерывный, постоянный труд с утра до вечера.*
>
> **Дэйнан Генри**

В книге «С глазу на глаз, или В поисках новой парадигмы» философ Кен Уилбер изобличает порочность мысли о том, что просветления можно достичь, просто рассуждая о духовности. Он оспаривает и осуждает убеждение в том, что переход к новой парадигме способен заменить усилия по очищению и классическую духовную практику, а в доказательство приводит ошибки из недавней истории. Каждому приятно считать себя исключением из правила, но все великие учителя и мыслители, а также развитые ученики, безуспешно пытавшиеся срезать путь к цели, неустанно призывают к усердной духовной практике. «Острые переживания не сделают тебя святым, — утверждает Рабби Зальман Шахтэр-Шаломи. — Святым делает тяжкий нравственный труд».

Дэйнан Генри уделяет внимание практике с точки зрения соответствия буддийским предписаниям. Подобно иудео-христианским «заповедям» и установлениям других традиций, они часто понимаются как неукоснительные законы, но, по существу, представляют собой проявления зрелой *садханы*. Их исполняют не как навязанные моральные устои, не из страха, а для того, чтобы приблизиться к просветлению.

> *Результатом ваших занятий станет то, что, даже решив поступить дурно, вы не сможете этого сделать. «Они» не дадут вам поступить дурно, потому что занимаетесь на самом деле не «вы». И, если вы будете заниматься постоянно, «вы», ваше эго, не будет иметь права голоса.*
>
> **Ли Лозовик**

> *Буддийские предписания (не убивать, не лгать, не красть и так далее) — не заповеди. Буддизм, как и любая другая традиция, — это не следование законам, а жизнь в согласии с истиной; его предписания — просто перечисление принципов, естественных для подлинно просветленного и развитого человека. Так ведет себя тот, кто стал Буддой. Нужно работать и работать, оттачивать и оттачивать свое мастерство, пока не начнешь жить настоящей просветленной жизнью. Исполнение предписаний — свидетельство просветленности, а не навязанные самому себе правила.*

Ли Лозовик говорит, что именно в разгаре чувства пробуждения и следует укреплять, объективизировать важность практики. В этот период есть возможность по-настоящему оценить значение практики и воспользоваться временной просветленностью для того, чтобы определить лучший способ устроить свою жизнь в согласии с испытанным пробуждением. К сожалению, мимолетное просветление обычно уносит людей слишком далеко; сознавая, что «некуда идти, нечего делать», либо переживая иное проникновение в недвойственность, они упускают шанс извлечь из пробуждения нечто такое, что усилило бы дальнейшую духовную практику.

Если для доказательства собственного существования эго требуются страдания, практика станет для него средством превращения в мученика. Если ему хочется избегать близких отношений, практика станет тому благородным оправданием. Как мы уже убедились, эго способно воспользоваться *чем угодно* — включая идеи практики, просветления и духовности — и направить эти средства на последующее укрепление своего неприступного замка.

Практика — еще один способ проверки просветленности. О плодах просветления легко судить по обыденной жизни человека, и потому нет *садханы* более трудной, чем осознанная и осмысленная жизнь. Роси Вайтзмэн отмечает: «Практика испытывает пределы твоих способностей. Это проверка. Практика испытывает тебя до предела, помогает проявиться тому, чего ты сам от себя не ждал».

> *Работать нужно так упорно, чтобы со стороны казалось, будто вы уже находитесь в нирване.*
>
> **Ли Лозовик**

Практика не становится совершенной сама собой. Новичку не следует надеяться, что он сразу вступит на духовный путь опытным и искусным практиком. Практика постепенно укрепляет способности к практике. Ее силами постепенно выстраивается матрица — фундамент, позволяющий человеку сберегать накапливаемые преимущества и в то же время обращать их на пользу дальнейшей практике.

Матрица

Матрица — это основа, энергетическая структура, медленно выстраивающаяся благодаря *садхане.* Она позволяет человеку переходить к высшим духовным энергиям и процессам, а после переносить их в свою повседневную жизнь.

Боб Хофман, изобретатель Четверичного Процесса Хофмана, утверждает: «Для многих людей духовный труд — это украшение мусорной кучи взбитыми сливками. Сливки самые настоящие, но и они не в силах заглушить смрад отбросов». Духовные переживания — именно их Хофман называет «взбитыми сливками» — не так уж ценны сами по себе и могут ввести в заблуждение, если венчают гору неочищенной структуры эго. Внешне все выглядит благопристойно, но отсутствие столь же аппетитной начинки рано или поздно обнаружится. Начинка же готовится в процессе упорной практики. Энергетическое укрепление тела допускает больший приток преображающих сил и уравновешенность эмоциональной структуры, что позволяет сберегать устойчивость даже при усиливающейся эмоциональной нагрузке, которую непременно вызывает процесс очищения.

> *Что я считаю действительно важным, так это необходимость научиться быть постоянно бодрствующим — настолько, насколько это возможно.*
>
> **Йоко Бек**

«Задача духовного пути, — поясняет Левеллин Воэн-Ли, — научиться обращаться с мистическими переживаниями так, чтобы они не выводили из равновесия, поскольку переживания эти нередко очень мощны». В отсутствие матрицы, способной вместить возникающие мистические переживания, случается обычно одно из трех: человек либо переносит духовный кризис, либо неверно толкует испытанное, вследствие чего его самомнение раздувается, либо вообще не претерпевает какой-либо трансформации. Позже мы обсудим каждую эту возможность подробнее.

Древние мастера дзэн говорили, что не просветленность определяет характер человека, а наоборот. Образованная за время многолетней духовной практики надежная матрица формирует, видоизменяет и шлифует личность таким образом, что черты ее индивидуальности становятся изящным сосудом для хранения энергии просветления.

Матрица — это сосуд, где сберегается энергия пробуждения, Бога, или Истины, а духовная практика — средство, с чьей помощью этот сосуд промывают (очищают) и готовят принять содержимое. Духовный искатель, который не проводит надлежащей подготовительной работы, приглашает Бога в неприбранный дом, недостойный столь почетного гостя. Левеллин Воэн-Ли развивает эту мысль:

> *Нужно создать внутри себя вместилище для мистических переживаний. Многие из нас захламлены проблемами, горечью неудач, комплексом неполноценности; с возрастом объемы этого мусора увеличиваются, он заполняет все свободное прос-*

транство. Душу можно сравнить с домом: если жилище доверху забито вещами, то явившаяся энергия Высшего Я будет биться о стесняющую его мебель и вызовет настоящий хаос. Человек не сможет ее удержать, она будет причинять слишком много неудобств. Я встречал немало людей, которым негде было хранить свои переживания, и в результате они очень страдали.

Говорят, что тот, кто увидит Бога во всем его величии, просто погибнет от благоговения. Именно с такими опасными энергиями играют простодушные духовные искатели. Без соответствующей подготовки они могут оказаться в обстоятельствах, с которыми не в силах будут справиться. Духовная практика выстраивает новую совокупность привычек — уже осознаваемых, осмысленных, — которые замещают прежние невротические привычки и способствуют сбережению и поглощению высших энергий.

Такие моменты пробуждения бывают у многих, но многие ли готовы быть усердными, дисциплинированными, работать над собой... чтобы естественным образом, говоря словами брата Лоуренса, «быть способным жить в присутствии Бога».

Левеллин Воэн-Ли

Матрица не просто полезна для практического использования мистических переживаний; в некоторых случаях отсутствие матрицы причиняет серьезный вред. «Иные люди с самого раннего возраста испытывают поразительные переживания, — поясняет Джоан Галифакс, — но недостаток эмоциональной зрелости не позволяет их удержать, поскольку структура мышления остается слишком жесткой. Привычки так сильны, что сберечь яркость видений очень тяжело. Таким образом, для многих эти явления становятся началом падения, сопровождающегося самоосуждением, ощущением своей странности, разочарованиями, ощущением предательства и прочими подобными переживаниями».

Воэн-Ли утверждает, что поток духовной энергии, который подчас совершенно неожиданно захлестывает начинающих учеников и тех, кто проводит эксперименты с наркотическими веществами либо становится жертвой несчастного случая, вибрирует на такой высокой частоте, что неподготовленное тело и мышление не способны одновременно сохранять и обычное, и расширенное сознание.

Нишапурские суфии — течение, к которому относит себя Воэн-Ли, — так остро понимали необходимость крепкой матрицы, позволяющей сознательно удерживать мистические переживания, что на протяжении долгих столетий разрабатывали особые средства такого преобразования этих переживаний, чтобы человек даже не догадывался, что они у него случались. Суфии знали, что у новичка не может быть той ясности и глубины сознания, какая необходима для правильного обращения с подобными переживаниями.

Достижение целостности происходит через испытание и прочувствование опыта, а не его осмысление. Судить о той степени, в которой вы осмыслили и впитали свой опыт, можно по конкретным примерам из повседневной жизни.

Мари-Пьер Шеврье

Помимо прочего, матрица позволяет духовным переживаниям оказывать продолжительное трансформирующее воздействие. Без такой матрицы переживания либо уходят в подсознание и забываются, либо пылятся на полке трофеев эго, не вызывая каких-либо устойчивых изменений личности.

Джек Корнфилд разделяет характерное для многих учителей мнение о том, что устойчивая трансформация требует таких усилий и объемов времени, какие большинство начинающих духовных учеников просто не в силах вообразить. Во всяком случае, для серьезных перемен нужно нечто большее, чем парочка пьянящих переживаний.

Благодаря изучению буддизма и многолетнему преподаванию его традиционных взглядов, мне стало ясно, что люди недооценивают глубину перемен, необходимых для полного духовного преображения. Настоящая свобода требует широкомасштабной точки зрения — той, которую учителя дзэн называют «вечным разумом». Да, само пробуждение занимает считанные мгновения, но для того, чтобы жить им, сделать его вечным, могут понадобиться месяцы, годы, порой целая жизнь. Наклонности и привычки так глубоко впитываются в наши души, что даже самые притягательные видения почти не меняют жизнь человека. [14]

Новички чаще всего попадают в одну и ту же ловушку: мечтая о свободе и пробуждении, они не желают трудиться и строить хранилище для просветления. «Людям свойственно дурное упрямство, — отмечает Мари-Пьер Шеврье. — Они слишком торопятся и упускают множество важных этапов процесса». Под процессом она понимает духовный *труд*, духовную *практику*, а не развлечения с духовным совершенством, которое никогда не дается легко. За настоящую трансформацию приходится платить высокую цену, и лишь тот, кто платит ее сполна, получает качественный товар.

Интеграция

Интеграция — это постепенное поглощение духовных переживаний и энергий, которое ведет к трансформации. Мышление может погружаться в просветленные состояния и покидать их, но вечное пробуждение таится внутри и выражает себя посредством тела. *Садхана* выстраивает матрицу, которая способна удержать переживания и энергии, а после впитать их и вызвать подлинное преображение, а не просто усилить склонность к самомнению и выгодным для эго толкованиям. Воэн-Ли полагает, что без интеграции переживания никогда не приносят плодов: «Они по-прежнему парят где-то там, среди облаков, никогда не приближаются к земле и никак не влияют на обычную жизнь человека».

> *Если взглянуть совсем уж беспристрастно, духовный путь скорее практический, чем эзотерический.*
> **Ли Лозовик**

Интеграция — не короткое событие, как многие считают, а длительный процесс. По правде говоря, многие либо вообще не сознают, либо предпочитают не обращать внимания на необходимость интеграции, хотя она рано или поздно происходит сама собой. Человек поспешно делает шаг от ощущения просветленности прямо к преподаванию и обращению в свою веру, не сознавая, однако, того, что испытанное им еще не срослось с душой, не пустило ростков и корней.

Капло-роси считает, что до тех пор, пока «ощущения пробужденности не стали частью повседневной жизни, когда человек живет в строгом соответствии со своими прозрениями, нельзя говорить о настоящем просветлении» [15]. Он сравнивает это с чувством голода: чтением книг о вкусной и здоровой пище желудок не наполнишь, а еда усваивается лишь после того, как ее кладут в рот, пережевывают, проглатывают и переваривают. Сходным образом, подлинная трансформация наступает лишь после того, как просветленность становится неразрывной частью человеческой жизни [16].

Мой примерный критерий таков: в тот день, когда человек научится производить духовные экскременты, он станет разумен, ибо тогда он отбросит все ненужное на пути к духовному.

Дэниэл Моран

Воэн-Ли рассказывает о суфийском учителе Бхаи Саибе, который без труда мог вызвать у других мистические переживания, но делал это очень редко. «Зачем? — говорил он. — Стоит им расстаться со мной, как эти ощущения исчезнут». Одних только переживаний еще не достаточно. Для того чтобы слиться с дарами богов, нужны время и усилия.

Ли Лозовик горячо отстаивает необходимость интегрировать переживания с самой жизнью — в частности, по той причине, что наш мир движется к потенциальной гибели. Лозовик поясняет, что мощные мистические состояния почти всегда вызывают желание погрузиться в них без остатка и забыть обо всем прочем; главная же задача сводится к продолжению участия в жизни этого мира, что достигается трудом — совершенно обычной, заурядной работой.

Именно потому, что мистические переживания так засасывают, я всем и каждому твержу: «Продолжайте работать». Делай что угодно — пропалывай грядки, готовь еду, сиди в конторе, — главное продолжать действовать. Основная цель — не заблудиться в переживаниях, а добиться того, чтобы очищающая сила тех энергий, что вызывают блаженство, мистические взлеты и чудесные картины, повлияла на твою обыденную жизнь тут, в этом мире, среди людей. Цель — во взаимоотношениях, и не только с окружающими, но и со всем миром: ты должен перестать вносить свой вклад в уничтожение девственных лесов и коренных народов, в подавление Западом исконных культур. Мудрость такого очищения кроется в том, что ты углубляешь свои отношения не только с близкими — женой, мужем и детьми, — а со всем миром в целом.

Достижение различения

Благодаря *садхане*, матрице и процессу интеграции у человека развивается все более острое умение отличать подлинные мысли и переживания от эгоистических, способность испытывать мистические переживания, не позволяя себе затеряться в них, честность перед собой, откровенный взгляд на самого себя, других учеников и учителей.

> *Я вовсе не одарен больше других. Я только лишь более любопытен, чем средний человек, и никогда не брошу заниматься той или иной проблемой, пока не найду удовлетворительного решения.*
>
> Альберт Эйнштейн

«Человек, стремящийся к просветлению, должен хотеть и уметь различать, — настаивает Эндрю Коэн. — Без различения, ясного, незамутненного и непротиворечивого понимания пробуждения не достичь» [17].

Различение — не линейный процесс; к тому же оно не опирается исключительно на интеллектуальные способности. Когда дело касается духовных учителей, многие весьма разумные люди проявляют поразительную неразборчивость. За редчайшими исключениями, дар различения развивается длительно, на протяжении многолетней духовной практики, путем бесчисленных проб и ошибок.

Клаудио Наранхо отмечает:

Не следует ожидать, что дар различения проявится сам собой. Различение возникает благодаря долгим самонаблюдениям, размышлениям о собственном существовании, честному анализу своих переживаний и — если живешь в духовном сообществе — откровенным отношениям с окружающими.

Различение развивается со временем, но определяет его, конечно, не только стаж занятий. Многие ученики и наставники, отдавшие всю жизнь духовному пути, до сих пор не в состоянии ясно видеть собственные недостатки, находить настоящих учителей — и даже разобраться, насколько они сами хороши в роли учителя! Для того чтобы понять тонкую разницу между законченным цинизмом и невежественным простодушием, нужно немало потрудиться. Для этого необходимо подвергать себя самым разнообразным испытаниям: во всей полноте пользоваться силой мышления, идти на риск, полагаться на ненадежные обстоятельства духовной жизни и жизни в целом. Но люди склонны искать легкие пути, а откровенность перед собой требует больших усилий. Однако дар различения обретает лишь тот, кто упорно занимается самонаблюдением, подвергает все сомнению и безжалостно честен перед самим собой.

Здоровый скептицизм

Различение зарождается благодаря здоровому скептицизму по отношению не только к себе, но и к духовным учителям, мистическим переживаниям, собственным представлениям о подлинном смысле духовного пути и «движения» по нему. Скептицизм принято считать едва ли не бранным словом; скептиками называют тех, кто сомневается, когда следует верить, и ведет себе с подозрительностью, когда нужна обычная откровенность. И многих людей действительно можно отнести к категории «праведных, богобоязненных скептиков»: они критикуют все без исключения стороны духовного пути, грозящие каким-то риском, поскольку больше всего боятся гибели своего эго. Но существует другой скептицизм, нужный и вполне оправданный, так как он порожден господством лжеучителей и коварным проникновением эго во все духовные сферы.

> *Серьезное внутреннее очищение захватывает эго. Оно, по существу, создает вокруг эго оболочку, не дающую ему пресытиться духовными переживаниями.*
>
> **Левеллин Воэн-Ли**

В «Путешествии без цели»* Трунгпа Ринпоче утверждает:

> *Следует поощрять постоянные сомнения. Нельзя не уделять внимания здравому смыслу — неотъемлемой грани потенциала любого ученика. Если бы ученикам запретили сомневаться, остались бы просто неисчислимые армии зомби...* [18]

---

* Книга намечена «Софией» к публикации в 2002 году. — *Прим. ред.*

Скептицизм особенно полезен для представителей Запада; им, вообще говоря, недостает разумного, критического подхода к духовности, и потому они становятся легкой добычей для собственного эго и лишены сколько-либо выраженных способностей к различению. Эндрю Роулинсон очень тщательно формулирует важность здорового скептицизма, четко разделяя скептицизм высший и низший:

> *В буддизме различают два вида сомнений: глубокие и бессмысленные. Разница между ними описывается так: «Что, черт побери, происходит?» и «Я не понимаю, что происходит». Все основополагающие духовные принципы и суждения очень трудны для понимания; к этим категориям относятся убежденность и вера, преданность и дисциплина. И все такие идеи можно при желании превратить в банальность.*
>
> *Следует почаще задаваться вопросами: «Что такое вера?», «Что такое самоотверженность?». У других об этом не спросишь, но самого себя нужно спрашивать обязательно. Высший скептицизм — это защита. Я тоже прибегал к нему, и мой скепсис исчезал, как солнце в утреннем тумане. Я наблюдал, как он пропадает, и это было здорово, ведь, если скептицизм был и потом исчез, ты понимаешь, что имеешь дело с чем-то таким, что сильнее тебя, а не просто пожелал чего-то мощного и сам это создал.*

Если пристальное рассмотрение со скептической позиции доведено до конца и при этом удалось избежать ловушек страха и неверия, очевидное проявляется со всей несомненностью. В отсутствие скептицизма — особенно по отношению к самому себе — эго без труда обольщает нас своими соблазнами и уводят от ясного и честного взгляда на вещи.

Духовная *садхана*, создание матрицы и интеграция, наряду с усиливающейся способностью различать — вот факторы, позволяющие определить, как повлияют на личность мистические переживания и практики, укрепят они ее или ослабят. Все эти средства, однако, многократно усиливаются, если рядом есть духовный наставник. Учитель — это ключевой элемент формулы, хотя, разумеется, далеко не каждый учитель может оказаться настоящим и надежно уберечь ученика, ведь многие учителя, как и ученики, тоже опираются на ошибочные представления о своей просветленности и духовной жизни. Таким образом, в духовной работе чрезвычайно важно научиться отличать настоящих учителей от фальшивых. В следующей главе мы остановимся именно на этом непростом вопросе.

19

«НАСТОЯЩИЙ ОН УЧИТЕЛЬ ИЛИ НЕТ?»

Будду отделяет от демона лишь тонкий волосок.

Буддийское изречение

Настоящий учитель — лучший покровитель на духовном пути, самая надежная защита от всех опасностей самообмана, включая заблуждения в отношении собственной просветленности. Лжеучитель — самая страшная опасность; связаться с фальшивым учителем хуже, чем вообще его не иметь. Духовному искателю, чистосердечно мечтающему об осуществлении своего высшего потенциала уже в этой жизни, поневоле приходится столкнуться с двумя важными вопросами: во-первых, намерен ли он искать духовного наставника и, во-вторых, как найти настоящего учителя в огромной толпе самозванцев, шарлатанов и вполне благонамеренных, но заблуждающихся учителей.

Под словами «настоящий учитель» понимается тот, кто в состоянии действенно способствовать высочайшему преображению личности. Второй термин, «фальшивый учитель», указывает на того, кто не в силах это сделать и может даже существенно помешать дальнейшему развитию личности. Но этими категориями ряды учителей не исчерпываются. Среди них есть наставники, исходящие из самых благих побуждений, но просто не готовые к учительствованию; есть учителя одаренные, но морально испорченные, а также все мыслимые промежуточные вариации.

«Учитель придет, когда ученик готов» — гласит известная пословица. Однако это не означает, что в свой срок на пороге непременно покажется человек с фамилией на груди. Вообще говоря, усаживаться на крыльце вероятного ученика с яркой неоновой табличкой «Учитель» свойственно как раз лжеучителям, хищно рыскающим в поисках энергии и покорности. Больше того, если настоящий учитель все-таки появится, человеку нужно быстро его узнать, иначе тот столь же внезапно исчезнет из виду.

Тому, что я учу, есть две очень простые причины. Одна из них состоит в том, что я очень много страдала и учителя мне помогли. Вторая же в том, что я чувствую благодарность к тем, кто не пожалел времени на мое обучение, и из этой благодарности хочу передать то, что знаю, другим людям.

Джоан Галифакс

Дэниел Моран, помощник Арно Дежардена, гостил как-то у одного великого индийского учителя и наблюдал, как старшая ученица этого святого пишет в блокноте его имя; позже ему рассказали, что этим она занимается день и ночь напролет. Узнав об этом, Дэниел Моран воскликнул: «Да уж, когда попадет в рай, Господь сразу припомнит имя ее гуру!» Практика той женщины была безупречной; в данном случае, безгрешен был и ее наставник, тем не менее подобные обстоятельства могли бы причинить непоправимый вред, попади эта ученица к лжеучителю.

Комментируя эту мысль, Карл Юнг говорит:

Я не стану утверждать, будто настоящих пророков вообще не существует, но из осторожности сомневался бы в каждом конкретном случае — слишком уж серьезны последствия легкомысленного доверия к лжепророкам. Любой уважающий себя пророк мужественно борется с неосознанными притязаниями на роль пророка. Таким образом, если пророк появляется по первому же требованию, ему следует посоветовать хорошенько поразмыслить над вероятностью потери душевного равновесия. [19]

Лжеучителя неистовы. Сближаясь с учителем, следует вооружиться глубоким скептицизмом — особенно в свете того, что подавляющее большинство фальшивых учителей путешествует по одному и тому же современному маршруту гуру. Одновременно, впрочем, следует быть готовым к тому, что рядом с тобой — самый настоящий учитель, ведь перед ценностью такой находки бледнеет даже риск свернуть с пути под руководством лжеучителя и испытать позже глубочайшее разочарование.

Сложность вопроса

Как найти настоящего учителя и узнать его? Вопрос невероятно сложный, так как взаимоотношения человека с духовным учителем определяются не только возможностями его ума и тела, но и высшими силами — например, кармой. Арно Дежарден показывает запутанность этой проблемы, утверждая, что настоящего учителя может найти только настоящий ученик, а стать таким учеником очень трудно. Дежарден добавляет, что, если человек не может найти настоящего учителя, он еще просто не готов к учебе.

> *Для зрелого ученика, в сущности, не имеет значения, в полной ли мере пробужден его учитель.*
>
> **Георг Файерстайн**

Тем не менее нас призывают всеми силами развивать дар различения, который и в самом деле настоятельно необходим при поисках истинного учителя. Задача эта, однако, осложняется двумя принципиальными затруднениями.

Первое из них описывают Энтони, Эккер и Уилбер в сборнике «Духовный выбор»:

> *Человек, погруженный в обычное сознание, решительно не способен точно определить уровень подготовки любого наставника в области трансформации и высшего, пока сам не поднимется до равного им уровня. Эту дилемму в стиле «Уловки-22»* невозможно решить никакими «объективными» критериями оценки. [20]*

Как ни перефразируй эту мысль, проблема сводится к одному: просветленность выходит за рамки обыденного восприятия — как же тогда тому, кто остается в сфере привыч-

* «Уловка-22» — знаменитый сатирический роман американского писателя Джозефа Хеллера об американских летчиках во время Второй мировой. Суть понятия «уловки-22», давно ставшего популярным во всем мире, можно показать на следующем примере из этой книги:

Уволить из армии во время военных действий человека можно лишь в том случае, если он сумасшедший. Но он должен непременно сам заявить об этом. Однако «всякий, кто пытается уклониться от выполнения боевого долга, не является сумасшедшим» и признается симулянтом. Так что выхода просто нет. — Прим. ред.

ного восприятия, оценить «просветленного», который по определению пребывает вне этого контекста?

Психолог-трансперсонал Фрэнсис Воэн признает, что новичку чрезвычайно трудно определить уровень учителя:

Неопытному человеку со стороны очень сложно отличить настоящего духовного учителя от мошенника. Конечно, это по силам любому, кто развил путем духовной практики достаточную степень различения, но неопытный искатель, не имеющий никакой практической подготовки, едва ли сможет дать верную оценку духовному мастерству — точно так же как человек, далекий от науки, не в силах понять, правильно ли поставлен научный эксперимент. [21]

Второй фактор, затрудняющий поиски настоящего учителя, заключается в том, что эго он вовсе не нужен — и точка. Для него настоящий учитель — самый страшный враг, прямая угроза, которая рано или поздно одержит победу. Эго, напротив, требуется колоритный лжеучитель. Как стало ясно после разговора о круговой поруке, фальшивый учитель, в отличие от настоящего, постоянно тешит эго ученика, и оно (нередко прикрываясь личинами «внутреннего голоса» и «велений души») с благодарностью коронует неопытного наставника венцом настоящего учителя — а позже, когда лишается иллюзий вследствие какого-нибудь скандала и прочих очевидных свидетельств несостоятельности учителя, горько оплакивает свою несчастную судьбу.

Обычно люди не заботятся о том, чтобы отличить настоящего духовного учителя от шарлатана.
Георг Файерстайн

Когда человек тянется к учителю искренне, каждой клеточкой своей души, о помощи молит не эго, а глубинная, извечная тоска по Абсолютной Реальности. Рано или поздно такой человек обязательно найдет своего учителя. Когда же он мечется от одного наставника к другому, причиной является обычно внутренний раскол между подлинным желанием найти настоящего учителя и попытками эго избавиться от этой мечты.

***

Арно Дежарден: «Ученик ли я?» [22]

Редко встречаются не только истинные гуру, но и настоящие ученики. Раздумывая о гуру, следует одновременно поразмыслить и о том, какой ты ученик. Вопрос «Чего я вправе требовать от учителя?» неизбежно приводит к другому вопросу: «Чего учитель вправе требовать от меня?» Вопрос об учителе нельзя рассматривать в отрыве от вопроса об ученике.

> *Оценивая бриллиант, вы захотите посмотреть на него под разными углами.*
>
> Роберт Свобода

Чего же мы хотим от учителей? Оглядываясь назад, я прекрасно понимаю, что встретил Свами-джи [Свами Праджнянпад], только когда начал по-настоящему сознавать, чего жду от учителя; к тому времени я избавился от многих мечтаний и иллюзий. Возможно, в этом и заключается смысл известного изречения: «Учитель приходит, когда готов ученик». Почти на каждом выездном занятии мне говорят: «Ерунда это, ко мне учитель так и не пришел». Но я не настолько жесток, чтобы дать им правдивый ответ: «Скорее всего, вы просто еще не готовы».

На мой взгляд, гуру обязан уделять мне время: давать советы, хорошо меня узнать, проводить беседы наедине. Но имею ли я право этого требовать? Миллионы людей знают, что на свете есть гуру. Почему, спрашивается, незнакомый человек, который благодаря собственным усилиями и помощи своего наставника, вследствие личной кармы и целого ряда других обстоятельств разрешил свои фундаментальные проблемы и обрел свободу, — почему он вдруг должен отнестись ко мне по-особому? Кто я такой, чтобы требовать от судьбы невероятных привилегий? В жизни нет ничего, что давалось бы просто так, только потому, что ты того пожелал.

Если вопрос о гуру и остается без ответа — а такое бывает часто, — то только потому, что человек мало обдумывал вопрос об ученике. Сначала думай об ученике, а потом уже о гуру. Если ты еще не ученик, то как можешь надеяться найти гуру? К тому же нужно учесть и то, какой ты ученик, на какого гуру вправе рассчитывать и чего затем должен ожидать.

В целом, когда дело касается поисков учителя, западным людям очень не хватает разборчивости. Им нужен гуру подешевле; они мечтают купить настоящий изумруд за пару сотен франков. Но так не бывает. Лучший союзник повсеместной сонливости западного мира — неумение определять цену самого дорогого.

Отвращение к гуру и духовным авторитетам

Для того чтобы окончательно прояснить вопрос поиска учителя среди шарлатанов, следует разобраться в причинах современных тенденций питать отвращение ко всем без исключения учителям — того, что наше общество настроено против любых духовных авторитетов, а мы лично их просто побаиваемся.

Интересно, например, задаться вопросом о том, почему люди, не проявляющие никакого любопытства к духовной жизни, с нескрываемым удовольствием глумятся над всеми гуру и готовы разорвать на части любого, кто достиг — либо утверждает, будто достиг — более глубокого понимания истины, действительности и человеческой природы. Неужели сознание собственного невежества вселяет в нас такой страх и отвращение, что мы поневоле завидуем тем, кто претендует на знания, и нам неизменно становится лучше от попыток доказать, что они столь же неразумны, как и мы сами? Быть может, перспективы целостной, более правдивой жизни таят в себе угрозу потому, что нам просто не хочется расставаться с невежеством и мирным сном ради тягот духовной жизни? Возможно, духовные авторитеты выглядят такими пугающими потому, что в прошлых жизнях нас жестоко угнетали и мы поклялись никогда больше не допускать такой власти над собой? А может, единственные причины — иллюзия обособленности, страх смерти и

> *Есть две противоречащие друг другу вещи: желание отогнать прочь свои мысли и чувства по поводу окружающего и желание полностью положиться на свой здравый смысл, свои глубинные ощущения.*
>
> **Дэйнан Генри**

тот факт, что духовный труд покушается на ложную иллюзию самостоятельности и независимости нашего эго? Что, если на самом деле мы пытаемся отрицать грядущую смерть эго и именно потому боремся с теми, кто старается избавить нас от заблуждений?

Большая часть людей, противящихся духовным авторитетам и отрицающих важность учителей, никогда не задумывались над такими вопросами. Некоторые же так пострадали от лжеучителей, что, оберегая себя от возможных разочарований, дали зарок не связываться больше ни с одним из наставников.

В статье под названием «О духовных авторитетах» психолог и писатель Джон Велвуд подводит итог этой дилемме:

Презирать всех без исключения духовных учителей по той причине, что на свете есть шарлатаны и неопытные преподаватели, столь же неразумно, как отказываться от денежного обращения из-за существования поддельных банкнот. Злоупотребление властью едва ли может быть причиной отвращения к любым авторитетам, в том числе полезным, законным и правомочным. Возможно, в нашу эпоху — эру культурных переворотов, упадка нравственности, неустойчивости института брака и всеобщего хаоса — великие духовные учителя являются самым драгоценным достоянием человечества. Стирание важных различий между настоящими и фальшивыми учителями лишь усилит царящую в наше время сумятицу, задержит рост и преобразования, необходимые человечеству для выживания и процветания. [23]

Искаженное общественное мнение вызвано и поддерживается поведением лжеучителей, но только настоящие учителя способны, в свою очередь, подготовить новых безупречных учителей и превратить своих учеников в яркие образчики целостности, затмевающей дурные примеры.

Выбор критериев

Конкретных и точных критериев оценки мастерства учителя довольно мало, но они очень полезны. Как уже упоминалось, очевидным ограничением, затрудняющим применение любых критериев, служит тот факт, что обычному сознанию трудно оценивать того, кто по определению пребывает за рамками такого сознания. Представим для примера, что бейсбольного судью, в глаза не видевшего футбол, приглашают проводить матчи чемпионата мира.

Откликаясь на многочисленные скандалы и усилившееся в последние годы общественное предубеждение, немало уважаемых учреждений и отдельных людей попытались составить список критериев оценки духовных учителей. Им удалось отметить множество ценных особенностей, но, если в определении уровня духовного мастерства жестко следовать определенному набору критериев, каким бы проработанным он ни был, мы рискуем не оценить по заслугам некоторых великих учителей нашего времени, если те вдруг не впишутся в очерченную выбранными параметрами область.

Духовное мастерство выходит за пределы изощренности эго, а критерии, чаще всего применяемые для оценки духовных учителей, по самой своей природе чрезвычайно консервативны. Они разработаны для духовных искателей, которые надеются полностью избежать любой угрозы безнравственности со стороны учителя, предохранить себя от каких-либо социально недопустимых приемов, с чьей помощью учитель может попытаться противодействовать их эго. Однако подлинный духовный труд не бывает совершенно безопасным. Он, напротив, очень опасен, и потому никогда не сможет соответствовать стандартам обычного, линейного мышления.

«Нельзя написать кодекс, определяющий настоящего учителя, — утверждает Клаудио Наранхо. — Можно лишь указать на неподдающиеся измерениям внутренние реалии. Так или иначе, субъективные оценки неизбежны. И вопросы нужно задавать вот какие: “Связан ли этот человек с божественным уровнем?”, “Связан он с божественным или духовным уровнем?”, “В чем его изъяны?”, “Что есть у него, кроме духовного дара?”. Но все это можно увидеть только субъективно. Компьютер тут не поможет».

Чарлз Тарт полагает, что даже если кому-то удастся сформулировать критерии просветленности, те совсем не обязательно окажутся пригодными для оценки уровня духовного учительствования:

Я вполне допускаю, что просветленный не всегда может стать хорошим учителем. В институтах все мы сталкивались с преподавателями, которых считали одаренными, однако студенты их не понимали. Возможно, в своей области они действительно были талантливы, но их трудно назвать хорошими преподавателями.

В чем же критерии?

Существующие критерии спорны, но могут, тем не менее, принести немалую пользу. Духовная жизнь полна парадоксов и неожиданностей. Те самые учителя, что подвергают сомнениям действенность любых критериев, из сострадания и глубокого понимания горького положения человека всеми силами стараются помочь духовным искателям, подсказать им, куда смотреть, на что обращать внимание и, главное, *как* смотреть, когда раздумываешь, сближаться ли с тем или иным учителем.

Большинство людей, ищущих учителя, надеются «увидеть» доказательства его просветленности. Но это очень зыбкая почва, что объясняется тремя причинами: во-первых, мы не знаем, что такое просветление вообще, и потому едва ли представляем, как оно должно выглядеть со стороны (чаще всего, оно, напротив, не соответствует нашим представлениям); во-вторых, многие уважаемые учителя не считают просветленность необходимым условием действенного преподавания, и позже мы поговорим об этом мнении подробнее; в-третьих, как отмечает Тарт, просветленная личность не всегда становится самым лучшим учителем.

Роберт Холл указывает ученикам другой путь поисков: жизнь учителя как свидетельство его просветленности. Он говорит, что жестких критериев оценки духовных учителей, разумеется, не существует, но потенциальным ученикам стоит достаточно долго наблюдать за учителем, чтобы убедиться, что он действительно живет, как говорит, и говорит, как живет.

Подлинные учителя выражают себя просветленными поступками, а не только просветленными речами. Впрочем, такие поступки далеко не всегда соответствуют нашим взглядам на просветленность. Приведем пример «сострадания» как одного из показательных качеств просветленности. Обычные люди полагают, будто сострадание должно выражаться излучаемой учителем любовью и блаженством, его жалостью к беднякам и повышенным вниманием к личным проблемам последователей. На деле, однако, сострадание может проявиться в том, что учитель сурово выговаривает ученику, поручает ему тяжелую физическую работу или на долгий срок лишает своего общества. Таким образом, сложность попыток разглядеть в поступках учителя знаки просветленности сводится к необходимости хорошо понимать, что именно видят твои глаза.

Когда Ли Лозовика спросили на лекции, как ученику отыскать настоящего учителя, он ответил:

Прежде всего, его вообще не стоит искать, если нет всепоглощающего желания вступить на духовный путь.

Не торопитесь сближаться с потенциальным кандидатом.

Посмотрите на других его учеников. Какие они, как он с ними обращается?

Третий критерий Лозовика, возможность посмотреть на учеников наставника, — бесценный совет, который многие искатели оставляют без внимания. Конечно, в этом тоже нужно соблюдать меру, так как на любой тропке духовного пути встречаются слепые фанатики и просто незрелые личности. О просветленности самого учителя судить невероятно трудно, но это не мешает увидеть итоги его работы, познакомившись и поговорив с его давними учениками. Учеников, разумеется, не проверяют на «просветленность», так что в их отношении полезно задаться такими, например, вопросами: есть ли у них те черты, которые меня привлекают? достаточно ли они зрелы? довольны ли они своим учителем? какие они — открытые и уравновешенные либо их привлекает только бессмысленный восторг и бездумное повторение банальных штампов?

Смирение — вот еще один критерий, который можно применять к учителям, но эта оценка тоже не должна быть поверхностной. Настоящий духовный учитель, устойчиво пребывающий в контексте просветления, скромен до такой степени, что уже не тревожится о своем положении и власти. И дело не в том, что сам он заявляет: «Мне все равно, учитель я или нет», а в том, действительно ли ему все равно.

В беседах с другими учителями можно встретить и прочие критерии оценки духовных учителей:

Филип Капло-роси: *В трактате «Важное в буддийской подготовке», который был написан еще в 1235 году, учитель дзэн Догэн утверждает, что гуру — это совершенно просветленная личность, живущая в соответствии с познанной истиной и получившая благословение от своего учителя. Если следовать этим критериям, то лишь немногих роси можно считать настоящими учителями.* [24]

Арно Дежарден: О критериях Дежардена рассказывает его помощник Жиль Фарсе: *Арно говорит, что для того, чтобы учить, нужно, вообще говоря, освободиться от четырех основных страстей: деньги, секс, власть и слава. Свобода от секса или денег не означает полного воздержания или нищеты; просто этим человека уже не отвлечь, то есть нет никакого риска, что эти страсти повлияют на его способность служить или помешают обучать.*

Мел Вайтзмэн: *Точного списка требований не существует, но я составил приблизительный и, разумеется, субъективный перечень критериев, необходимых для передачи дхармы. В него входят хорошее понимание, педагогическая одаренность, сознание того, что следует служить* сангхе, *не возвышать самого себя, не пытаться достичь корыстных целей и не делать ничего, что нужно только тебе самому, — и, конечно, честность.*

Чогьям Трунгпа Ринпоче: *Искать хорошего учителя — не коня выбирать. Все сводится к взаимоотношениям. Если тебе подходит стиль речи учителя, если он тебе по душе, если его слова вызывают особое состояние ума, а он понимает твой склад мышления, это вполне подходящий учитель. От учителя должно исходить ощущение ясности, какой-то тонкой связи с тобой. Типы мышления и общий стиль должны быть сходными.* [25]

Эндрю Коэн: *Человек должен убедить тебя, что олицетворяет твои мечты. Тщательно все взвесив, ты можешь прийти к заключению, что в нем уже нет внутренней борьбы над нечистыми помыслами, то есть для него естественно руководствоваться только чистыми побуждениями.*

Георг Файерстайн: *Учитывая, что наша оценка учителя всегда субъективна, так как мы еще не достигли его уровня духовных свершений, существует по крайней мере один важный критерий поиска гуру: искренне ли он стремится к личностному и духовному росту учеников либо явно и неявно задерживает их зрелость?* [26]

Фрэнсис Воэн: *Для того чтобы осознанно выбрать учителя или учебную группу, следует задать себе несколько вопросов: «Что привлекает меня в этом человеке? Власть? Колоритность? Сообразительность? Достижения? Очарование? Его взгляды? Что я испытываю, страх или любовь? Какова моя первая реакция — физическое возбуждение, эмоциональное, интеллектуальное или просто интуитивный отклик? Что может заставить меня верить ему больше, чем самому себе? Возможно, мне просто нужен опекун, который избавил бы от ответственности? Может, мне нужны товарищи, в чьем обществе я почувствую себя своим, смогу ощутить заботу взамен за исполнение указаний? Что я потеряю, если присоединюсь к этому человеку? Я тянусь к тому, чего мне действительно хочется, или просто убегаю от текущих обстоятельств своей жизни?* [27]

Харизма — не признак просветленности

Рассуждая о разнообразных критериях, некоторые учителя уделили внимание вопросу притягательности личности как характерной черты пробуждения. Якусё Квонг-роси встречался с Далай-Ламой, когда Его Святейшество говорил о личной харизме:

Я участвовал в первой встрече Его Святейшества Далай-Ламы с западными учителями буддизма. Он говорил, что харизму не следует считать обязательной добродетелью учителя — или так называемого «учителя», — поскольку она обманчива и многих очаровывает. В буддизме притягательность личности не считается духовным качеством, духовной добродетелью, но людей Запада она все равно привлекает. Далай-Лама заговорил на эту тему по той причине, что в то время как раз случилось несколько громких скандалов со лжеучителями.

Хотя многие великие учителя обладали огромным обаянием, это, скорее, побочное следствие их проницательности, а не признак просветленности. Не меньшее число великих учителей лишено этого качества. Харизматичность очень соблазнительна. Притягательность личности так подкупает, что мы нередко оказываемся у человека в полной власти, не успев сообразить, что произошло. Не стоит, однако, полагать, будто харизматический человек — непременно высокодуховный, не говоря уже о просветленности.

***

Арно Дежарден: «Настоящий учитель неизменно излучает любовь».

Путешествуя по индийским Гималаям, я встречался не только с самыми прославленными учителями, но и с менее знаменитыми, порой даже совсем не известными. Некоторые были, без сомнений, настоящими мастерами и не разочаровывали меня год за годом. В других случаях сразу чувствовалось: что-то не так, какие-то следы эго еще сохранились. И свидетельства испорченности не заставляли себя ждать, что очень расстраивало многих учеников.

Мне повезло — я не пострадал от обмана лжеучителей даже в те годы, когда был юн, неопытен и мечтателен. Рядом с настоящим учителем всегда ощущаешь его любовь. Он очень много дает, он служит всем вокруг. Его окружает сияние. Чувствуете эту любовь, это сострадание? Ее излучают все настоящие учителя. Это можно назвать «неотъемлемой добротой».

Можно задаваться вопросом: «Как ведет себя так называемый учитель со своими последователями?» Но есть и другой вопрос: «Как он относится к самым обычным людям — к уборщице в его ашраме, к рабочему, который пришел замазать дыру в стене?» Я видел одного тибетского гуру, который глядел на таких людей с потрясающей, невыразимой любовью. Это очень хороший способ оценить разницу между учителями.

Нужно ли быть просветленным, чтобы учить?

Многие полагают, будто основное требование к великому духовному учителю — просветленность, но глубокие размышления показывают, что это вовсе не обязательно. Джудит Лейф говорит, что в ее официальной линии преемственности, к которой относится Трунгпа Ринпоче, никто не считал себя просветленным. В этой школе было множество выдающихся учителей и наставников, но педагогические способности измерялись отнюдь не глубиной «просветления»:

Насколько мне известно, в нашей школе никто не объявлял себя просветленным. И не стоит предполагать, что ты просветленный, если учишь других. Для того чтобы помочь людям на пути, совсем не обязательно самому быть просветленным. Нужно кое-что иное: достаточно долго заниматься и учиться. Нужно быть взрослым, иметь большой опыт практики и теоретические знания, быть преданным делу. Остальными важными качествами являются искренность, понимание и умение по-настоящему ревностно исполнять правила школы, не искажать ее учение собственными взглядами, то есть воспринимать его не поверхностно, а душой.

Когда Чарлза Тарта спросили, нужно ли достичь просветления, чтобы учить других, он ответил: «Надеюсь, нет, потому что просветление — штука редкая, а учителей нужно много. Мне хотелось бы, чтобы в достатке было даже частично просветленных наставников. Я убежден, что они очень нужны».

Опираясь на замечания и личный опыт всех этих учителей, можно прийти к выводу, что человек способен действенно исполнять роль наставника — разумеется, в благоприятных условиях и, желательно, с одобрения своего учителя, — в том случае, когда его умение быть посредником в передаче учения перевешивает возможные недостатки, то есть когда он может служить достаточно чистым каналом выражения учения и существенно помочь тем, кто рядом.

Итак, чтобы учить, не обязательно быть просветленным. Верно и обратное: просветленный не обязан учить. Ли Лозовик говорил своим ученикам, что если все они окончательно пробудятся, то лишь один-два члена группы, возможно, возьмутся за преподавание, а остальные продолжат вести прежний образ жизни и работать на старых местах, хотя эта обыденная жизнь будет уже восприниматься с просветленной точки зрения.

«Когда сам еще не достиг просветления, — говорит Лозовик, — учишь тому, что знаешь, — вот и все. И если делаешь это искренне и честно, то можешь быть таким же достоверным источником, как и другие учителя». Он постоянно напоминает, что в большинстве случаев чему-то научить можно, лишь когда преподаватель поддерживает тесную и неразрывную связь с истинным учителем:

> *Если человек связан с просветленной личностью и верен этим отношениям, отдать свою жизнь ему — все равно что довериться самому просветленному. Но такая связь совершенно необходима.*

Хотя человек вполне способен действенно исполнять роль наставника, если руководствуется в преподавании принципами своего учителя и традиции, большая часть учителей единодушно признает разницу между обучением у человека, который кое-что знает, и пребыванием непосредственно под началом просветленного Учителя, Гуру, которому можно без риска отдать себя целиком.

Можно ли чему-то научиться у лжеучителя?

Вопрос о связи просветленности и преподавания имеет и обратную сторону: может ли настоящий ученик получить пользу от обучения у лжеучителя? Вообще говоря, на него следует дать утвердительный ответ. Настоящий ученик действительно может кое-чему научиться даже у фальшивого учителя, а объяснение кроется в самом понятии «настоящий», или «хороший» ученик. Достаточно широкий слой учеников — люди искренние и, в целом, стремящиеся учиться на личном опыте, а также совершенно безукоризненные с точки зрения чистоты намерений и готовности сделать все, чтобы достичь поставленной цели.

«Если хочешь научиться играть на пианино, — говорит Роберт Эннис, — не обязательно учиться у Рахманинова. Можно найти другого одаренного пианиста, который со временем поднимется до уровня Рахманинова. Этого тоже вполне достаточно».

Хильда Карлтон, учитель из Манхэттена, которая стала известной на гребне всплеска духовного преподавания в США, любила рассказывать, что когда-то начала свою подготовку у откровенного шарлатана, хотя в то время свято верила, что он — настоящий учитель. Человек ей попался жестокий и грубый, нередко говорил ей совершенно ужасные вещи, но она не чувствовала себя оскорбленной и униженной, а, напротив, приходила в восторг от того, что гуру обратил на нее внимание. Благодаря чистоте намерений она довольно скоро нашла других наставников, которые смогли принести ей истинную пользу.

Настоящий ученик в состоянии многому научиться даже у лжеучителя, но можно утверждать и другое: потребности ученика делают учителя сильнее. Подчас ученик силой своих надежд извлекает из наставника дремлющие таланты и способности. Лозовик пересказывает историю Ричарда Бейкера, американского учителя дзэн, который много лет учился в Японии. В свое время Бейкер стал учеником не то чтобы фальшивого, а просто не очень развитого учителя. Встретив наставника более перспективного, Бейкер решил перейти к нему, но столкнулся с осуждением. Ему объяснили, что в японской культуре подобные поступки неэтичны: если ты — способный ученик слабого наставника, останься с ним, чтобы он стал сильнее.

Та же мысль прослеживается в известной индийской притче об учителе, который прогнал своего ученика. Ученик нашел в лесу камень, сделал из него жертвенник и поклонялся камню как своему учителю, пока не достиг освобождения. Настоящий ученик сумеет воспользоваться любыми обстоятельствами, потому что чистота помыслов непременно укажет ему верный путь.

Доверьтесь себе

Все настоящие учителя говорят, что ученик должен глубоко размышлять о самом себе, своих побуждениях и помыслах. Это относится и к вопросу поиска духовного учителя, и ко всем прочим граням духовной жизни. В то же время ученик должен доверять себе; у него просто нет иного выбора. Мы нередко сами способны ощутить разницу между настоящим учителем и тем, кто не принесет нам никакой пользы, но на пути такого ясного восприятия стеной возвышаются психологические трудности и потакание эгоистическим потребностям. Нам часто просто не хочется замечать очевидное, не хватает сил справиться с собственным пониманием.

В целом, непросветленный не в силах оценивать чужую просветленность — но это все-таки приходится делать. Нельзя дать непогрешимую оценку, но чистота собственных намерений и честный самоанализ могут сделать догадку достаточно вероятной. Окончательной формулы, точной меры действительно не существует. На каждой развилке пути нас подкарауливают коварные ловушки. Однако в конечном счете любой из нас вправе рискнуть.

ЧАСТЬ ПЯТАЯ

КРУШЕНИЕ ИЛЛЮЗИЙ, СМИРЕНИЕ И НАЧАЛО ДУХОВНОЙ ЖИЗНИ

Мы намеренно тянемся к тому, что полагаем духовным, слишком часто упуская из виду подлинно Реальное. Настоящие таинства жизни разворачиваются столь неприметно, с таким простым и уверенным изяществом, с таким честным приятием нашего воспитания, взросления, смерти и беспокойства мира, что лишенный воображения естественный человек, всей душой тоскующий по чудесному, редко испытывает потрясение от этих повседневных и лучезарных проявлений бесконечной мудрости и любви. Однако откровения эти низвергаются на нас нескончаемо, просто жесткий покров поверхностного сознания отгораживает его от обычного зрения. [1]

Эвелин Андерхилл

Подлинно духовная жизнь — тайна, известная лишь немногим. Она мало соответствует нашим представлениям о духовности, мечтам о просветлении, надеждам на спасение. Свобода — это освобождение от иллюзий, а не горестей, страданий и человечности. По-настоящему духовная жизнь обещает исчезновение любых заблуждений и ошибочных мнений о том, что есть; это разоблачение истины, а просветление становится лишь его началом. В заключительной части книги мы рассмотрим духовную *садхану* как крушение иллюзий и убедимся, что в основе истинной духовной жизни лежит стремление стать по-настоящему целостным человеком.

20 КРУШЕНИЕ ИЛЛЮЗИЙ

Действительность жестока и настойчива; она каждую секунду бьет нас по голове.

Вернер Эрхард

Нельзя слишком долго жить в мире Бога, ведь там нет ни ресторанов, ни туалетов. [2]

Садзаки-роси

«В молодости я, как и всякий, мечтал о самадхи, — вспоминает Арно Дежарден. — Позже я понял, что самое важное — не взмыть как можно выше, а не опуститься слишком низко. Я перестал мечтать о возвышенных состояниях сознания и просто хотел не очень сильно погружаться в худшие внутренние состояния: злость, страх и прочие пороки».

Избавление от иллюзий — это воспитание скромности; человек понимает, что духовная жизнь совсем не такова, какой казалась вначале, а просветление — не то, что под ним принято понимать. Он сознает, что достижения его не так велики, как казалось, да и сам он — совсем не тот, кем себя считал. Крушение иллюзий — процесс не «вредный» и не «дурной»; это естественная и неизбежная сторона разрушения оплота эго.

Прежде всего нужно поверить в свой собственный путь и бороться, идя по нему. Вы будете умирать и воскресать, биться и терпеть поражения.

Гэри Мюллер

С определенной точки зрения, вся духовная жизнь представляет собой поступательное крушение иллюзий, и каждый лопнувший пузырек эго, каждое отброшенное заблуждение о природе просветленности, каждая выявленная претензия на просветленность — очередной шаг в этом процессе. Вообще говоря, любое соображение, которыми делятся в этой книге духовные учителя, можно назвать обрывочным описанием последствий крушения иллюзий. Тот, кто бесконечно часто лишался иллюзий на духовном пути, может считать себя счастливчиком, поскольку иначе он оставался бы узником нереального, жил бы и умер в тисках той самой иллюзии, которая наложила заклятье на весь спящий мир, включая его лжеучителей и псевдоучеников.

> *Путь этот таков, что с каждым шагом ты все больше становишься праведником, но в то же время все глубже понимаешь, какая ты свинья.*
>
> **Клаудио Наранхо**

Садхана крушения иллюзий — процесс неуклонного постижения того, что все не такое, каковым кажется. Это само по себе уже духовная практика. Все великие святые и учителя уходили вперед именно путем избавления от иллюзий. Говоря о нем, Рей Бредбери отмечает: «Первое, что понимаешь в этой жизни: ты — глупец. Последнее, что узнаешь: ты все такой же глупец. Иногда мне кажется, будто я все понял, но скоро я опять прихожу в себя» [3].

Обширные и утонченные труды Сан Хуана де ла Круса содержат, помимо прочего, немало мыслей, полезных для должной оценки крушения иллюзий. Его работа «Темная ночь души» включает несколько описаний медленного процесса шлифовки себя, открывающего все новые пласты иллюзий:

> *Одними и теми же ступенями мы восходим по лестнице и можем спуститься по ней; так же обстоит дело и с этим тайным созерцанием — те же прозрения, что заставляют душу возноситься к Господу, усмиряют ее в отношении самой себя. Ибо провозвестия, исходящие поистине от Господа, обладают тем свойством, что принижают душу и в то же время возвышают ее. На пути этом спускаться означает одновременно восходить, а подниматься — идти все ниже, ибо усмиряющий себя возвышается, а возносящийся исполняется смирением...* [4]

Настоящей духовной жизнью живут лишь редкие люди. Многие искатели истины полны искренности и честности, но то, чего требуют столкновения с собственным эго, часто превышает возможности и желания большинства. Лишение иллюзий — не тот род *садханы*, которой занимаются с обычной готовностью, кроме, разве что, тех случаев, когда к ней подталкивает необычайная сила внутренней убежденности. Однако те, кто не избавлялись от иллюзий, никогда не ощутят вкуса этой свободы, поскольку тяга к Реальности, Истине и Богу означает желание лишиться иллюзий — иного пути нет.

Вы поймете, что ваш духовный путь — совсем не то, чем он представлялся поначалу. С этим очень непросто свыкнуться.

Рам Дасс

***

Клаудио Наранхо: «Что мы оставляем позади»

Много лет назад я обменивался письмами с приятелем, который прошел почти такую же подготовку, что и я... Оглядываясь в прошлое, мы спрашивали друг друга: «Меньше ли ты страдаешь?» и в один голос отвечали: «На самом деле нет, страдаю я не меньше, чем прежде, просто отношение мое изменилось». «А как насчет добродетелей? Чувствуешь ли ты себя праведнее, чем раньше?» — «Нет, ни в коей мере!» — «Я тоже...» — «Что скажешь о своих переживаниях? Они стали богаче, глубже?» — «Нет, скорее наоборот. В самом начале все казалось более ярким». Мы так и не смогли найти ни одного конкретного примера улучшений, но заканчивали словами: «И все равно мне кажется, что я прошел большой путь». Мы единодушно признавали, что развитие есть, но не могли назвать чего-то определенного. Ощущение движения вперед опиралось, прежде всего, на сознание того, сколько оставлено позади. [5]

Срывая маски

Духовное развитие — это в буквальном смысле сдирание пластов фальши и иллюзий, которые покрывают, искажают и прячут от глаз глубинное понимание. Истина и Бог — не где-то извне, а внутри нас, под покровами заблуждений. Хотя одни стороны этого процесса могут напоминать чувственное раздевание, другие переживаются буквально как постепенное, слой за слоем, срывание телесной плоти. В этом саморазоблачении заключается горькая сладость реалий духовной жизни — она нередко мучительна и болезненна, но, как говорит Трунгпа Ринпоче, «это путь».

Что же сдирается? Пышные одеяния эго: гордость, тщеславие, самообман, путаница в мыслях. В «Стихах о разбитом сердце» Ли Лозовик рассказывает о своем духовном наставнике, йоге Рамшураткумаре:

Он уничтожал тебя, когда ты допускал это, а порой и без твоего ведома. Что именно он уничтожал? Заблуждения. Эго. Жалость к себе. Слепоту. Самолюбие. Жестокость. Жадность. И так далее, и тому подобное. [6]

Хотя срывается и отбрасывается та самая ложь и фальшь, в которой коренятся наши страдания, этому процессу сопротивляются даже самые искренние духовные искатели. Как поясняет Левеллин Воэн-Ли, эго не желает терять независимость:

Большинство людей сторонятся духовной работы, так как избегают медленного процесса унижения. Это очень неприятно, ужасно мучительно. Мучения духовного пути объясняются тем, что эго теряет веру в свою самостоятельность, в свое главенствующее положение, в само свое существование.

Есть такое мнение, что благодаря духовной жизни человек будет чаще переживать приятное и реже неприятное. Все дело в том, как человек ведет себя при таких переживаниях.

Анник д'Астье

Боль ощущается при разрыве и обнажении вызывающих иллюзию защиты слоев эго — пластов, которые оберегали душу на протяжении многих жизней и, естественно, легко не сдаются. В своей книге «Преодоление духовного материализма» Трунгпа Ринпоче говорит, что на духовном пути нужно быть готовым к полному разоблачению:

Вступая на духовный путь, следует знать, что он приносит боль, и быть готовым к этому. Ты добровольно идешь на муки самообнажения, срывания всех покровов, оголения кожи, нервов, сердца, мозга — пока не встанешь перед миром в полной наготе. Ничего на тебе не останется. [7]

Эго нужно стереть в порошок. Для того чтобы процесс трансформации проник в глубины физического тела и тонких тел, в саму душу, броня эго, оберегавшая прежде от всего угрожающего, должна пойти трещинами, иначе ученик останется «непригодным для обработки» куском гранита, тогда как ему следует стать податливой глиной в искусных руках духовного учителя.

Мы должны быть благодарны за то, что живем в мире сансары и можем сами пролагать свой путь, за то, что мы не стерильны, не выхолощены до предела, что некий компьютер не решает за нас все. В нашей жизни по-прежнему всегда находится место болезненному приобретению опыта.

Чогьям Трунгпа

Учитывая все, что сопутствует обнажению, не удивительно, что это пугает даже ревностных духовных учеников, хотя они и сознают его неминуемость. Однако Ли Лозовик, как и все великие учителя прошлого и будущего, утверждает, что результат, «безусловно, того стоит».

Стоит ли вековечная цель единения с Богом — а мы вправе назвать его окончательным избавлением от иллюзии обособленности — полного отказа, забвения всего, что сейчас знаешь, чувствуешь, думаешь и предполагаешь? Да — и не просто «да», а «конечно да!». А какой есть выбор? [8]

«Вопрос остается прежним, — отмечает Арно Дежарден. — Эго или Бог?»

Путь страдания

Санскритское слово *саха* означает «терпеть, выносить; безропотно сносить тяготы» [9]. Крушение иллюзий проходит подчас очень болезненно. Подлинная духовная жизнь никогда не была и едва ли когда-то станет достаточно привлекательной, так как большая часть людей не испытывает желания переносить неизбежную боль.

Регги Рей говорит, что, когда он впервые услышал своего учителя, Трунгпа Ринпоче, тот говорил именно о страданиях. «Он был первым, кто открыто признавал, насколько скверно в действительности обстоят дела, и я подумал: "Вот оно! Вот чего я хочу! Я хочу разобраться, что же происходит и в чем причины"». По словам Рея, в их традиции огромнейшее внимание уделялось первой благородной истине Будды — утверждению о том, что жизнь есть страдание, и не потому, что всем нравится страдать, а по той причине, что страдания — неотъемлемая сторона жизни.

«Тебе больно — это лопается скорлупа, окутывающая знание», — пишет Калил Джебран. Вполне понятно, что муки — естественный аспект духовного процесса, а умышленное погружение в страдания — путь к глубокому постижению действительности, и потому боли порой даже добиваются.

Бывает, что человек всегда считает кого-то более пробужденным, чем он сам. Лично я всегда преисполняюсь благодарности, когда мне дают понять, каким я был мужланом, ведь тем самым я получаю возможность больше себя так не вести.

Роберт Эннис

В своих трудах Сан Хуан де ла Крус красноречиво описывает, что после того, как ученик ощутил сладость и удовольствие созерцания и молитвы, несколько укрепил свою связь с Богом, «Господь желает увести его еще далее, где общение с Ним станет более насыщенным». Он говорит, что, когда человек переживает острейшее наслаждение и начинает верить, что «светило Божественной благосклонности озаряет его все ярче», Господь вновь отбрасывает его во тьму и запирает врата «источника сладких духовных вод, которой они утоляли жажду Господа, когда только желали и сколько желали».

> *Ибо, как я уже говорил, Господь зрит уже, что они немного выросли и достаточно окрепли, чтобы можно было их распеленать и отъять от мягкой груди; и Он снимает их со Своих колен и учит ходить самостоятельно, что им кажется весьма странным, поскольку все с ними словно не так.* [10]

Боль, которую приносит Бог, — Его дар, а не проклятие, как порой кажется. Человек *заслуживает* привилегию покинуть надежные объятия Бога и увидеть неприкрашенную действительность, где предстоит научиться жить, полагаясь на свои силы.

Невозможно говорить о полноте духовной жизни, если человек не научился мириться с болью. Жизнь так или иначе полна мучений. От боли можно на время отвлечься, можно заглушить ее наркотиками либо стоически выносить, но избавиться от нее нельзя. Есть боль «невротических терзаний» — так мы обычно мыслим о страданиях, — и боль «страданий Божьих», боль за все человечество. Это очень разные формы страдания, но обе, тем не менее, остаются страданием. Однако невротические терзания замечают только себя, а страдания за Бога, муки Просветления — боль всего рода человеческого.

Путь ошибок

Те, кто скоропалительно начинают считать себя просветленными, больше всего на свете боятся допускать ошибки. Другие, кого мы действительно вправе называть «пробужденными», прекрасно знают, что ошибки неизбежны, а высшие цели почти недостижимы. «В отличие от популярных выскочек, напускающих на себя непогрешимый вид и никогда не признающих своих ошибок, настоящих духовных учителей победы и поражения не волнуют, — пишет Фрэнсис Воэн. — Они и так уже добились успеха» [11] — либо, как тут же добавили бы те же учителя, «и так уже все потеряли».

Ошибки — неизбежная сторона духовной жизни. Все великие искатели учились путем проб и ошибок — но последних было, пожалуй, больше. В беседе, которая вошла в книгу «Духовный выбор», Джекоб Нидлмэн рассказывает, что бывает, когда человек идет к духовному прозрению, опираясь на весь свод доступных ему знаний и учений:

> *Я задаю себе вопросы наподобие: «Могу ли я сегодня стать чуть более открытым, думающим и готовым прийти на помощь, чем был вчера?» Такая цель для меня вполне реальна. Вот если бы я спрашивал себя: «Могу ли я сегодня стать полностью просветленным?», мне пришлось бы развести руками. С тем же успехом можно было бы отправиться домой смотреть телевизор.*
>
> **Чарлз Тарт**

А происходит вот что: мы ошибаемся, и очень часто. В ничем не примечательные мгновения мы снова и снова допускаем ошибки, обманываемся, о чем-то забываем. Через несколько минут — или десятилетий — мы понимаем, что случилось, ловим себя на ошибке, и в этот миг особенно остро сознаем, что не безгрешны и далеко не всего еще добились, что нам не хватает внимательности, а знания наши не так уж велики. В эти минуты потрясения чувствуешь стыд, а эго терпеть такого не может и искусно мешает подобным ощущениям про-

никнуть в сознание. Частые недосмотры и потеря проницательности совершенно неизбежны, но мы далеко не всегда сознаем их даже впоследствии. Умение переживать это невероятно поучительное и благотворное чувство унизительного стыда, прививающее подлинную скромность, является, на наш взгляд, решающим для практического овладения искусством внутреннего, духовного развития. [12]

Мудрости приходится добиваться потом, кровью и слезами. К ней нужно страстно тянуться, давая себе право допускать ошибки, принимать неверные решения, находить неподходящих учителей — и делать все это многократно, снова и снова, пока не научишься наконец тому, чему хочешь научиться.

Есть прекрасная старая история об ученике, который пришел к раввину и спросил: «В прежние времена бывали люди, лицезревшие Бога. Почему их нет теперь?» «Потому что сегодня никто не способен склониться так низко», — ответил раввин.

Карл Юнг

Способность признавать свои ошибки — важная черта всякого, кто в той или иной мере считает себя наставником. Чарлз Тарт сторонится людей, не умеющих признавать собственные ошибки; он говорит, что наши оплошности — важные духовные и психологические уроки:

Я ставлю очень серьезный вопрос: «Развиты ли эти люди настолько, чтобы признавать свои ошибки?» Умеют ли они исправлять собственные упущения и учиться тому, чему обязаны научиться? Ищут ли они себе оправдания? Ведь люди очень часто просто оправдываются: «Что вы, я не соблазняю красавиц, просто передаю им свою духовную энергию!»

Когда человек признает собственные ошибки и обращает полученные уроки на пользу духовной работе, неудачи не превращаются в проблемы; самые серьезные ошибки идут впрок, если чему-то учат и больше не повторяются. «Очищение разложением» — такое понятие придумал психоаналитик Леон Лурье, выслушав рассказ Клаудио Наранхо о своем духовном пути. Вот что говорит сам Наранхо:

От некоторых дурных качеств мы очищаемся, доводя их до крайности, позволяя разрастаться и показывая себе самим всю степень нашего безумия. Так мудреешь намного быстрее. Обычно собственное безумие сознаешь лишь в той мере, в какой готов дать ему выход. Как ни парадоксально, чтобы исправить свои ошибки, их приходится допускать. Чтобы найти верный путь, нужно сбиться с пути.

Ничто так не способствует пробуждению, как глупейшая, идиотская ошибка, одним ударом вышибающая из иллюзорного мира. В книге «Лицо нерожденного» Левеллин Воэн-Ли пишет: «Неудачи — один из простейших путей избавления от стремления эго разбухнуть, что нередко случается после духовных переживаний» [13]. У всего есть как низшая, так и высшая цель, и потому на любые ошибки можно взглянуть по-новому, видя в них не столько недостатки, сколько полезные уроки.

Быть может, это звучит резко, но точно так же как не всякий желудь вырастает в дуб, не всякий человек в некий определенный период времени достигает просветления. Достичь его могут только те, кому действительно выпало нужное сочетание обстоятельств, опыта и характера.

Роберт Эннис

Сила противодействия

Очередным крушением иллюзий, лицом к лицу с которым сталкиваются многие духовные искатели и учителя, становится выявление в себе силы противодействия. В каждой серьезной духовной традиции есть свои понятия, символы или божества, олицетворяющие эту силу: богиня Кали в индуизме, Мара в буддизме (тот самый бог, который пытался соблазнить Будду и помешать ему достичь просветления). Во многих коренных культурах есть персонаж — например, *эрука*, — символизирующий духовное противостояние.

Духовный практик Джай Рам Смит описывает силу противодействия следующим образом:

Необходимо сознавать, какие силы тебе противостоят. Одна из мощнейших погружает в сон; я предпочитаю называть ее «чудовищной ложью». Она вызывает потребность в эго и во всем, что с ним связано. Но это лишь часть общей картины. Есть совершенно реальная сила, которой хочется покончить с самой затеей пробуждения, а взамен навязать искаженное, лживое восприятие. Противодействующая сила существует всегда, просто большинство людей не доходят до этого уровня бытия, где разыгрываются самые жестокие игры. Нет ничего необычного в том, что все мы пытаемся избежать ее — так легче жить. Я думаю, большая часть людей, приходящих к изуродованным формам «просветленности», будут настаивать на том, что подобной силы вообще нет.

Многие действительно не желают признавать, что им мешают некие силы. Если признать их существование, придется сделать и следующий шаг, то есть избавиться от множества заблуждений в отношении духовной жизни и сохранившихся фантазий о вечном рае. Георг Файерстайн говорит о том аспекте силы противодействия, которая проявляется в виде внутреннего сопротивления:

Возможно, мы вправе говорить, что всюду, где действуют большие духовные силы, возникает и мощное сопротивление. Просветленные адепты человечества олицетворяют принцип, противоречащий привычному образу жизни. Само их существование представляет угрозу для обычного человека, у которого нет времени на духовные вопросы и духовное обучение, зато есть время на укрепление эгоистической независимости. Не следует, однако, скрывать, что сопротивление — подчас очень сильное — свойственно даже искренним ученикам. Эго-личность по привычке противится любым изменениям. И все же ученик самоотверженно высвобождает энергию, замороженную таким сопротивлением, а затем находит ей лучшее применение. [14]

На то, чтобы душа исполнилась Бога, нужно время.

Бхай Сахиб

Теперь должно быть ясно, что на уровне личности противодействующей силой является само эго. Воплощенное в конкретном характере, «сшитое на заказ» эго, которое пытается отрицать возможность просветления индивидуальными, наиболее пригодными для личности способами, — это, по существу, Единое, Безличное Эго. В каждом человеке оно проявляется по-своему, но представляет собой, тем не менее, коллективную силу сопротивления, полную противоположность пробуждению, которая всегда и всюду сражается со своим врагом — просветлением.

Вопрос о том, *почему* такая сила существует, — достойная тема размышлений для любого серьезного духовного искателя. Сила эта, хотя и может показаться злобной, в то же время вполне закономерна. Некоторые коренные народы называют все факторы, мешающие пробуждению, «врагами». По мнению Лозовика, сила противодействия не только естественна, но и необходима, так как обеспечивает равновесие мира. К равновесию стремится все, в том числе и Вселенная:

> *Одно измерение действительности пребывает в развитии, а другое энтропийно. Если не вмешиваться в дела Вселенной, все в ней придет в равновесие. Силой противодействия мы называем одну из естественных сил мира, всего сущего. Меняясь, сущее постоянно пребывает во внутренней гармонии: сколько хорошего, столько и плохого. Если плохого становится слишком много, приходит Аватар, а потом, если все вдруг вспоминают истину, является дьявол. Это нормальное положение вещей, в нем нет ничего неестественного.*

Лорд Пентлэнд, образцовый последователь традиции русского мистика Гурджиева, настоятельно советует искателям не жалеть усилий и понять природу силы противодействия:

> *На самом деле я хочу сказать следующее: однажды увидев, нужно увидеть большее. Однажды проснувшись, нужно проснуться еще раз. Старайтесь понять своего врага. Приложите усилия, но не вступайте в борьбу, а узнайте, из чего он слеплен, — не сопротивляясь, вглядитесь в его лживость. Попытайтесь понять, в какие минуты спите особенно крепко. Посмотрите в лицо этому насквозь фальшивому человеку, не стараясь обратить его в бегство или выявить, откуда он пришел. Вместо этого посмотрите, из чего он слеплен, какую ложь говорит, в чем его неискренность...* [15]

> *Из бесплодности и пустоты этой ночи страсти душа берет духовное смирение, которое есть добродетель, противоположная первому смертному греху... духовной гордыне.*
>
> **Сан Хуан де ла Крус**

Поскольку сила противодействия естественна и проявляется всегда как законная сторона жизни Вселенной, попытки направить свою энергию и внимание на ее полное уничтожение совершенно бессмысленны. Однако в этих обстоятельствах исторического развития сон и неведение более чем явственно представляют свою сторону всеобщего равновесия, так что каждый из нас вправе занять противоположную сторону — сторону просветления.

Рассказы о крушении иллюзий

Самые воодушевляющие рассказы духовных учителей и искателей — не сказки о величественных экстазах и фейерверках, красочных видениях и божественных откровениях, а скупые отчеты о душевных надломах, разочарованиях и постепенном накоплении мудрости путем проб и частых ошибок. И дело не только в том, что простым смертным легче проникнуться кажущимися неудачами путешественников по духовному пути, чем свидетельствами вечного покоя и блаженства. Просто эти рассказы перекликаются с истинами жизни, которые каждый в глубине души уже чувствует. Эти повествования говорят правду о том, в чем никогда не признаются миссионеры просветления: что духовный путь никогда не приведет к той форме «просветленности», каким его воображает эго, что оглушающие мистические переживания — вовсе не конец пути и даже не его начало — и что настоящий духовный путь приближает к человечности, а не выводит за границы человеческого.

> *Благодаря... смирению, обретаемому посредством самопознания, душа очищается ото всех пороков, в которые впадает в связи с этим грехом гордыни во время своего благополучия.*
>
> Сан Хуан де ла Крус

Клаудио Наранхо: «Пожертвовать просветлением ради просветления»

Я стал учителем в 1971 году, после события, которое я сам привык называть «духовным рождением» — случилось оно в пустыне Арика на севере Чили, где я сорок дней жил в уединении вскоре после гибели своего одиннадцатилетнего ребенка. Там я пережил то, что можно назвать кратковременным просветлением.

> *Мы никогда не отдаем себе отчета в том, что жертвой, требуемой для освобождения, может оказаться само освобождение.*
>
> **Ли Лозовик**

Я исполнял функции проводника, который руководствовался внутренним голосом. Я сам не знал, что сделаю в следующую минуту, словно полностью покорился чему-то высшему. Меня воодушевляло нечто извне, но эго очень радовалось тому, что стало таким посредником, и забот у него было хоть отбавляй. В детстве я страдал от кажущегося недостатка внимания со стороны матери, ведь все смертные недовольны отношениями с кем-то из родителей. По этой причине мне очень хотелось когда-то быть особенным, чтобы меня любили, чтили и уважали — и я сам смог бы высоко ценить себя благодаря чужому вниманию. Я полагал, что духовно созрел и давно расстался с мечтами о собственной исключительности. Я и в самом деле отбросил прежний образ жизни, но возвышенное состояние восторга, разумеется, пробудило былое желание, которое искало новые способы самовыражения.

Но что-то все равно не ладилось. Когда я сообразил, что происходит, воодушевление и прежние порывы резко исчезли. Стоило мне осознать, что я не настолько сострадателен, чтобы помогать другим *просто так*, как мои искания превратились из восторженных в тягостные. Я словно упустил из рук последние капли чего-то важного. Пытаясь отвлечься от ощущения неуклонного падения, я погружался в медитацию, но она требовала все больших усилий и приносила все меньше плодов. Несмотря на отчаянные попытки возродить минувшие переживания, я скатывался с вершин испытанного откровения в бесплодные пустоши. Я тянулся вверх из бездны.

«Темная ночь» вызывала у меня ощущения, во многом сходные с теми, что описаны в *Тибетской Книге Мертвых*. Сначала я посетил царство Богов, сам стал Богоподобным духом, и это принесло невыразимую радость, духовное удовлетворение и ощущение блаженства. Затем я опустился чуть ниже: сознание по-прежнему пребывало высоко, но относилось уже скорее к уровню *Асуров*, а не *Дэвов*. Один из учеников заметил как-то, что я стал неким «яростным божеством», рвущимся ввысь и отчаянно мечтающим стать Богом.

Потом я превратился в «голодного духа». Жажда утраченных переживаний стала невыносимой. Я пережил острую нехватку побуждений и, несмотря на частые медитации, катился прямо в ад. В глубине души я остро переживал ощущение неправильности происходящего. Я чувствовал себя так, будто не сделал ни единого шага вперед на духовном пути. Я пал ниже, чем был в самом начале. Мне и прежде доводилось пребывать в подавленности, но я даже не представлял, какой глубокой может быть депрессия, вызванная соприкосновением с этой чудовищной гранью самого себя. Порой я чувствовал себя полным дураком, идиотом от рождения, и это становилось причиной ужасных приступов стыда.

> *Все это великолепие, все эти восторги и умиления не могут изменить хода вещей.*
>
> **Ли Лозовик**

Я и не думал, что такое возможно, — что казавшиеся совершенно определенными удивительные переживания духовного прорыва могут позже быть утрачены. Но впоследствии, ближе познакомившись с христианской традицией и мистической историей, я понял, насколько распространены подобные явления на ранних этапах духовного развития: после «медового месяца» часто наступает «темная ночь души». В результате испытанных переживаний я снова стал учеником в глухой ночи.

«Темная ночь» оказалась полной противоположностью прежнему ощущению собственной мудрости, и я полагаю, что переход в это состояние был настоящей Милостью. Очень важно время от времени чувствовать себя идиотом — эго в чистом виде, полным глупцом, не способным никому ничего дать. Как следует ощутив все это, ты никогда уже не станешь обманывать себя.

К счастью, в то время рядом со мной было немало духовных учителей; когда дела пошли совсем уж скверно, я имел возможность пропитаться их благим влиянием. Помню, как еще в самом начале Оскар Ичазо сказал мне: «Тебе предстоит утратить свои переживания, а затем снова найти их, но тогда у тебя в руках уже будет ключ и ты сможешь принести больше пользы другим. В противном случае ты станешь похожим на тех индийских *баба*, которые достигли высочайшего уровня, но не в силах помочь остальным».

Свет переживаний можно направить так, чтобы лучше разглядеть собственную тьму. Переживания утрачиваются лишь в том смысле, что ты вбираешь их в себя. Полученный свет смешивается с твоим мраком — и нет уже света, но нет и темноты. Ты преображаешься.

Я был исполнен воодушевления и хотел прервать отпуск в раю. Я готов был пожертвовать всем, чего добился, принести в жертву все, чтобы обрести нечто настоящее. Я готов был нырнуть в пустоту, прыгнуть в бездну — пусть будет как будет, а я приму все, что случится. Я не берег свое просветление и готов был пожертвовать им ради еще большего просветления. Думаю, подобные решения принимаются, когда развиваешь определенную ясность, интуицию и стремление не довольствоваться малым.

И это случилось — возрождение понемногу началось. Пришла новая весна жизни. С этим была тесно связана любовь, потому что я любил теперь больше, чем когда-либо прежде. Все чувства мои обострились, стали ярче, чем в то время, когда любили меня; происходящее исцелило и детские раны, которые до сих пор причиняли беспокойство. Кроме того, в то время что-то случилось с моим телом — новый уровень ощущений *кундалини*, но теперь уже более осязаемый, материальный процесс, начинавшийся где-то в голове и прокатывающийся вниз. Можно сказать, я пустился в обратный путь.

> *По мере вашего продвижения в Работе, ваша основная слабость не исчезает, а лишь укрепляется. Это песчинка в устричной раковине, вокруг которой растет жемчужина.*
>
> **Э. Дж. Гоулд**

Когда меня спрашивали, как обстоят дела, я отвечал: «Темная ночь души кончилась». Я снова жил. Я словно вернулся домой после изнурительного паломничества. Я делал нечто хорошее. Мои взаимоотношения с окружающими становились все чище и целостнее, но в то же время я не мог сказать, что это все те же духовные связи, какими они были раньше, с самого начала.

Хорошее это было время, но я все равно мечтал о высшем духовном свершении. Я не прилагал усилий, но знал, что иду к нему, — верил в это, хотя ни к чему уже не стремился, как было прежде. Все шло само собой, случалось в свой срок, а я просто делал то, что следовало делать.

И теперь я, возможно, могу рассказать историю, которая не с каждым случалась. Был период, когда я готов был сказать: «Я получил, что хотел, а теперь пришло время стать на якорь. Отныне я никого не буду учить; мне нужно вернуться к работе над самим собой».

Рам Дасс: «Десять лет спустя». [16]

Десять лет назад я гордился своей исключительностью. Я был тем, кого нынче сам называю «липовым святым». Я всеми силами старался держать марку — и перед другими, и перед самим собой. Я полагал, будто все вокруг постоянно ждут от меня возвышенности, и потому в присутствии других всегда был «возвышен». Это достигается довольно просто: много улыбаешься, напускаешь благостный вид — и ты святой. Все грани своей души, которые не вписывались в эту роль, я сгреб под ковер, чтобы стать именно таким, каким меня хотели видеть. Впрочем, я и сам себе таким нравился. Мне нравилось быть Рам Дассом.

Видите ли, у меня было то, что называют вертикальной шизофренией. У обеих личностей было свое имя: Дик Олперт и Рам Дасс. Рам Дасс восседал перед собравшимися, рассеянно глядел в зал и, возможно, всех вокруг любил и ничего не хотел. Дик Олперт подсчитывал доходы. Хуже того, Дик Олперт нередко разыгрывал из себя Рам Дасса. Кто-нибудь говорил: «Рам Дасс, спасибо тебе за книги!» — а я слышал, как Рам Дасс отвечает: «Не желаете войти и взглянуть на мои священные картины?» Это может показаться смешным, но я не ощущал ничего, кроме кошмарного лицемерия, — я был таким, каким меня хотели видеть. Знаете, духовное ханжество разыг-

> *Если благодаря тому, что вы делаете, вы становитесь добрей, разумней, сострадательней, думаю, вы делаете то, что нужно.*
>
> Чарлз Тарт

рывалось прямо в моей душе. С психологической точки зрения, я боялся огромных участков собственной личности и отрекался от них. И у меня были на то оправдания, ведь так я становился святым, а мое духовное путешествие превращалось в психодинамическое освобождение от всего, что я не желал в себе видеть.

Но спустя какое-то время я почувствовал себя так, словно земля уходит из-под ног. Внутренние страхи не исчезали, но я был обречен жить в соответствии с чужими надеждами и ожиданиями. Однако я часто оставался наедине с собой и в одиночестве погружался в глубочайшую депрессию, которую от всех скрывал.

Теорию я выстроил такую: если *садхана* достаточно крепка, если много и глубоко медитировать, если всей душой предаваться религиозным практикам, все дурное пропадет само собой. Но оно не исчезало, и мне потребовались долгие годы, чтобы понять, какой урок это в себе таит. Я усердно пыхтел в пранаяме, управлял дыханием, чтобы войти в транс — и в этом трансе окончательно изгнать Дика Олперта. Но я вновь и вновь возвращался с небес, а внизу бранил себя последними словами.

> *Если вы просто испытываете нечто необычное, какие-то непривычные ощущения, — особенно, если вы чувствуете себя лучше других — думаю, это опасная штука.*
>
> **Чарлз Тарт**

Быть человеком означало почему-то быть далеким от совершенства. Совершенным было все вокруг, кроме меня самого. Проблема сводилась вот к чему: я старался окунуться в космическую любовь, не решая своих эмоциональных затруднений, потому что эмоции казались мне чем-то слишком человеческим. Я отторгал собственную человечность, чтобы слиться с Божественным. Я начал понимать, что свобода кроется в созидательном столкновении противоположного: способности одновременно созерцать совершенное и испытывать боль, понимать, что ничего делать не надо, и все же изо всех сил пытаться найти избавление от страданий, видеть, что все вокруг — сон, но жить так, словно это нечто настоящее. Сейчас я занят развитием человеческой души во всей полноте. Прежде мне говорили: «Мы тебя любим, ты прекрасен и очень чист, но мы все равно тебе не верим». Мне не верили, потому что не чувствовали моей души, моей человечности. Знаете, Будду изображают иногда улыбающимся одними краешками губ; этот канонический образ называется «улыбкой невыносимого сострадания». Именно так смотришь порой на поразительную красоту всего сущего. Вынести ее можно, не умерщвляя себя, а постоянно подыскивая состояние равновесия.

Мы только лишь ученики Бога, грешники, пытающиеся стать лучше.

Айрина Твиди

Десять лет назад я, бывало, размышлял о том, скоро ли достигну просветления. Сейчас я стал терпеливее. Это не отчаяние, просто терпение, но корни его — в крушении надежд. Моя тяга к цели становилась преградой на пути. Я уже не стараюсь кого-то из себя изображать. Я — Дик Олперт, но уже совершенный Дик Олперт. Время от времени я прислушиваюсь — и то, что я слышу, меняется. Я не могу бояться собственной непоследовательности, если намерен прислушиваться к истине и открыто оставаться таким же, как все. Теперь я прислушиваюсь и веду себя, как подсказывает интуиция. Ни один свод правил не станет исчерпывающим, какой бы красочной ни была его обложка, какие бы именитые авторы его ни составили.

Жиль Фарсе об Арно Дежардене: «Трезвое, приземленное отношение к просветленности»

Вступив на путь, я думал: «Арно — просветленный. Он такой возвышенный!» У меня были самые невероятные фантазии, и это вполне естественно. Однако когда мне выдавалась возможность поговорить с Арно, он судил обо всем очень трезво, приземленно, что меня отчасти разочаровывало. Он мог твердо заявить, что смещение контекста было, но вслед за этим признанием говорил, например: «Но потом пришлось много заниматься, и я увидел, что прежние механизмы возвращаются, так что нужно было быть очень бдительным и осторожным». Еще он говорил, к примеру: «Думаю, настоящая практика у меня началась, когда я открыл свой первый ашрам, Ле Бост».

В то время меня это очень смущало. Я ничего не понимал. Если он просветленный, то какой может быть разговор о возвращающихся механизмах? Я полагал, что он от них полностью освободился. И что значат слова о том, что его настоящая практика началась уже после открытия первого ашрама? Он ведь уже был просветленным гуру! Все это меня очень беспокоило, но чем больше я учился, чем больше говорил с ним, тем яснее сознавал, что его отношение очень правдиво и очень важно. Арно действительно испытал смещение контекста, но оно стало сухим остатком многолетних усилий, усердной *садханы* под руководством одного гуру, долгих поисков и постижения истин о самом себе, выраженных совершенно конкретными понятиями.

Однажды я спросил Арно, что говорил его собственный учитель Свами Праджняпад, когда произошло смещение контекста. Я воображал, что Арно прибежал к Свами и воскликнул: «Свершилось!», а Свами Праджняпад обнял его — что-то в таком духе. Но Арно ответил: «Мы об этом не говорили. Накануне беседовали, потом это случилось, а на следующий день я как обычно пришел на беседу. Свами-джи явно заметил, что характер моих вопросов изменился, мои взгляды стали иными, я уже не защищался — вот и все». Арно добавил, что лишь года два спустя в неофициальном разговоре Свами-джи сказал: «Хм, Арно, а ты изменился. Определенно изменился. Никаких сомнений». Вот и все, что было. А потом они начали строить планы относительно первого ашрама и Свами Праджняпад сказал: «Не думаю, что тебе стоит продолжать работать на телевидении. Пора учить других». Больше на эту тему разговоров не было.

> *Цель занятий не в том, чтобы человек достиг способности обрести состояние гармонии и мира, когда его больше ничего не будет тревожить.*
>
> **Карлфрид фон Дюркхайм**

Кроме того, со временем я заметил, что когда Арно расспрашивали о просветлении, он говорил только: «Минуточку! Мои достижения не идут ни в какое сравнение со свершениями Раманы Махариши» либо: «После этого тоже есть чем заняться». Он совсем недавно сказал мне: «К счастью, жена и сын со мной не церемонятся. Если им что-то не нравится, они заявляют об этом прямо. Другие такого не скажут, ведь я — учитель. Но сын — это сын, жена — это жена, они открыто говорят правду, и это очень здорово!» Еще он признался как-то, что с ним приключилась одна неприятность и он понял, что это чудесная возможность углубить практику. Это было так трогательно, что я подумал: «Он даже не задумывается о том, что практика ему уже не нужна». Он действительно хватался за любую возможность и в то же время трезво сознавал, что не относится к лжеучителям и не занимается тем, что сам называл «незаконным распространением мудрости». Его трезвый подход очень многому меня научил.

С какой стороны ни глянь, путь этот очень долог и труден. Когда утверждают, что все дается легко, без усилий, мгновенно, речь явно идет о совсем ином «просветлении». Моментальные сатори и дикие экстазы можно купить на блошином рынке, но Реальное никогда не дается дешево, быстро и просто.

Всеобщая неврастения западного мира заставляет его представителей считать себя первыми во всех сферах жизни, включая просветленность. Все прочее можно получить по кредитной карточке, и многие люди полагают, будто просветление — такой же доступный товар. Садхана крушения иллюзий — это постижение того, что легкого пути «первым классом» нет. Есть только труд: усердная практика, молитвы, служение, смирение, самоотверженность и крушение надежд. Иначе и быть не может.

Каждый великий учитель и ученик могут поведать свою историю крушения надежд. Смирение и свобода от иллюзий не даются от рождения. То самое эго, которое нередко завлекает человека на духовный путь, начинает впоследствии, когда человек утверждается на пути, покоряться чему-то высшему. Истина, к которой некогда якобы тянулось эго, начинает перемалывать личность, сдирать с нее маски, возвращать к полнокровному восприятию Действительности с тем, чтобы направить все силы на служение. В заключительной главе речь пойдет о том, что и Просветление — еще не конец пути. Это лишь начало дороги, которой нет конца. Духовная жизнь предлагает возможности, очень отличающиеся от представлений эго о просветленности и превышающие их по размаху. Она открывает врата жизни простой, естественной и по-настоящему человечной.

21

ПРОСВЕТЛЕНИЕ — ТОЛЬКО НАЧАЛО

О проблесках просветления можно говорить, когда обычное становится необычным и наоборот.

Ли Лозовик

После того как взобрался на сотню футов вверх, оттуда предстоит спрыгнуть. Это неизбежный следующий шаг», — утверждает Якусё Квонг-роси в классическом стиле дзэн. Просветление, которое считается вершиной духовной жизни, вполне может оказаться ее началом. Все зависит, конечно, от того, как человек определяет само просветление. Древние учителя понимали просветленность настолько широко, что включали в это явление его зрелое выражение во всех мелочах жизни, полную открытость непрестанному расширению и углублению просветления, тогда как в наше время просветленность, за редчайшими исключениями, понимается как выход за рамки двойственного восприятия, переход к недвойственному состоянию вне эго.

Регги Рей рассказывает о том, как Трунгпа Ринпоче однажды спросили:

— Что происходит после того, как становишься полностью просветленным Буддой?

— Это только начало, — ответил Трунгпа Ринпоче.

— Начало чего?

— Духовного пути.

«У людей слишком раздутое эго, — отмечает Квонг-роси. — Они считают, что малейший проблеск пустоты, самое первое прозрение — это уже конец пути. И потому цепляются за подобные переживания и полагают, будто их достаточно, чтобы учить других. Даже не подозревая о том, что это только начало, они убеждают себя, будто ко всему готовы и им нечего больше познавать».

Нет необходимости гадать, тождествен ли некий человек Будде, если это настоящий Будда. Истинно просветленный Будда выказывает свою буддовость в повседневной жизни.

Дзю Кеннетт

Многие почтенные учителя, в том числе Трунгпа Ринпоче, Якусё Квонг-роси и Ли Лозовик, единодушно признают, что нельзя говорить даже о *начале* духовной работы, пока человек не испытает глубочайшее смещение контекста, мощное и устойчивое осознание недвойственности. Многие духовные школы определяют просветленность как проникновение за рамки иллюзии двойственности, но Ли Лозовик убежден, что людей, добившихся этого, не следует считать просветленными: «Я бы сказал, что они прикоснулись к азам просветления, и до тех пор, пока оно не станет зрелым, его нельзя считать настоящим».

Просветление можно назвать «детским садом» подлинной духовной работы. Жиль Фарсе размышляет над этой идеей, оценивая ход собственного обучения:

Я закончил школу, сдал выпускные экзамены — и как же я гордился собой! Но школа закончилась, я получил аттестат и поступил в университет. На первых курсах я думал: «Как здорово, наверное, быть бакалавром». На третьекурсников я смотрел с завистью, но потом сам стал бакалавром и уже не видел в этом чего-то выдающегося. Потом была степень магистра, аспирантура и звание доктора философии. Настало время заняться карьерой, но разве можно представить, что все последующие тридцать лет ты только и делаешь, что восторженно повторяешь: «Я — доктор! Подумать только, доктор философии! Доктор философии Жиль Фарсе. Жиль Фарсе, доктор философии. Пожалуйста, называйте меня просто "доктор"»? Нет, мне нужно было найти работу и заниматься делом.

Нельзя всю жизнь твердить: «Да, я добился смещения контекста», либо — еще изощреннее: «"Оно" добилось, потому что "я" исчез». Нужно жить и работать, нужно показать, к чему привели эти перемены, как они повлияли на твою повседневную жизнь, на твои отношения с собой и окружающими.

По мнению Бернадетты Робертс, первые этапы развития отмечаются великими прозрениями и экстатическими переживаниями; они приносят радость и ощущение собственного величия тем аспектам эго, которые остаются разобщенными, — и, кроме того, восторженным поклонникам. Однако переход от ранних стадий к тому, что Робертс называет «объединяющим» состоянием, может оказаться уже не таким молниеносным и приятным. Она полагает, что очень важно проводить различие между «состоянием кокона» — теми переживаниями и озарениями, что приходят при первых проблесках просветления, — и зрелым «состоянием бабочки», когда эти переживания становятся неотъемлемой частью самой жизни. Робертс добавляет, что для этого нужно прислушиваться к житейским рассказам взрослой бабочки о том, что бывает после величественного появления из кокона.

> *С точки зрения буддиста просветление — это не просто момент пробуждения, когда сознание становится глубоко расслабленным, ясным, зеркальным, светлым и всеобъемлющим. Это что-то вроде того, чтобы увидеть дхармакаю [Высшую Реальность] в этом самом мире.*
>
> **Джоан Галифакс**

Если, едва появившись из кокона, мы принимаемся записывать свои преображающие переживания, публиковать их и распространять добрую весть, то лишь вызываем у себя преждевременный восторг, основанный на новизне состояния... Давайте лучше послушаем тех, кто провел в этом состоянии уже полсотни лет; быть может, они расскажут другую историю — историю того, «что бывает потом». Нам необходимо узнать об этом, нужно послушать рассказы про обычную жизнь взрослой бабочки. [19]

Далее Бернадетта Робертс пишет: «До тех пор, пока бабочка не поживет в обычном мере, она может рассказывать только о том, как стала бабочкой, а не о том, в чем заключается жизнь бабочки. Вообще говоря, сведения о жизни бабочки остаются неполными до самой ее смерти» [18]. Подчас путь обрывается на том месте, где бабочка появляется на свет, но другие пути показывают, что и этот знаменательный этап — просто веха, отмечающая начало пути.

Бесконечно высоко

«Работа эта долгая, непрерывная и не имеющая конца, — рассказывает сэнсэй Дэйнан Генри. — Говорят, что даже Будда — это лишь половина пути. Будда сейчас занимается практикой на небесах *тасида*». Просветление — только начало, а развитию, росту, просветленности нет и не будет конца. Для обычного духовного искателя такая мысль может послужить объектом отрезвляющего и, не исключено, обескураживающего созерцания.

> *Кэнсё — это момент пробуждения, но дхармакая [Высшая Реальность] находится в этом самом мире. Человек не может жить повседневной жизнью в параллельном мире, хронически пребывая в состоянии момента пробуждения.*
>
> **Джоан Галифакс**

«Разумеется, но бесконечное развитие после просветления приносит все больше счастья», — твердит простодушный, мечтательный ученик. Возможно, так и есть, но те, кто прошел дальше других, говорят, что работа всегда остается тяжелой и довольно обыденной, а испытаний не становится меньше. Конечно, чем выше уровень, тем лучше подготовлен человек к преодолению этих преград, но требования к нему возрастают по мере повышения способностей.

Безусловно, со временем происходит смещение контекста, отход от первичного «просветления», который необратимо меняет взгляды человека. Не стоит только считать это смещение завершением пути. Догэн сказал: «Нет начала у практики и конца у просветления; нет начала у просветления и конца у практики». Просветление не может иметь конца, поскольку очищение длится вечно — так уж все устроено.

Квонг-роси сравнивает процесс просветления с движением по извечно расширяющемуся кругу, когда ты неизменно возвращаешься к самому себе:

> *Просветление — это замкнутый круг: прозрение, возвращение к иллюзиям, снова прозрение и новые заблуждения. Мы прозреваем благодаря иллюзиям, а затем просветленность опять вводит нас в заблуждение, после чего наступает очеред-*

ное озарение. Нет ни начала, ни конца. И адепт, и настоящий искатель все время идут вперед.

Комментируя «Брахма-видью», свод знаний о Брахме, суфийский учитель Бхай Саиб говорил: «Тысячелетий мало, нужна вечность... Вот что люблю я в духовной жизни: ты всегда у самых начал. Нельзя сказать: "Я достиг" и насладиться покоем. Горизонт становится все шире, сознание разрастается бесконечно».

Если просветление подлинно, оно освобождает даже от стремления к просветлению, поэтому нам необходимо возвращаться к жизни в мире обычных людей.

Дзю Кеннетт

Кое-кому бесконечность пути кажется слишком трудной для понимания, слишком необозримой. Но, как считает Роберт Эннис, многие этому только рады. «Бесконечная высь» означает, что усталому путнику не суждено отдохнуть, но в то же время ничто его не сдерживает, нигде не пролегает граница просветленности.

Квонг-роси отмечает: «Пока у нас есть тело и разум, тянется и просветление. Отдыхать некогда». Жизнь продолжается, а с ней продолжается и труд просветленного. Просветлению нет конца, так как погружение и слияние с Богом, или Действительностью, поистине беспредельно.

Просветленная двойственность

Просветленная двойственность — повторное проникновение в этот мир после восприятия недвойственности, когда человек продолжает жить на основе своего прозрения. Личность, пребывающая в просветленной двойственности, уже постигла недвойственность, а затем, сберегая эти знания, по собственной воле спустилась назад, в царство двойственности, и принесла с собой просветленный взгляд.

Используемые в дзэн картинки из пастушеской жизни — прекрасная иллюстрация подобного проявления зрелой просветленности. Каждая из десяти картинок обрамлена кругом, олицетворяющим одну из стадий «укрощения» необузданного ума в облике быка. На ряде последовательных картинок пастух ловит быка и даже сливается с ним, что символизирует пустой круг. Но на этом ряд картин не заканчивается. На последней человек ведет быка на рынок, что подразумевает необходимость вернуться со своими прозрениями в обычную жизнь.

«Когда человек достигает высшей зрелости, его следующая задача — вовсе не умереть, — подтверждает Бернадетта Робертс. — Отныне он должен во всей полноте вести обычное человеческое существование» [19].

Для эго просветленный на рынке не так интересен, как просветленный на престоле — в затейливом тюрбане, в окружении склонившихся к его ногам приверженцев в белых нарядах. Живущий с точки зрения просветленной двойственности может исполнять формальные функции наставника, может этого не делать, но, независимо от выбора, внимание его приковано к жизни здесь и сейчас, к безусловной важности мелочей.

Учитель сказал: «Ты ступил на путь, но ты не просветлен по-настоящему. Шагни с верхушки стофутового столба, и десять тысяч вещей станут твоим телом».

Дзэн-буддийская притча

Вот в чем смысл: жить просветлением здесь и сейчас. Люди склонны думать, что просветление существует где-то там, вне боли и страдания, радостей и преходящих житейских событий. Но «там» его нет. Да, многим хотелось бы навек задержаться в экстатических состояниях, но они неестественны. Лишь немногим судьба предназначила бороздить космические просторы, но органическая жизнь человека редко сводится к тридцатилетнему пребыванию в пещере, где человек питается акридами или извлекает пищу из самого воздуха, пребывая в такой глубокой медитации, что вообще не ощущает собственного тела. *Кайя-садхана — садхана* тела, а тело насыщается человеческими взаимоотношениями, которые впитываются всеми его органами чувств.

Прежде чем заняться *садханой* в традиции дзэн, Джоан Галифакс увлекалась шаманскими практиками. Она подводит итог мысли о приземленности:

То, что тебя признали перерождением Тулку или просветленной сущностью, не освобождает от необходимости жить здесь и сейчас. Я занималась шаманизмом, но взгляды мои от-

личны от магических. Я очень приземленная. Я — женщина. Я практична и прекрасно знаю, к чему приводит романтика, романтическая духовность. Она искалечила уже немало людей.

Эндрю Коэн говорит: «Никакие духовные переживания, чувства и прозрения не освобождают от бремени действительности — жизни, *какова она есть на самом деле*» [20]. Задача просветленной двойственности — сделать частью себя и воплотить на практике самые глубокие свои озарения и доподлинные чувства, то есть жить с полным вниманием к разворачивающейся вокруг нас жизни, быть ее частью.

Практика как просветление

«Практика — это форма просветления, — говорит Джоан Галифакс. — Это желание жить как Будда, просветленная сущность, человек, поклявшийся не причинять вреда себе и другим». Восприятие практики как процесса просветления — довольно необычный взгляд на *садхану*. Разумеется, сама по себе практика еще не делает человека просветленным, но безупречная в своей отточенности, осознанности и твердости практика — одно из проявлений просветленности.

> *До тех пор, пока человек не сможет вернуться в феноменальный мир и прочувствовать его с высоты этого вместилища вечной безмятежности, этого нерожденного и неумирающего места, пока он не сможет жить сообразно такому пониманию, он не достиг просветления.*
>
> **Дэйнан Генри**

Большинство учителей, выражающих свое мнение на страницах этой книги, сходятся в том, что практика, в которой воплощаются просветленные взгляды, намного полезнее, чем само по себе ощущение просветленности, которое не сопровождается его практическим приложением. Мел Вайтзмэн отмечает:

Мне все равно, насколько просветленны мои ученики. Быть просветленным — хорошо, но это всего лишь просветление. У нас принято считать, что сама практика и есть просветление. Просветленность не ощущается сама по себе, ее переживают только в практике, а практика — это живое восприятие просветленности. Если хочешь понять, что такое про-

светление, постичь его смысл, это еще не просветленность. Но если усердно занимаешься практикой, просветление уже рядом. У людей есть какая-то жадность к просветлению. Они мечтают зажать его в руке, обрести что-то конкретное.

Стремиться выразить просветление на практике — весьма достойное занятие. В работе «Радостная жертва» Э. Голд развивает эту мысль:

Не следует исполнять обязанности в надежде на награду или благодарность. Труд — сам по себе вознаграждение совести. Человек получает награду от самого Труда, того мгновения, когда он действует. Для человечества твои усилия — ничто. Вообще говоря, никто тебе не поможет, а люди скорее попытаются погубить тебя и твои труды, так как они невежественны и испуганы... Преданность, усилия и постоянные жертвы во имя всеобщего блага не вознаграждаются ни на земле, ни на Небесах. [21]

Путь есть цель, и каждый, даже самый закоренелый материалист, идет по пути. На этом пути есть такие места, где люди, страдая, преображаются. Некоторые люди из-за своей кармы пребывают на более грубом, косном уровне, но по пути идут все.

Реджинальд Рей

Если нет никакого «грядущего» просветления, то любой серьезный духовный практик поневоле вынужден искать утешения в своих делах в настоящем — в тех поступках, которые служат проявлением просветленности и его осуществлением. Просветление должно, таким образом, стать сознательным самовыражением в сиюминутной деятельности, то есть практике.

Интересно отметить, что даже общепризнанные «учителя» занимаются практикой всю свою жизнь. Их практика, разумеется, может отличаться от практики учеников, но жизнь, тем не менее, остается нескончаемой чередой практических действий. И даже в том случае, когда учитель пребывает в сфере полной самоотдачи, где нет иного выбора, кроме практики, каждое действие по-прежнему становится испытанием, требует немалой энергии и усилий, а нередко и противоречит оставшимся крохам личных желаний. Если верхней границы нет, то нет и того мгновения, когда можно позволить себе отказаться от практики.

Практика воображаемого просветления

Практика воображаемого просветления опирается на глубокое понимание практики как выражения просветленности. Преждевременные притязания на просветленность — признак слабости, но практика воображаемой просветленности выражает невероятную силу и достоинство. Это очень рискованное предприятие, которое чрезвычайно опасно для неразвитого эго. Хотя на эту тему можно много рассуждать, лишь редкие люди способны успешно осуществить такую практику.

> *Дисциплина, если она поддерживается искренне, есть практика просветления, то есть сосредоточения интуиции на том, что более всего необходимо для обуздания эго. Дисциплина — это приятие просветленной точки зрения в любых обстоятельствах и стремление к тому, чтобы такой взгляд стал всеобъемлющим и постоянным.*
>
> **Георг Файерстайн**

Цель этой практики сводится к попытке задержаться в реальности пробуждения, которая ощущается за границей иллюзии обособленности. Осуществляется это так: если человек не намерен умиротворенно довольствоваться экстазом и видениями, то при первых проблесках просветленного состояния он может помочь кратковременному пробуждению закрепить все то, что необходимо для устойчивого сохранения испытанного прозрения. Когда временное, поверхностное просветление блекнет, человек возвращается к практике и начинает действовать на основе того, что воспринял в просветленном состоянии. То есть все его поступки становятся выражением просветленности, даже если внутренне он уже не испытывает просветления.

Таким образом, коан обстоятельств кроется в стремлении действовать так, словно ты просветленный. И кто станет утверждать, что человек все еще спит, если даже во сне он ведет себя как просветленный?

В сборнике «Духовный выбор» Дик Энтони, Брюс Эккер и Кен Уилбер пишут: «Практика необходима, и ею можно заниматься не только с целью достичь просветления, но и так, словно ты уже просветленный. И если ведешь себя как про-

Просветление как таковое никогда меня особо не заботило. Меня всегда интересовала действительность, а по поводу просветления я не волновался. Я думал о том, чтобы отыскать реальное, заниматься тем, что реально, и найти своего учителя.

Мел Вайтзмэн

светленный, то каждый поступок становится очередным проявлением просветленности» [22].

Рабби Зальман Шахтэр-Шаломи разъясняет этот процесс с точки зрения «притворства», которое в данном случае отличается от самообмана и простого подражания:

Мне нравится слово «притворяться», оно похоже на «претворять». Думаю, любые перемены требуют определенной меры притворства. Как мне стать святым? Вести себя так, словно я святой. Я имею в виду не социальное притворство, когда разыгрываешь святого перед другими; я просто говорю себе: «Следующие полчаса я буду жить так, как, по моим представлениям, живет святой». Это не значит, что я уже стал святым, просто я даю определенную задачу сознанию и восприятию — они должны соответствовать моему воображаемому идеалу. Вполне вероятно, что впереди меня ждет немало неожиданностей, но тогда я просто подправлю свои представления о святости.

Одно из величайших достоинств практики воображаемого просветления заключается в том, что она подвергает эго суровому испытанию. Тот, кто занимается этой практикой, каждую секунду противодействует своим эгоистическим наклонностям. Разумеется, эго начинает бить копытами и вставать на дыбы; оно царапается, кусается и пытается силой затянуть человека на прежний уровень машинального функционирования, преследующего только цели выживания. Но, если практика достаточно тверда и отражает атаки эго, сохраняется вероятность того, что эго, словно бешеный пес на привязи, устанет рваться с цепи, сдаст позиции и покорится настрою на просветленность — который, между прочим, в этом случае будет мало чем отличаться от самого просветления.

Угрозы практики воображаемого просветления вполне очевидны. Следует четко видеть разницу между «так, словно я просветленный» и «да я и вправду просветленный!», между практикой воображаемой просветленности и неосознанными, самообманными притязаниями на просветленность. «Вести себя так, словно ты просветленный, может быть и полезно, и вредно, — говорит Клаудио Наранхо. — Все зависит от того, что послужило причиной — сознательное решение или самообман».

Мой учитель никогда не кривил душой и не говорил много о просветлении. Все другие учителя, приехав в Америку, делали упор на кэнсё, но Судзуки-роси говорил лишь: «Занимайся своим просветлением понемногу. Не стремись сразу испытать нечто выдающееся. Опыт просветления можно получить, двигаясь шаг за шагом».

Мел Вайтзмэн

Главное в этой изощренной практике — помнить, что ты лишь «делаешь вид». Стоит забыть о том, что это только практика, и допустить, будто твои поступки — проявления состоявшегося, а не желаемого сдвига, как человек заглатывает наживку эго и попадает в ловушку самообмана. Само предположение о том, что ты уже добился цели практики, неизбежно ведет к высокомерию и раздутому самомнению.

Учитель как вечный ученик

Настоящий учитель — наставник для своих учеников, но в глубине души он сам остается вечным учеником. Как утверждает Его Святейшество Далай-Лама, «Я — простой монах». Несмотря на то что он является духовным и политическим главой тибетского народа, а также источником воодушевления для всего мира, в глубине души Далай-Лама считает себя простым монахом, и перед лицом своего «начальника» — самой Вселенной, — он вовсе не «Его Святейшество», а скромный служитель Великого Делания.

Достичь просветления нетрудно; трудней сохранить чистоту своей практики.

Мел Вайтзмэн

Большая часть цитируемых в этой книге учителей — не только наставники, но и вечные ученики. Даже если у них нет конкретного учителя, они считают, что продолжают учиться у Бога, Действительности или всего человечества.

Позиция ученика означает скромность перед лицом высшей силы, ответственность перед тем, что заслуживает огромного почтения. Возомнив себя Богом всемогущим, учитель перестает с кем-либо считаться. Для него нет уже высшего сознания, и он тем самым теряет все побуждения к дальнейшему развитию и совершенствованию. Есть только он сам, но путешествовать в одиночестве опасно даже божеству.

Внутренний прогресс определяется качеством моего внутреннего отношения к текущему моменту, а прогресс внешний — тем, как я в тот или иной момент взаимодействую с людьми и обстоятельствами. Внутреннее и внешнее — по существу, одно и то же.

Жиль Фарсе

Все великие учителя и святые прошлого — Иисус, Руми, Моисей, а также более близкие к нам по времени Свами Папа Рамдас, Ширди Саи Баба, Анандамайи Ма, Мехер Баба — были учениками великих учителей, даже если считали своими наставниками Бога или саму Реальность. Преданность учителю наделяла их невообразимой силой и благодатью, которыми они щедро делились с другими; кроме того, та же самоотдача уберегала их от одинокого пребывания в неземном раю.

Учитель существенно обезопасит себя от угрозы любых притязаний и ложных допущений, которые нередко ведут к высокомерию и неминуемому падению, если сосредоточит основное внимание на положении ученика, а не наставника: во внешнем мире внимание и время уделяется прежде всего функциям учителя, во внутреннем — задачам собственного обучения.

Арно Дежарден предостерегает:

> *Искренний ученик лучше недостаточно подготовленного учителя. Искренний ученик, установивший крепкую связь и близкие отношения с мастером, намного лучше того, кто считает себя учителем, но в собственном развитии останавливается на полпути. Учитель — это слуга: слуга своего наставника, своего учения, своей дхармы.*

Хотя Дежарден был духовным учителем для тысяч учеников, о себе он говорит так: «Я веду себя как учитель, исполняю роль учителя, но остаюсь учеником. Ко всем учителям, которым я доверяю, я отношусь как преданный ученик».

«Сегодня многие приписывают своим учителям высочайшие достижения, — отмечает Жиль Фарсе. — Их учитель, мол, аватара, он вышел “за пределы запредельного”, и так далее. Но важен один вопрос: “Продолжает ли он учиться?”»

Настоящий ученик целиком отдается учителю, а это требует большего мужества, любви и усилий, чем заявления о собственном величии.

В сборнике «Агхора-3» Роберт Свобода рассказывает о благом смирении, которым одарил его Агхори Вималананда на закате жизни:

Духовное развитие происходит по мере того, как кундалини отрывается от ограниченного «я» и, обернувшись лицом к Владыке, начинает действовать не ради личной выгоды, но во имя великой славы «Всего, Что Реально». Это и приносит настоящее счастье. Пока мне удается направлять кундалини на эту цель, я убежден, что кто-нибудь непременно подметит мои ошибки, вытащит из любой лужи, куда я могу упасть, и подскажет верный путь. Этим даром поделился со мной друг, философ и проводник. Это знак любви Агхори, благословение, которым он смог одарить благодаря тому, что полностью посвятил себя самопожертвованию в пользу своего Высшего Я. [23]

Ничто не остановит учителя, который остается вечным учеником. Его не подстережет ни самодовольство, ни поглощенность собственной божественностью или видным положением. Внимательность к себе и постоянное служение высшему оберегает от искушений власти и эго, делает помощь другим более полезной. «Человека бережет сознание того, что он слуга других, а не самого себя, — полагает Анник д'Астье. — Я уверена, что вполне возможно пребывать в связи с Божественным и служить людям».

Пробуждение делает нас ближе к жизни, заставляет тесней соприкасаться с нею, острее чувствовать все то, что чувствуют другие, избавляет от толстокожести, отчужденности, оторванности и отстраненности. Разница в том, что пробужденный не просто находит жизнь приятней, но с большей готовностью воспринимает как радости, так и страдания мира.

Роберт Эннис

Самоотверженность и служение

Большинство наших представлений о самоотверженности — отвлеченные идеи, а не понимание подлинной жертвы. Кто не постиг полной самоотдачи, может лишь рассуждать о самопожертвовании, интуитивно предвосхищать его, даже молить о нем, но дар настоящего отказа от себя отличается от любых воображаемых взглядов на это явление. Достичь пробуждения благодаря полному отказу от себя намного вероятнее, чем путем стремления к просветлению. Усилия, нацеленные на пробуждение, прилагает эго, тогда как самопожертвование означает отказ от любых усилий, когда человек целиком вверяет себя той бесконечной силе, что превышает даже сознание недвойственности.

Пробуждение не является ни античеловеческим, ни нечеловеческим, ни сверхчеловеческим. Оно... внечеловеческое.

Роберт Эннис

Согласно современным взглядам, просветление подразумевает состояние единения, но Регги Рей утверждает, что с тантрической точки зрения основой учения об избавлении от эго является полный отказ от себя:

> *Все просто: мы можем отказаться, отступиться от себя, отречься от взглядов на реальное. Не нужно ни за что цепляться, не нужно беречь свою личность и даже свою духовность. Действительность настолько хороша, Вселенная исполнена благодати, так что мы можем отдаться жизни и отказаться от любых приемов и хитростей, помогающих держаться на плаву.*

Просветление принято считать состоянием «всеведения», но отказ от себя — это погружение в полную неизвестность. Бросая тщетное стремление привести действительность в соответствие со своими желаниями, позволяя ей развиваться по собственному почину, мы высвобождаем всю энергию, которую затрачивали прежде на глупые попытки руководить Вселенной. Махатма Ганди говорил, что, умирая для самого себя, человек тут же начинает служить всему живому [24].

Служение вообще тесно связано с самопожертвованием. Отказывающийся от себя служит другим. Действительность, которой он себя вверяет непосредственно либо благодаря учителям-предшественникам, интересует только служение, и потому ему тоже приходится служить. Жизнь, посвященная служению другим, — одно из свидетельств упрочившейся

Раньше я думала, что просветление — это значит быть где-то там, свободным, не связанным с колесом рождения и смерти, избавленным от всяких уз и вкушающим любовь... но теперь все не так. Теперь это нечто вроде: как я поступаю с тем, что дано мне сейчас, используя те средства, которым научилась?

Кристина Гроф

просветленности, но о нем нельзя судить поверхностно, так как служение может принимать самые разные формы, в том числе служение семье и детям. Когда знаменитый учитель дзэн Иссану Дорси утверждал, что настоящий Бодхисаттва — это безупречная домохозяйка, он намеренно пытался расширить представления своих учеников о масштабах и формах служения. Служение — это не только добрые советы, преподавание или милостыня, поданная нищему. Это целый ряд поступков, которые являются естественным следствием просветленности и отказа от самого себя.

Чарлз Тарт пересказывает историю, услышанную от тибетского учителя Согьяла Ринпоче, личного переводчика Далай-Ламы. Далай-Лама говорил, что с большим удовольствием принял бы участие в работе медитационных ритритов, но у него нет на это времени — слишком много работы, а после этого признался: «Если бы я был просветленным, я тратил бы все время на то, чтобы помочь другим разумным существам стать счастливее. Но чем я занят сейчас? Все мое время и так уходит на то, чтобы помочь другим разумным существам стать счастливее. Какая разница, просветленный ты или нет?»

Джоан Галифакс считает свой путь дорогой служения:

Я появляюсь в дзэн-до несколько раз в день, я участвую в сессинах и все такое прочее, но по-настоящему учусь, когда прихожу в те места, где больше всего страданий, и не отделяю себя от страдающих людей. Если же я чувствую себя посторонней — а это, разумеется, бывает очень часто, — то требую от себя замечать это и разбираться в том, почему те или иные обстоятельства вызывают такой страх.

Служение — прямое следствие отказа от себя, или, повторяя термин Бернадетты Робертс, «объединяющего состояния». Она говорит, что объединяющее состояние порождает такую любовь и великодушие, что «эта любовь слишком сильна, чтобы держать ее в себе или приберегать только для себя». По ее словам, любовь эта сама собой выплескивается наружу, охватывая все сущее:

Любовь не довольствуется простым счастьем преходящих видений прекрасного. По правде сказать, она так сильна, что готова пожертвовать райским блаженством, чтобы доказать и испытать свою верность Божественному, которое пронизывает земной мир. [25]

По существу, результатом самых глубоких и искренних духовных упражнений является не возвышенное состояние сознания, но такое его состояние, в котором человек становится в полной мере восприимчивым к действительности. Именно это можно было бы назвать осознанием Бога.

Ли Лозовик

Бодхисаттвы, истинные слуги Бога, рождаются после отказа от себя. Они осмеливаются не довольствоваться даже просветлением и продолжают идти вперед, к воплощению высочайшего потенциала своего существования.

Рабби Зальман: «Работа Кришны».

Есть одна чудная индуистская история. Какой-то человек пришел к Кришне и сказал: «Господь Кришна, кто твой самый верный последователь?» Этот человек считал самым истовым верующим себя, потому что весь день напролет повторял: «Хари Рама, хари Кришна» и непрестанно думал о Кришне.

«Вон тот парень, что живет у дороги», — ответил Кришна.

Человек некоторое время следил за этим парнем. Тот просыпался и произносил: «Доброе утро, Господь Кришна», а вечером говорил: «Спокойной ночи, Господь Кришна».

Человек подумал: «Подумать только! А Кришна утверждает, что это его самый верный последователь!»

Он вернулся к Кришне и сказал: «Господь Кришна, почему ты решил, что это твой самый верный последователь? Я постоянно повторяю твое имя, а он только здоровается с тобой утром и прощается перед сном».

И Кришна ответил: «Принеси-ка мне стакан воды». Человек тут же подал воду, но Кришна сказал: «Я хочу, чтобы ты как можно быстрее обошел вокруг стола семь раз, не пролив ни капли».

«Конечно!» — воскликнул человек и побежал вокруг стола. Сделав семь кругов, он вернулся к Кришне и сказал: «Готово!»

«И сколько раз ты повторил мое имя, пока бегал?» — поинтересовался Кришна.

«Господь Кришна, я был занят, я выполнял твою задачу», — начал оправдываться человек.

«Теперь понимаешь? — спросил Кришна. — Тот парень, что живет у дороги, утром просыпается, вечером ложится спать, а все остальное время постоянно выполняет мои задачи».

Полное и окончательное подавление «я» достигается посредством не экстаза, духовного союза или чего-то подобного, а многих лет настолько самоотверженной жизни, чтобы «я», лишенное удовлетворения, не смогло этого вынести.

Бернадетта Робертс

Сахаджа: естественное состояние

Сахаджа — это естественное состояние. Служение и отказ от себя — тоже естественное состояние. То, что подразумевают под словом «просветление», — естественное состояние. Просветленная двойственность — органичное состояние бытия. *Сахаджа* представляет собой легкое и естественное отношение к жизни.

В книге «Малоизвестные религиозные культы» Шашибхусан Дас Гупта определяет *сахаджу* как то, что относится к «природе высшей любви» [27], и «интуицию в целом, основополагающую действительность, которая пронизывает и наполняет любое многообразие» [27].

Георг Файерстайн говорит, что *сахаджа-самадхи* — то же самое, что «освобождение при жизни». Он добавляет, что йог, живущий в состоянии *сахаджа-самадхи*, «живет как бы в обоих мирах, измерении лишенного качеств бытия и измерении бытия относительного» [28]. Ли Лозовик описывает *сахаджа-самадхи* как «*сатори* с открытыми глазами, постоянное *сатори*, а не краткий проблеск ясности». *Сахаджа* — это жизнь в свободе, когда все реальное соединяется в человеческом облике, на этой земле; жизнь в Абсолюте, в естественном состоянии — самое необычное для человека переживание.

В конце концов все, что было здесь сказано, есть не более чем лопающийся мыльный пузырь, а тому, что останется, суждено быть единым целым с нашей теперешней жизнью, непосредственно с человеческим «я», и быть открытым целому, не спрашивая нас, доставляет ли нам это удовольствие — просто быть единым целым.

Дэниэл Моран

Возникает вопрос: если *сахаджа* — состояние естественное, то как называть все остальное? Все прочее, включая просветленность и мистические переживания, следовательно, не то, чем кажется. Это просто игра эго, величайшая иллюзия обособленности и проявления кармы, непрестанно возобновляющей человеческие страдания. *Сахаджа* — состояние подлинного человека, освободившегося от оков жадности, корыстолюбия, ненависти и заблуждений.

Все, что не *сахаджа*, — состояние измененное, то есть «восприятие» вне сферы обычной действительности. Перебегая от одного учителя к другому, посещая семинары и пробуя самые изощренные практические приемы, люди, по существу, пытаются найти наиболее приятные измененные состояния, хотя на самом деле должны стремиться к состоянию естественному, неизмененному, свободному от помех, самообмана и манипулирования. Просветление — это неизмененное состояние, когда живешь здесь-и-сейчас, той жизнью, какова она есть.

Слово «сахаджа» буквально означает «одновременно рожденное» или «одновременно возникшее». Оно выражает ту идею, что свобода не является для нас чем-то внешним, но представляет собой собственно наше состояние, что феноменальная действительность (сансара) возникает одновременно с трансцендентной (нирваной) и в ее рамках, что обусловленное сознание и просветленность не являются взаимоисключающими началами.

«Энциклопедический словарь йоги»

Сахаджа — то самое состояние совершенства, о котором мы мечтаем, — выглядит «измененным» состоянием именно потому, что отличается от всего известного сознанию. Люди, побывавшие в нем хотя бы несколько мгновений, воспринимают это состояние как нечто совершенно отличное от известной им реальности, но в то же время до странности знакомое, правильное и естественное. В этом состоянии человек постигает собственную органичную девственность — извечную Реальность, что кроется за многочисленными покровами иллюзорного. Пребывающие в

Эта работа вполне элементарна и естественна — никаких световых столбов, вспыхивающих в сознании, никакого хождения по воде или воскрешения мертвых. Бог с ними, с мертвыми: воскресите хотя бы себя!

Ли Лозовик

сахадже утверждают также, что необычное очень скоро становится привычным. Поскольку это самое естественное — точнее, единственное естественное — состояние, для полного привыкания к *сахадже* как истине требуется не так много времени. Якусё Квонг-роси говорит: «Оно становится чем-то обычным. В самом начале переживания необыкновенны, но потом, когда к ним привыкаешь, они становятся чем-то обыденным и повседневным».

«Трудно понять, — добавляет Рам Дасс, — что в духовной свободе нет ничего особенного, ничего необычного. Потому-то она так драгоценна» [29].

Утверждающие о своей тяге к просветлению нередко мечтают обо всем, кроме того, что приносит подлинное удовлетворение. Мы ловим самих себя за хвост, а после жалуемся, что не продвинулись ни на шаг, хотя в действительности делали все возможное, лишь бы избежать полного уничтожения, которое необходимо, чтобы перенестись туда, куда надлежит попасть. Мы утомляем себя исканиями — а в этом и заключается цель и смысл исканий, — до тех пор, пока не поймем, какую цену придется заплатить за то, чего хочешь всей душой. И когда цена известна, мы либо платим ее, либо нет.

Цена

За то, о чем идет речь в заключительной главе, — за возможность «отсутствия конца» и беспредельного восхождения к высочайшему уровню существования человека на этой земле, за ясность и доброту, великодушие и сострадание, за подлинную способность любить и помогать — за *сахаджу* — приходится платить всем. Всем, что у тебя есть.

Именно этого требует отказ от себя: полного отречения от своей личности, всех представлений о себе и окружающем мире, любых эмоциональных привязанностей. Нужно отдать всё, хотя потом ты можешь снова всё обрести. «Приходится ставить на карту все, — говорит Роберт Холл. — Даже самого себя, каким ты себя считаешь. Большую часть того, кем ты

Думаю, что цель духовной работы — сделать время, отведенное на земной путь, сколько-нибудь осмысленным. Пожалуй, не более того.

Роберт Холл

себя считаешь». Ради возможности — отнюдь не гарантированной — получить Величайший Дар, нужно отдать все, что имеешь.

За это платишь самим собой. Махатма Ганди говорит: «Господь не приемлет ничего, кроме полной самоотдачи. Только такой ценой можно обрести свободу» [30]. Полный отказ от себя означает, что, когда почетная награда будет доставлена адресату, не останется уже прежней личности, «сознающей себя». Награда — освобождение из плена эго, но самому эго этой свободой уже не насладиться. Так задуман Божественный розыгрыш: в духовное путешествие пускается один, а завершает его совсем другой, и никто не в силах понять это, пока не дойдет до самого конца.

Побочный эффект, делающий духовную работу более привлекательной, состоит в том, что она дает возможность сострадать и развивает способность любить. Я не думаю, что это необходимо для просветления, что бы под ним ни понималось.

Роберт Холл

«За право жить простейшими слоями самого себя, — подтверждает Левеллин Воэн-Ли, — приходится расплачиваться всем. Для того чтобы жить подлинно мистической жизнью, нужно научиться пребывать в состоянии полной уязвимости, которую многие люди просто не в силах выдержать».

В «Пути трансформации» Карлфрид фон Дюркхейм пишет:

> *Неразрушимое может проявиться в человеке лишь тогда, когда он снова и снова открывает себя уничтожению. В этом и заключается благородство дерзновений... Только многократное прохождение по разрушительным сферам делает связь с негибнущей Божественной Сущностью крепкой и неразрывной. Беззаветная способность смотреть в лицо миру, который грозит человеку изоляцией, открывает все большие глубины Основ Бытия, возможности новой жизни и нового Становления.* [31]

Каждый мечтает о просветлении, но не все готовы платить надлежащую цену. По правде говоря, многие не желают платить вообще ничего и надеются получить его за часок утрен-

> *Как можно преодолеть свою слабость, не имея воли на то, чтобы преодолеть слабость? Отвечу: нужно любить Работу больше собственной жизни.*
>
> **Э. Дж. Гоулд**

ней медитации и отказ от пары дурных привычек. По этой причине они десятилетиями скитаются по духовному замкнутому кругу, сетуя на крушение надежд, расставаясь с учителями (те якобы слишком многого требуют и слишком мало дают), отрекаясь от некогда искренней тяги к реализации, но так и не понимая до конца, что сами всему виной. Георг Файерстайн пишет: «Типичные искатели приходят на духовный путь, к духовному учителю с пустыми руками и наглухо запертой душой; они надеются получить что-то, не давая ничего взамен» [32].

Еще один подвох духовной сделки с Богом заключается в том, что, получив великий Дар, ты уже не в состоянии оставить его себе. Для того чтобы продолжать путь к беспредельным возможностям, тебе приходится отдавать, отдавать и снова отдавать — так, как отдает Бодхисаттва, чьи руки и сердце настолько горячи, что, если не раздать обретенный дар, он просто сгорит дотла.

> *Вы увидите, что в жизни вы получаете ровно то, что даете.*
>
> **Жанна де Зальцман**

Настоящая духовная жизнь — умение отдавать, а не получать. Э. Голд подчеркивает эту мысль в беседе с журналом «Гнозис»:

Многие первым делом задают вопрос: «Что мне это даст?» или «Какую пользу это мне принесет?» Знаете, я веду семинары... Думаю, за все тридцать семь лет на моих семинарах побывало добрых двадцать тысяч участников, и большинство из них спрашивает: «Что мне это даст?»

Я всегда отвечаю одно и то же: «Это совсем не для вас, не для вашей пользы. Вы ничего от этого не выиграете. Разве что вам очень повезет, потому что лично я ничего от этого не выиграл. Вам предстоит не получать, а отдавать — вот в чем дело. Только отдавать — и самим платить за возможность отдавать. Вам же и придется за это платить. И в конце концов у вас ничего не останется. Совсем ничего. Если это вас не пугает, вы пришли в нужное место. [33]

Такова цена за настоящее золото духовной жизни. Конечно, правда слишком далека от представлений человека, которого в просветлении интересует власть, признание или полное избавление от страданий. Подлинная духовная жизнь совершенно отличается от всего, что о ней говорят. Даже если всю жизнь ходишь в церковь, синагогу или медитационный зал, можешь никогда не найти ее среди строк священных писаний. А те, кто все же осмеливаются прочесть о ней, чаще всего либо настолько пугаются, что вообще отказываются об этом думать, либо начинают ошибочно полагать, будто уже все поняли, — и тоже прекращают дальнейшие размышления. Есть и третьи, кто действительно ощущают привкус подлинной духовной жизни и честно признаются себе, что им этого просто не вынести, хотя они с огромным почтением относятся ко всем, кто нашел в себе силы вести такой образ жизни.

> *Вы относитесь к миру и жизни так, будто имеете право требовать и брать, не платя и не зарабатывая. Вы верите, что так и должно быть, просто потому, что вы — это вы! В этом вся ваша слепота!*
>
> **Жанна де Зальцман**

Просветление — не то, что способно вообразить эго. Это ничто, его нет, это лишенный содержания термин, которым пользуются те, кто тянется к чему-то выходящему за рамки обычного. Те же, кто достиг настоящего освобождения, просто предлагают окружающим жить полной, сострадательной жизнью здесь и сейчас. *Сахаджа* — совершенная действительность, по праву принадлежащая каждому человеку. Это единственное естественное состояние, «бесценная жемчужина», цена которой — сама жизнь. Это настоящая духовная жизнь — полное уничтожение ради возвращения к неисчерпаемости и величию того, что просто есть.

> *Можем ли мы сосредоточиться на небесах и преисподней достаточно надолго, чтобы понять, в чем состоит подлинное освобождение от иллюзий?*
>
> **Эндрю Коэн**

Библиография и примечания

Глава первая

[1] Philip Kapleau, *Zen: Dawn in the West* (New York: Doubleday, Anchor Press, 1978), 87.

[2] Ken Wilber, "The Spectrum Model," in *Spiritual Choices: The Problems of Recognizing Authentic Paths to Inner Transformations* (New York: Paragon House Publishers, 1987), 257.

[3] Mahasi Sayadaw, *The Progress of Insight: A Treatise on Buddhist Sattpatthana Meditation*, English trans. by Nyanaponika Thera (Kandy, Ceylong: The Forest Hermitage, 1965), 26.

[4] Georg Feuerstein, *Holy Madness* (New York: Paragon House, 1990), 215.

[5] Georg Feuerstein, *Encyclopedic Dictionary of Yoga* (New York: Paragon House, 1990), 109.

[6] Andrew Cohen, "Enlightment Is Neutral: A dialoguem," *What Is Enlightment?*, 1, no. 2 (July 1992): p. 8.

[7] Beck, *Everyday Zen*, 1973.

Глава третья

[8] Bubba Free John, *The Method of the Siddhas* (Middletown, Calif.: Dawn Horse Press, 1978), 137.

[9] У Буббы Фри Джона много имен, в том числе Да Фри Джон, Да Лав Ананда, а ныне — Ади Да.

[10] Andrew Cohen, неопубликованная беседа, 13 марта 1998 г.

[11] Georg Feuerstein, *Holy Madness* (New York: Paragon House, 1990), 106.

Глава четвертая

[1] Чогьям Трунгпа, «Преодоление духовного материализма», «София», Киев, 2001 г.

[2] C. G. Jung, *Memories, Dreams, Reflections* (New York: Vintage Books, 1961), 297.

Глава пятая

[3] William James, in *Spiritual Emergency* (Los Angeles, Calif.: Jeremy P. Tarcher, 1989), 109.

[4] C. W. Leadbeater, *The Chakras* (Wheaton, Ill.: The Theosophical Publishing House, 1927, 1985 [Fourth Quest Book]), 115—6.

[5] Irina Tweedie, "A Sufi Should Never Give a Bad Example," *What Is Enlightment?*, 1, no. 1 (January 1992): 9.

[6] Feuerstein, *Holy Madness*, 138.

[7] Kapleau, *Zen: Dawn in the West*, 56—7.

Глава шестая

[8] Эвелин Андерхилл, «*Мистицизм*». «София», Киев, 1999 г.

[9] St. John of the Cross, *The Ascent of Mount Carmel, Zen and Zen Classics* (New York, Vintage Books, 1978), 73.

[10] Bernadette Roberts, *What Is Self* (Austin, Tex.: Mary Botsford Goens, 1989), 34—5.

[11] Шарлотта Йоко Бек, *Дзэн в любви и работе*. «София», Киев, 1996 г.

ЧАСТЬ ВТОРАЯ

[12] Blaise Pascal, in *The Ascent to Truth* (New York: The Viking Press, 1951), 110.

Глава седьмая

[13] Сеть Духовной «скорой помощи» (SEN, The Spiritual Emergency Network) — международная организация, которая оказывает людям помощь во время духовных кризисов, помогает по-новому понять происходящее и дает советы в отношении возможных вариантов традиционного выхода из кризиса. Телефон организации: (415) 648-2610.

[14] Станислав и Кристина Грофф, *Spiritual Emergency: When Personal Transformation becomes a Crisis* (Los Angeles, Calif.: Jeremy P. Tarcher, 1989), 13—14.

[15] Там же, 34—35.

[16] Leadbeater, *The Chakras*, 81.

[17] Sanella, *The Kundalini Experience*, 121.

[18] Grof, *Spiritual Emergency*, 192.

Глава восьмая

[1] St. John of the Cross, *Dark Night of the Soul*, ed. Allison Peers (New York: Doubleday, Image Books, 1959), 44.

[2] Трунгпа, *Преодоление духовного материализма*.

[3] Там же.

Глава девятая

[4] John Pentland, *Exchanges Within* (New York: The Continuum Publishing Company, 1997), 34.

[5] Ram Dass, "Promises and Pitfalls of the Spiritual Path," in *Spiritual Emergency*, 180.

[6] Трунгпа, *Преодоление духовного материализма.*

[7] Kapleau, *Three Pillars of Zen*, 41.

[8] Там же, 132.

[9] Kapleau, *Three Pillars of Zen*, 41—43.

[10] Там же.

[11] Там же, 43—4.

[12] Там же, 106—7.

Глава десятая

[13] Bhadantacariya Buddhagosa, *The Path of Purification [Visuddhimarga]* (Boston, Mass.: Shambhala, 1976), 740.

[14] Joseph Campbell, ed., *The Portable Jung* (New York: Penguin Books, 1971), 104.

[15] Там же.

[16] Kramer and Alstad, *The Guru Papers*, 111.

[17] Ken Wilber, *The Atman Project* (Wheaton, Ill.: Theosophical Publishing House, 1980), 102—3.

[18] Roberto Assagioli, "Self-Realization and Psychological Disturbances," in *Spiritual Emergency*, 35—6.

[19] Campbell, *The Portable Jung*, 87.

[20] Naranjo, "An Interview with Claudio Naranjo," 204—205.

Глава одиннадцатая

[21] St. John of the Cross, in *Mysticism*, 449.

[22] Там же, 129.

[23] Vaughan-Lee, *The Bond with the Beloved*, 109.

Глава двенадцатая

[1] Bernadette Roberts, *The Path to No-Self* (Boston, Mass.: Shambhala, 1985), 174.

[2] Kramer and Alstad, *The Guru Papers*, 12.

[3] Там же, 18.

[4] Andrew Cohen, "Enlightment is Neutral," *What Is Enlightment?* 1, no. 2 (July 1992): 8.

[5] Naranjo, "Interview with Claudio Naranjo," in *Spiritual Choices*, 206.

[6] Andrew Cohen, "Corruption, Purity and Enlightment," *What Is Emlightment* 1, no. 2 (July 1992): 1.

Глава тринадцатая

[7] Letter to the editor, *What Is Enlightment?* 2, no. 1 (January 1993): 5.

[8] Czampbell, *The Portable Jung*, 147.

[9] Джек Корнфилд, *Путь с сердцем*. «София», Киев, 1996 г.

[10] Campbell, *The Portable Jung*, 120.

[11] Andrew Cohen, "Corruption, Purity and Enlightment," *What Is Enlightment* 1, no. 2 (July 1992): 1.

Глава четырнадцатая

[12] Thomas Merton, in *A Path with Heart*, 268.

[13] Дж. Корнфилд, *Путь с сердцем*.

[14] The Aghori Vimalananda, in *Aghora III: the Law of Karma* (Albuquerque, N.Mex.: Brotherhood of Life, 1997), 311.

[15] Robert Svoboda, *Aghora III: the Law of Karma* (Albuquerque, N.Mex.: Brotherhood of Life, 1997), 103.

ЧАСТЬ ЧЕТВЕРТАЯ

[16] John Wu, *The Golden Age of Zen* (New York: Doubleday, Image Books, 1996), 202.

Глава пятнадцатая

[17] Vaughan-Lee, *The Face before I Was Born*, 37.

[18] Feuerstein, *Holy Madness*, 112.

Глава шестнадцатая

[1] Philip Kapleau, *Awakening to Zen: The Teachings of Philip Kapleau* (New York: Scribner, 1997), 133.

[2] John Welwood, "On Spiritual Authority," in Dick Anthony, Bruce Ecker, and Ken Wilber, *Spiritual Choices: The Problems of Recognizing Authentic Paths to Inner Transformation* (New York: Paragon House Publishers, 1987), 290.

[3] Там же, 163.

[4] Там же, 162.

[5] Robert Svoboda, *Aghora III: the Law of Karma* (Albuquerque, NM: Brotherhood of Life, 1997), 262—3.

[6] Позже Роберт Свобода спросил Вималананду, не было ли это испытание связано с кармой, и тот ответил: «Любой поступок связан с кармой, но эта карма стоила того, чтобы сорвать с

негодника личину. В этом отношении у меня есть определенные преимущества — я знаю собственную карму и *рунанубандханы* и могу заверить, что он получил по заслугам. Но такое ни в коем случае нельзя вытворять, если не знаешь своих *рунанубандхан* и не умеешь сжигать карму!» Роберт Свобода говорил, что Вималананда никогда не боялся причинять боль себе или другим, если считал, что это станет хорошим уроком.

[7] From *Ken Wilber On Line*, "The Case of Adi Da," presented by Shambhala Publications, 1996, 1997, 2—3.

Глава семнадцатая

[8] Thubten Yeshe, *Tantric Path of Purification*, 5—6.

[9] Дж. Корнфилд, *Путь с сердцем*. «София», Киев, 1996 г.

[10] Там же.

[11] C. G. Jung, *Collected Works* (London: Routledge & Kegan Paul), vol. 13, para 335.

[12] Шарлотта Йоко Бек, *Дзэн в любви и работе*.

[13] Chogyam Trungpa, *The Lion's Roar* (Boston, Mass.: Shambhala Publications, 1992), 186.

[14] Jack Kornfield, "Domains of Consciousness: an Interview with Jack Kornfield," *Tricycle* (Fall 1996): 36—7.

[15] Kapleau, *Awakening of Zen*, 247—8.

[16] Kapleau, *Three Pillars of Zen*, 200.

[17] Andrew Cohen, "Corruption, Purity and Enlightment," *What Is Enlightment?* 1, no. 2 (July 1992), 6.

[18] Трунгпа, *Путешествие без цели*.

Глава девятнадцатая

[19] Carl Jung, [edited by Joseph Campbell], *The Portable Jung*, 119—20.

[20] Anthony et. al., *Spiritual Choices*, 6.

[21] Vaughan, "A Question of Balance: Health and Pathology in New Religious Movements," *Spiritual Choices*, 275.

[22] Выдержки из: Desjardins, Arnaud, "Am I a Disciple?," in Lozowick, Lee, *Death of Dishonest Man*, Prescott, AZ: Hohm Press, 1998, pp. 43—59.

[23] John Welwood, "On Spiritual Authority," in *Spiritual Choices*, 299—300.

[24] Philip Kapleau, *Zen: Dawn in the West*, 31.

[25] Трунгпа, *Путешествие без цели*.

[26] Feuerstein, *Holy Madness*, 143.

[27] Frances Vaughan, "A Question of Balance: Health and Pathology in New Religious Movements," in *Spiritual Choices*, 275.

ЧАСТЬ ПЯТАЯ

[1] Андерхилл, *Мистицизм*.

Глава двадцатая

[2] Sazaki Roshi, in *Inside the Music: Conversations with Contemporary Muscisians about Spirituality, Creativity, and Consciousness* (Boston, Mass.: Shambhala, 1997), 201.

[3] Ray Bradbury, in *A Path with Heart*, 230.

[4] St. John of the Cross, *Dark Night of the Soul*, 164—166.

[5] Naranjo, Claudio, "An Interview with Claudio Naranjo," in Anthony, Dick, Ecker, Bruce and Ken Wilber, *Spiritual Choices: The Problems of Recognizing Authentic Paths to Inner Transformations*, New York: Paragon House Publishers, 1987, pp. 200—201.

[6] Lee Lozowick, *Poems of a Broken Hearts* (Madras, India: Sister Nivedita Academy, 1993), iv.

[7] Трунгпа, *Преодоление духовного материализма*.

[8] Lozowick, *Poems of a Broken Heart*, iv.

[9] Svoboda, *Aghora III*, 180.

[10] Там же, 62—63.

[11] Frances Vaughan, "A Question of Balance: Health and Pathology in New Religious Movements," in Dick *Spiritual Choices*, 274.

[12] Needleman, "When Is Religion Transformative?" in *Spiritual Choices*, 206.

[13] Vaughan-Lee, *The Face before I Was Born*, 295.

[14] Feuerstein, *Holy Madness*, 160.

[15] Pentland, John, *Exchanges Within*, New York: The Continuum Publishing Co., 1997, p. 33.

[16] Ram Dass, "A Ten-Year Perspective" in Journal of Transpersonal Psychology, 14 no. 2 (1982): 171—183.

[17] Roberts, *The Path to No-Self*, 210—11.

[18] Roberts, *What Is Self?*, 30.

[19] Roberts, *What Is Self?*, 29—30.

[20] Cohen, *What Is Enlightment?* 2, no. 1 (January 1993): 6—7.

[21] E. J. Gold, *The Hoy of Sacrifice* (Prescott, Ariz.: IDHHB and Hohm Press, 1978), 34—37.

[22] Anthony et. al., *Spiritual Choices*, 116.

[23] Svoboda, *Aghora III: the Law of Karma*, 316.

[24] Mahatma Gandhi, in *Spiritual Emergency*, 185.

[25] Roberts, *What Is Self?*, 35.

[26] Shabibhusan Das Gupta, *Obscure Religious Cults* (Calcutta, India: Firma K. L. Mukhopadhyay, 1969), 145.

[27] Там же, 83.

[28] Feuerstein, *Encyclopedic Dictionary of Yoga*, 297.

[29] Ram Dass, "Promise and Pitfalls of the Spiritual Path," in *Spiritual Emergency*, 180.

[30] Mahatma Gandhi, in *Spiritual Emergency*, 185.

[31] Karlfried von Durkheim, *The Way of Transformation* (London and Boston, MA: Mandala Books, 1971, 1980), 82.

[32] Georg Feuerstein, *Holy Madness*, 109.

[33] E. J. Gold, "All That Glitters: An Interview with E. J. Gold & Co". *Gnosis* 47 (Spring).

Литературно-художественное издание

КЭПЛЭН, Марианна
На полпути к вершине

Перевод
К. Семенов

Редактор
И. Старых

Корректоры
Е. Введенская, Т. Зенова, Е. Ладикова-Роева

Оригинал-макет
И. Петушков

Обложка
Ю.Паевская

Подписано к печати 28.11.2001 г. Формат 60x90/16.
Бумага офсетная №1. Гарнитура "Миньон".
Усл.печ. лист. 20,00. Зак. 1-198.
Цена договорная. Тираж 5000.

Издательство "София",
03049, Украина, Киев-49, ул. Фучика, 4, кв. 25
http://www.ln.com.ua/~sophya

ООО Издательство "София",
Лицензия ЛР №064633 от 13.06.96
109172, Россия, Москва, Краснохолмская наб., 1/15, кв. 108

ООО Издательский дом "Гелиос"
Изд. лиц. ИД № 03208 от 10.11.2000
109427, Москва, 1-й Вязовский пр., д.5, стр.1

Издательство ***"СОФИЯ"***.
Отделы реализации:
в Киеве: (044) 230-27-32, 230-27-34
в Москве: (095) 912-02-71